Harper
Collins

Zum Buch:

Über ihre Familiengeschichte weiß die junge Anaïs nicht viel. Als bei Bauarbeiten das Hochzeitsfoto ihrer Urgroßmutter in einem altehrwürdigen Hotel gefunden wird, verschlägt es ihr die Sprache: Ihre Urgroßmutter hat in den 30er-Jahren auf Mallorca geheiratet! Fest entschlossen, das Geheimnis ihrer Herkunft zu lüften, reist Anaïs in das Tal der Orangen. Dort findet sie besondere Menschen, die sie bei ihrer Suche unterstützen, und erfährt von dem unerbittlichen Kampf ihrer Urgroßmutter für Liebe und Freiheit. Hält das Schicksal für Anaïs auch das Liebesglück bereit?

»Ein gut recherchiertes Buch, toll geschrieben, mit einer starken Heldin ... Mallorca ist entzückend.«

Ariane Bois, Schriftstellerin

Zur Autorin:

Béatrice Courtot ist 29 Jahre alt und stammt aus Bordeaux. Sie hat in Aix-en-Provence, Madrid und Paris gelebt, wo sie heute im Bereich der nachhaltigen Entwicklung arbeitet. »Das Tal der Orangen« ist ihr erster Roman. Er ist mit dem französischen Prix du Livre Romantique 2018 ausgezeichnet worden.

Béatrice Courtot

Das Tal der Orangen

Roman

Aus dem Französischen von
Barbara Röhl

HarperCollins

HarperCollins®

1. Auflage: Juni 2019
Deutsche Erstausgabe

Originaltitel: »La vallée des oranges«
erschienen bei: Charleston, une marque des éditions Leduc.s, Paris

Umschlaggestaltung: bürosüd, München
Umschlagabbildung: Teresa Dieguez Risco / Arcangel,
Flavia Morlachetti / Getty Images, mauritius images / robertharding /
Ruth Tomlinson
Lektorat: Anne Schünemann
Satz: GGP Media GmbH, Pößneck
Printed in Germany
Dieses Buch wurde auf FSC®-zertifiziertem Papier gedruckt.
ISBN 978-3-95967-313-6

www.harpercollins.de

Werden Sie Fan von HarperCollins Germany auf Facebook!

Für meine Urgroßmutter Tissuze
Für meine Tochter Maïlys

Alles, wovon Dichter und Maler träumen können,
hat die Natur an diesem Ort geschaffen.

George Sand

Marseille, Hôtel du Port, 2016

Eine feine Staubschicht hatte sich über den Raum gelegt und bedeckte die Betonplatten, aus denen zahlreiche Eisenstangen ragten. Die Bauarbeiter, die in dicken Schutzanzügen steckten, unterhielten sich brüllend, um den ohrenbetäubenden Lärm der Presslufthämmer und Schlagbohrer zu übertönen. Dann und wann verstummte das lautstarke Konzert und wich der Geräuschkulisse der Stadt, die durch die weit geöffneten Fenster hereindrang. Auf der Hotelbaustelle am Alten Hafen von Marseille wurde seit fast zwei Jahren mit Hochdruck gearbeitet. Die Stadtverwaltung wollte diesem Hotel, das dem Zahn der Zeit nicht standgehalten hatte und nach und nach verfiel, seinen alten Glanz wiedergeben.

Einer der Arbeiter stützte sich mit den Ellbogen auf die schmiedeeiserne Balustrade und rauchte eine Zigarette. Vor ihm breitete sich ein unglaubliches Panorama aus. An diesem Sommernachmittag wirkte die Kirche Bonne Mère hoch oben auf ihrem Hügel wie von einem orangefarbenen Heiligenschein umgeben. Ganz allein auf ihrem Glockenturm wachte die Jungfrau mit dem Kind vor einem Himmel, der wie ein ausgewaschenes Aquarell wirkte, über die Stadt.

»Setz den Helm auf, Paco. Wir nehmen die Decken in Angriff«, hörte er eine Stimme über den Baulärm hinweg rufen.

Er griff nach seinem Hammer und machte sich an die Arbeit, ohne Zeit zu vergeuden. Auch in den benachbarten Räumen setzten sich die anderen Arbeiter in Bewegung und wimmelten umher wie Ameisen. Böden aufreißen, Wände einschlagen, die Steintreppen polieren, neue Türen einsetzen: Das war seit vielen Monaten ihr täglich Brot. Die hiesige Tageszeitung *La Provence* sprach von einem titanischen Projekt, dem Schmuckstück unter den Hotelbauten von Marseille. Die Architektur des Hôtel du Port sollte durch den Einsatz von Halbedelsteinen und Glaswänden, in denen sich das Meer spiegelte, an das Mittelmeer erinnern. Durchbrochenes Metall würde ein Spiel von Licht und Schatten suggerieren, wie es sonst typisch orientalische Gitterfenster taten. Das Hotel sollte das neue Wahrzeichen von Marseille werden, ein Symbol für die Erneuerung der Stadt. Doch im Moment ähnelte es noch einem ausgeweideten Tier. Einer Art Labyrinth aus weißen staubüberzogenen Wänden.

Paco schlug mit der Spitzhacke kräftig auf die Zwischendecke ein. Der Gips löste sich in Brocken, und einige Krümel setzten sich in sein braunes lockiges Haar. Die Arbeit war mühselig. Beim Herauslösen einer der Platten atmete er eine Staubwolke ein und nieste. Seine Arme fühlten sich taub an, als er von der mit Farbe bespritzten Leiter stieg, die noch die Spuren alter Malerarbeiten trug. Er genehmigte sich einen Schluck Wasser, um seine trockene Kehle zu benetzen. Seine Augen waren gerötet und gereizt. Er spritzte sich Wasser ins Gesicht und fühlte sich sofort erfrischt. Dann hob er den Kopf, um sich einen Eindruck davon zu verschaffen, wie viel Arbeit noch vor ihm lag. In diesem Moment fiel sein Blick auf einen Gegenstand, der seine Aufmerksamkeit erregte.

Zwischen zwei hervorspringenden Gipsstücken schien eine verrostete Blechdose festzustecken.

Sicher eine alte Werkzeugbüchse, die bei früheren Bauarbeiten vergessen worden ist, dachte Paco.

Im Allgemeinen dienten abgehängte Decken dazu, Rohrleitungen oder Elektrokabel zu verbergen, oder auch dazu, einen Raum gegen Lärm oder Kälte zu isolieren.

Neugierig nahm er die Dose und wischte sie mit einem nassen Lappen ab. Auf dem Blechdeckel konnte man noch eine Schrift erkennen.

Aux délices de Majorque. Spécialités espagnoles.
Épicerie fine de Marseille

Mallorquinische Köstlichkeiten. Spanische Spezialitäten. Feinkost aus Marseille. Bräunliche Schimmel- und Rostflecken verunstalteten die Dose und wirkten wie Kaffeeringe. Es war eines dieser alten Schätzchen, die auf Flohmärkten oder bei Straßenmärkten von Trödlern und Händlern angeboten wurden.

Paco öffnete die Dose und versuchte dabei, sie nicht zu beschädigen. Ein ranziger, pilziger Geruch stieg ihm entgegen, als er den Deckel abhob, und Paco schnürte sich augenblicklich der Hals zu. Im Inneren der Büchse lagen ein vergilbtes Foto, ein altes Schreibheft, ein goldenes Medaillon und eine Gewehrkugel. Der Schwarz-Weiß-Abzug zeigte eine Landschaft, in der sich Felder mit Obstbäumen erstreckten, so weit das Auge reichte. Im Vordergrund stand eine wunderschöne schlanke Frau in einem weißen Kleid. Sie hatte eine schmale Taille und trug eine Stola aus makelloser Spitze über ihrem langen dunklen Haar. Die junge Frau kniff die Augen zusammen, zweifellos, um sich vor dem grellen Sonnenschein zu schützen. Das Foto wirkte wie eine nostalgische Postkarte. Paco drehte es um. Mit verblasster blauer Tinte stand in einer gerundeten Handschrift darauf:

Siempre mía. La única en mi corazón,
la que atrapa mis sentimientos.

Ein spanischer Spruch, dachte er, ohne die Worte zu verstehen. Er zog auch das Heft hervor. Darin standen Notizen, die offenbar mehrmals korrigiert worden waren.

~~sobrassada~~, Tumbet, Escabetx de rajada,
Ilet d'ametla, ~~300~~ 400 gramos …

Bestimmt ein Rezeptbuch. Die Seiten, die so fein wie Seidenpapier waren, schienen allein beim Umblättern zu knittern.

Zur Vorsicht legte er das Heft ganz unten in die Dose zurück.

Morgen würde Paco seinen Polier darauf ansprechen. Doch nun musste er sich erst einmal auf den Weg zu seinen Kollegen machen, die ihn an der Corniche, der Uferstraße, zu einem nächtlichen Angelausflug erwarteten, bei dem er endlich die Stille des Meeres auskosten könnte.

Die Nacht senkte sich bereits wie ein Schleier über Marseille und stürzte die bunten Gassen der Stadt ins Halbdunkel. Auf der Baustelle hatten die Arbeiter den großen Innenraum verlassen. Paco stellte die Blechbüchse neben seine staubigen Schuhe und schloss seinen Spind ab.

Er konnte nicht ahnen, dass sein Fund Familiengeheimnisse aufdecken würde. Geheimnisse, die vor langer Zeit an einem anderen Ufer des Mittelmeeres vergraben worden waren …

1. Kapitel

In einer großen Steingutschüssel rührte Anaïs Mehl, Milch, Zucker, Eier und Olivenöl zusammen. Ein angenehmer Duft nach Orangenblüten hatte sich in der Küche ausgebreitet. Durch das offene Fenster drang das Klirren der Löffel ihrer Angestellten herein. Sie wischte sich die mehlbestäubten Hände an ihrer Schürze ab und warf einen Blick auf die Uhr. Die Ensaïmadas würden pünktlich fertig sein. Nach dem Kneten musste der Teig gut eine Stunde ruhen. Dann würde sie ihn mit den Händen zu Schnecken formen wie ein Bildhauer und in den Ofen schieben. Ihr langer brauner Zopf schaukelte im Rhythmus ihrer schnellen Schritte, während sie zwischen der Arbeitsplatte und dem Tisch aus Olivenholz hin- und herging.

Diese Bewegungen waren seit Generationen ein Teil von Anaïs' Familie. Das Café de l'Ensaïmada war in der Hauptstadt zu einem Genusstempel aufgestiegen. Seinen Namen trug es zu Ehren dieses typischen Gebäcks der Balearen, von denen Anaïs' Vorfahren stammten, und es war zum angesagten Treffpunkt der Pariser Bürger geworden, an dem sich erlesene Genüsse, mediterraner Charme und authentische Rezepte mischten.

»Gib noch ein wenig Puderzucker hinzu. Man soll den bitteren Geschmack nicht gleich beim ersten Bissen bemerken«, erklärte sie einem ihrer Angestellten, der eine weiße Kochmütze trug.

Sie lief zwischen den Bäckern umher, überprüfte selbst kleinste Handgriffe und probierte den Teig mit einem Holzlöffel, um sich zu vergewissern, dass er genau dem Rezept entsprach, als wieder ihr Handy vibrierte, das sie in der Schürzentasche trug.

Eine neue Bestellung, dachte Anaïs.

»Sechsundfünfzig neue Nachrichten!«, rief sie aus, als sie

die Benachrichtigungen auf dem Bildschirm sah. »Woher nehmen sie bloß die Zeit, um so viel zu schreiben?«

Schnell überflog sie den Gruppenchat ihrer Freundinnen, die sie für diesen Abend in die neueste angesagte Location einluden – einen Schleppkahn am Seine-Ufer, der sich bei Nacht in ein rustikales Tanzlokal verwandelte. Einige lobten die Cocktails, andere stellten Playlists der Musiker ein, die heute Abend spielen würden.

Anaïs überschlug schon, wie weit es vom Café zur nächsten Metro-Station war, wie oft sie umsteigen musste und wie viele Minuten sie bis zu ihrem Ziel laufen würde.

Sie tippte zwei Buchstaben – OK – und stellte sich die entnervte Reaktion von Mona vor, der Meisterin der Emojis, deren Nachrichten eher Bilderrätseln glichen als korrektem Französisch.

Vic: … geht's noch kürzer?

Mona: Treffen uns dort um 20.30 Uhr.
♥♥♥♥♥♥♥♥♥♥☺☺☺

Ihre Antworten brachten Anaïs zum Lächeln, aber sie hatte wirklich keine Zeit, sich damit aufzuhalten. Jede Minute würden die ersten Gäste kommen. Mit entschlossener Miene steckte sie das Handy in die Tasche und ließ den Blick über die Straße vor dem Café schweifen. Ein leichter Nieselregen färbte den Asphalt der Gehwege dunkler.

Ein gutes Zeichen, dachte sie.

An Regentagen suchten die Gäste gern Zuflucht in ihrem Café. »Du heizt den Ofen in einer Viertelstunde vor, okay?«

Sie klopfte dem jungen Angestellten aufmunternd auf die Schulter und überprüfte mit einem schnellen Blick, wie er sich seine Küchenutensilien zurechtgelegt hatte. Jeder Handgriff musste exakt sitzen.

Seit Anaïs vor drei Jahren das Café mit angeschlossener Konditorei der Familie übernommen hatte, setzte sie eine Innovation nach der anderen um und hatte ihrem traditionellen Gebäck mit dem unverwechselbaren Geschmack ungewöhnliche Aromen hinzugefügt, indem sie zur großen Freude der Gourmets subtil mit säuerlichen und süßen Noten spielte. Die Begeisterung war sofort groß gewesen. Die Kunden drängten sich und standen Schlange, um die Gebäckstücke zu ergattern. Auch größere Kuchen, die aus dem gleichen Gebäckteig gefertigt waren und die man mit der Familie oder Freunden teilen konnte, verkauften sich gut. Anaïs hatte sich schon immer gewünscht, die Tradition ihrer Familie in dem Viertel, in dem sie aufgewachsen war, fortzuführen.

Der Tag wurde hektisch. Wie sie es vorhergesehen hatte, bewog das Regenwetter die Passanten dazu, in das Café zu flüchten und sich bei einer Tasse eines heißen Getränks und einer Ensaïmada aufzuwärmen. Der Laden war ständig voller Kundschaft gewesen, sodass Anaïs sich keine Pause gönnen konnte. Der Regen lief an den Fensterscheiben hinunter, während draußen eine ganze Parade Regenschirme vorbeizog – der einzige Farbfleck in dieser grauen Landschaft.

Am Ende des Tages setzte sie sich gemütlich in einen der Clubsessel aus Leder, deren Armlehnen langsam rissig wurden. Irgendwann würde sie sie ersetzen müssen, und die Stühle würde sie einem Kunsthandwerker anvertrauen, der die Sitze neu bespannen würde. Doch unterdessen verlieh die Patina der Einrichtung ihrem Café einen gewissen Charme.

»Bis morgen, Chefin!«

Anaïs verabschiedete ihre kleine Truppe und verließ kurz darauf selbst das Café.

Sie schlug die Rue de l'Annonciation ein, eine Fußgängerzone, passierte das Restaurant des Viertels, die Obst- und Gemüsestände und den Buchladen und bog dann in die Rue de Passy ein. Ohne Schirm war sie rasch bis auf die Knochen durchnässt. Sie ging schneller und erreichte endlich die Metro-Station La Muette.

In diesem Moment klingelte ihr Handy. Anaïs schob eine widerspenstige Haarsträhne zurück und nahm den Anruf entgegen.

»Mona, wie geht's?«

»Sehr gut und dir?«, fragte die Stimme am anderen Ende der Leitung.

»Heute war ein hervorragender Tag. Gut besucht wie immer.«

»Ein harter Tag! Aber heute Abend kannst du dich entspannen. Ich hoffe, du hast noch Lust.«

Die Aussicht, sich in eine Decke gewickelt vor einem alten Film zu entspannen, löste sich vor Anaïs' geistigem Auge auf. Mona hatte die Gabe, sie umzustimmen. Sie versuchte ständig, Anaïs mit Humor dazu zu bringen, ihren hektischen Alltag ein wenig zu entschleunigen.

Anaïs zog eine Grimasse. Sie trat von einem Bein aufs andere, obwohl sie es eigentlich kaum erwarten konnte, nach dem langen, anstrengenden Tag die Füße hochzulegen. Mona ließ ihr keine Zeit zum Überlegen.

»Also, abgemacht, Anaïs?«

Konnte sie da Nein sagen?

»Abgemacht.«

Kaum zu Hause angekommen, strich sie sich das Haar zurück, wobei sie ihren Hals und das Oval ihres Gesichts entblößte, band ihre Locken mit einem karierten Band hoch und schminkte sich die Lippen mit einem karminroten Lippenstift. Sie musterte den kleinen Berg bestickter Kissen auf ihrem Bett. Ein paar weitere tummelten sich auf dem Ohrensessel. In diesem Moment sehnte sie sich nach einem erholsamen Nickerchen in den weichen Federn. Sie seufzte.

Warum sollte sie heute nicht einmal etwas Ausgefallenes anziehen? Sie zog die Türen ihres Kleiderschranks auf, begleitet von einem lauten, metallischen Knarren. Anaïs schob ein Kleid nach dem anderen beiseite. Zwischendurch drehte sie die Lautsprecher auf, aus denen eine sanfte, raue Stimme klang. Während sie leise die Worte des jungen Schlagersängers mitsummte, ließ sie zahlreiche Kleiderbügel über die Stange gleiten.

Vor dem Spiegel zögerte sie lange und zog sich dreimal um, bevor sie sich schließlich für ein ausgestelltes schwarzes Kleid mit hoher Taille und eine gemusterte Strumpfhose entschied. Sie rückte ihre Träger zurecht und warf dann noch einen letzten zufriedenen Blick in den Spiegel. Langsam versetzte die Aussicht, heute Abend auszugehen, sie in Hochstimmung.

Das Pariser Lokal erwartete die Freundinnen. Bald würde sich ihr Gelächter mit der Musik der Party vermischen. Anaïs konnte es kaum erwarten; sie spürte praktisch schon die Tanzfläche unter ihren Füßen. Als sie den Schleppkahn erreichte, war noch keine ihrer Freundinnen zu sehen. Sie wollte gerade das Handy aus der Tasche ziehen, da entdeckte sie Mona, die zwei Cocktails in den Händen hielt; zwei Gin Tonic, die mit halben Zitronenscheiben und neonbunten Stäbchen geschmückt waren.

»Auf die Liebe!«

Sie schüttelten sich vor Lachen. Mona lag ihr oft mit ihren Herzensangelegenheiten in den Ohren. Während Anaïs eher eine Einzelgängerin war, hatte sich Mona auf sämtlichen Dating-Seiten registriert.

»So ist eben die virtuelle Liebe. Sie beginnt mit einem Klick und endet mit einem Knall«, hatte sie ihr einmal erklärt.

»Noch ein Grund, mich nie dort anzumelden«, hatte Anaïs lachend zurückgegeben.

»An deiner Stelle würde ich Gefühle nicht auf die leichte Schulter nehmen. Man darf sich nicht zu desillusioniert geben, sonst findet man nie einen Mann. Sieh dich doch an, du bist wunderschön!«

Mona fand immer nette Worte für sie.

»Bei der ganzen Arbeit im Café habe ich gar keine Zeit für so etwas! Und die Männer vergucken sich immer ziemlich schnell. Bei mir wirkt ihr Charme jedenfalls nicht mehr«, hatte Anaïs erwidert, um die Diskussion zu beenden.

Mona zog ihre Freundin zur Theke und streckte ihr einen Kopfhörer entgegen. Anaïs setzte ihn auf.

»Überraschung, heute ist Mottoparty.«

Die Musik war so laut, dass sie Mona nicht hören konnte.

»Ich verstehe kein Wort«, schrie sie.

Zwei Männer, die an der Bar lehnten, drehten sich mit fragendem Blick um.

Sie zog einen der Hörer vom Ohr weg.

»Du hast drei Musikkanäle«, fuhr Mona fort. »Du suchst dir den aus, der dir am besten gefällt, und tanzt. Am Rhythmus kannst du leicht erkennen, nach welcher Musik sich dein Partner bewegt. Wenn es dieselbe ist, heißt das, ihr seid füreinander bestimmt.«

Sie zwinkerte Anaïs verschwörerisch zu.

»Das glaube ich jetzt nicht, Mona! Du hast mich auf eine Single-Party geschleppt! Und was sagen die anderen dazu?«

»Hast du ihre Nachrichten nicht erhalten? Sie haben im letzten Moment abgesagt.«

»Wundert mich nicht«, murrte Anaïs, die zunehmend rot im Gesicht anlief.

Jetzt bereute sie es, nicht alle Textnachrichten ihrer Freundinnen gelesen zu haben …

»Du änderst dich nie«, flüsterte Mona Anaïs ins Ohr.

Dann begann sie sich auf der Tanzfläche zu bewegen und wiegte unter den bewundernden Blicken einer Horde von Männern die Hüften.

Anaïs hatte keine Lust, sich an diesem subtilen Spiel aus Blicken, Worten und Gesten zu beteiligen. Inzwischen weigerte sie sich grundsätzlich, Bindungen einzugehen, in denen sie sich abhängig und unsicher fühlte. Sie war eine weitblickende Führungspersönlichkeit mit festen Vorstellungen und einer reichen Fantasie, was der wachsende Erfolg des Café de l'Ensaïmada deutlich zeigte. Doch in Beziehungen, besonders Liebesbeziehungen, war sie eher ein Pechvogel. Um die Wahrheit zu sagen, hatte sie eine ganze Reihe von Don Juans, Geizkragen, Eifersüchtigen, Kindischen, Lügnern, Spinnern und Trophäensammlern – Männern, die *Frauen* sammelten – erlebt. Kurz gesagt, sämtliche Charaktere, denen man aus dem Weg gehen sollte. Jetzt war sie Single, was ihr ein großes Freiheitsgefühl gab.

Die Eiswürfel in ihrem Cocktail prallten aufeinander wie die Gedanken in ihrem Kopf. Mit einem Mal erinnerte sie sich an die Neckereien ihrer ersten Liebe, wie der Junge sie angebetet und mit ihr gescherzt hatte und sie doch mit keinem dieser Dinge etwas hatte anfangen können. Sie suchte keine neue Erfahrung mehr, so berauschend sie auch sein könnte, sondern kostete ihre Unabhängigkeit aus. Ihr Glück lag im Erfolg des Cafés.

Mit einem leisen, verschwörerischen Lächeln beugte sich Mona zu ihr herüber.

»Anaïs, du bist nicht starrsinnig, sondern hartnäckig. Du hast keine Angst vor der Arbeit, aber du erträgst es nicht, wenn du scheiterst. Immer suchst du nach Perfektion. Vor allem willst du mit deinem großen Talent im Backen deine Gäste glücklich machen. Denk doch auch ein wenig an dich …«

Schließlich ließ sich Anaïs zum melodischen Klang der tiefen Stimme eines Sängers, der von einem Saxofon begleitet wurde, auf die Tanzfläche ziehen. Nach ein paar weiteren Gläsern begann der Schleppkahn gefährlich zu schaukeln, und sie beschloss, sich auf den Heimweg zu machen. Sie küsste ihre Freundin auf beide Wangen. Ihre lebhafte Art und ihre spontanen Zuneigungsbekundungen liebte Anaïs besonders.

Kaum hatte sie sich abgewandt, küsste einer der Männer

Mona auf der stillen Tanzfläche mitten auf den Mund. Mit ihren Kopfhörern wirkten die beiden wie Teenager in einem Remake von *La Boum*.

Mit schmerzenden Füßen und einer Laufmasche in der Strumpfhose, die bis zur Mitte ihres Oberschenkels reichte, ging Anaïs am Seine-Ufer entlang. Sie schlenderte über einen Boulevard, dessen Läden mit Eisengittern geschlossen waren. Silbrige Fragmente des Eiffelturms glitzerten in der Nacht, als wollten sie den Sternen Konkurrenz machen. Sie begegnete einer Straßenkehrmaschine, die laut das Laub im Rinnstein aufwirbelte. Endlich öffnete sie die Toreinfahrt ihres Hauses, das im Haussmann-Stil gehalten war. In ihrer Wohnung breitete sich schon das erste Licht des Morgengrauens aus, das schwach durch das Fenster und die Türen hineinfiel. Noch zwei Stunden Schlaf, bis der Wecker klingeln würde …

Das Café öffnete bei Tagesanbruch, um die Frühaufsteher einzulassen. Ein Duft nach frischen Hyazinthen mischte sich mit dem süßen Geruch der Ensaïmadas, die im Backofen einen Goldton annahmen. Nachdem Anaïs das Gebäck in den Ofen geschoben hatte, stellte sie jetzt Schnittblumen auf die Tische. Sie hatte eine Schmerztablette genommen, um die Nachwirkungen der Cocktails von gestern Abend zu lindern.

Kurz nach neun klingelte das Telefon des Cafés.

Einige Minuten später legte sie den Hörer des Telefons wieder auf der Eingangstheke ab. Sie war immer noch erschüttert über die Nachricht, die sie gerade erhalten hatte, und spürte, wie ihr Magen sich verknotete, und das hatte nichts mit ihrem Kater zu tun.

Wir haben auf einer Baustelle persönliche Gegenstände aus dem Besitz Ihrer Urgroßmutter entdeckt. Vielleicht sind sie ja von sentimentalem Wert. Wir können Ihnen mitteilen, dass Sie sie, wenn Sie wünschen … im Fundbüro von Marseille abholen können.

Die Worte hallten immer noch in ihrem Kopf nach.

Die Beamten hatten sie über die Website des Café de l'Ensaïmada in Verbindung mit der Dose gebracht. Dort hatte Anaïs den Namen der Begründerin des Cafés erwähnt – denselben, der auch auf dem gefundenen Heft stand.

Magdalena Cárdenas.

Marseille. Noch nie hatte ein Familienmitglied von ihr diese Stadt erwähnt. Wie hatte ihre Urgroßmutter ihre »persönlichen Gegenstände« dort verlegen können? Ob es sich um einen Irrtum handelte? Doch die auf Katalanisch verfassten Rezepte passten zu ihrer Familiengeschichte.

Mit einem Mal kam es ihr vor, als erfülle eine fremde Vergangenheit das Café. Ohne dass sie es bemerkte, traten ihr Tränen in die Augen, doch sie wischte sie rasch mit dem Ärmelaufschlag weg. Wie lange hatte sie schon nicht mehr geweint? Sie konnte sich nicht einmal daran erinnern, wann sie zuletzt offen gezeigt hatte, dass sie traurig war.

»Alles gut?«, fragte der junge Lehrling.

Sie nickte.

»Wenn ich mir die Bemerkung erlauben darf, Sie sollten sich vielleicht ausruhen … Ich habe keine Ahnung, wie Sie dieses Arbeitspensum schaffen.«

Doch Anaïs hatte keine Lust zu reden. Sie machte sich daran, mit einem feuchten Tuch energisch die Glasglocken zu polieren, die versetzt angeordnet auf dem Buffet standen. Ihre Bewegungen verrieten ihre Nervosität. Das Eichenbuffet stammte aus der Zeit ihrer Urgroßmutter; dieser Vorfahrin, die sie kaum gekannt hatte, da sie von ihnen ging, als Anaïs elf gewesen war.

Was genau wusste sie eigentlich über sie?

Abgesehen von ihren Backtechniken – dem Kneten des Teigs und der charakteristischen Form der Ensaïmada, für die der Teig zuerst zu einer Rolle geformt und dann in einer Spirale ausgelegt wurde –, wusste sie nicht das Geringste über die Vergangenheit ihrer Urgroßmutter. Sie erinnerte sich nur an eine alte Dame mit grau meliertem Haar, die trotz ihres Alters schlank war und eine stolze Kopfhaltung zur Schau trug. Magdalena hatte mit einem manchmal weichen, manchmal kehligen Akzent gesprochen, der ihre Herkunft verriet. Aber sie hatte nie von ihrer Jugend auf ihrer Heimatinsel Mallorca und den Umständen erzählt, unter denen sie nach Frankreich gekommen war.

Anaïs strich über das Schwarz-Weiß-Porträt ihrer Vorfahrin, das am Eingang des Cafés hing, als hoffe sie, so die Grenzen der Zeit überwinden zu können. In ihrer Familie ging man nicht besonders offen miteinander um. Ihre Mutter stand ihr nicht wirklich nahe.

Die Gedanken überschlugen sich in ihrem Kopf. Was verbarg sich hinter dieser Entdeckung?

Anaïs hielt den Atem an. Sollte sie wirklich nach Marseille fahren und die Vergangenheit aufrühren?

2. Kapitel

Sóller, Mallorca, 1935

Eine erste Kundin trat über die Türschwelle. Ich stand in der Küche, doch das Glöckchen klingelte und gab mir Bescheid. Ein lachendes Gesicht tauchte hinter dem dünnen Vorhang auf, der sich durch den leichten Luftzug der Eingangstür emporhob wie ein Schmetterlingsflügel.

»Da bist du ja, Marta! Wie schön, dich so früh hier zu sehen. Nach der Nachtwache im Krankenhaus wirkst du ein wenig abgespannt«, sagte ich und strich zärtlich über ihre blasse Wange. »Setz dich, und lass dir meine ersten Ensaïmadas schmecken. Sie sind noch heiß und knusprig.«

Zum Dank sah Marta, nachdem sie mich fest umarmt hatte, mit ihren tiefbraunen Augen in meine.

»Müdigkeit? Kenne ich nicht«, sagte sie und lachte herzhaft. »Was für ein Meisterwerk, deine süßen Stückchen …«, fügte sie dann hinzu, biss in den mit Zucker überpuderten Teig und schloss die Augen. Mir fiel auf, dass dunkle Schatten darunter lagen. »Weißt du, am späten Nachmittag wird es weniger heiß sein. Ich hoffe, du kommst mit uns in die kleine Bucht. Bernat bringt einen Freund mit, den du noch nicht kennst.« Sie zwinkerte mir verschwörerisch zu.

»Ich bringe eine Überraschung mit, die euch schmecken wird, versprochen.«

»Hört, hört«, gab Marta zurück, die gerade noch Zeit hatte, eine zweite Ensaïmada mitzunehmen.

Beim Hinausgehen stieß sie beinahe mit einer alten Dame zusammen, die den Laden betrat.

»Diese jungen Leute …«, schimpfte die Frau. »Vor ein paar Jahren bin ich auch noch auf den steilen Wegen in den Ort hinauf- und hinabgestiegen, trotz der Dornenbüsche und der langen Röcke. Damals hat man auf den Feldern noch mit Ochsengespannen gearbeitet, lange bevor es die Eisenbahn gab! Heute fährt die Eisenbahn über die steilen Hänge unserer Berge, um die Orangen ganz frisch bis nach Palma zu bringen. Und unsere Männer arbeiten sogar daran, die Eisenbahn zu elektrifizieren, um Fahrgäste zu transportieren! Wie schnell die Zeit vergeht …«

Ihr Blick wirkte wehmütig.

Ich nickte. Auf dem Markt hatte ich gehört, dass die Entwicklung der Eisenbahn dazu beitragen würde, die ersten Feriengäste auf die Insel zu holen. Wie eine steinerne Furche würde sich die Strecke durch das Tal der Orangen ziehen.

Meine Tage in der Konditorei waren sehr arbeitsreich, doch jedes Gespräch mit meinen Kunden machte mich glücklich. Am liebsten hätte ich vor Vergnügen gesungen, aber ich musste ohne Pause bedienen, denn jeder hatte es eilig, das typische Gebäck unserer Insel zu kosten. »Was werden Sie uns wohl heute auftischen?«, riefen die Männer mir morgens mit ironischem Unterton zu. »Welch ein Duft, welch ein Duft!«, meinten andere mit bewundernder Miene und gespielter Galanterie zu mir. Bei ihren Worten errötete ich vor Vergnügen oder vielleicht auch vor Stolz. Ich wusste, dass die Komplimente nicht mir galten, sondern den Orangenblüten. Orangen, die mein Vater anbaute wie schon die Generationen vor ihm, waren unerlässlich, um meiner Leidenschaft nachzugehen. Ehrlich gesagt waren sie täglich meine treuen Gefährten. Die berühmten Ensaïmadas, die meine Kunden so gern genossen, waren zu Schnecken gerollt, so golden gebacken, dass sie die Sonne verblassen ließen, und nur von einem ganz leichten Schleier aus Puderzucker überhaucht.

Ebenso stolz war ich auf meinen Laden. Er war so hübsch eingerichtet, dass es schwerfiel, sich davon loszureißen. Man hielt sich einen Moment dort auf, oft um temperamentvoll zu diskutieren oder sich nach dem Neuesten zu erkundigen, und dann wieder, um sich Vertrauliches zuzuflüstern. Im Dorf kannte man einander. Man war auf dem Laufenden über alles, was geschah, und traf auf berühmte Persönlichkeiten, die das Mittelmeer überquert hatten, um sich an unserer Insel zu erfreuen. Sóller war berühmt!

An diesem Abend versank die Sonne als zitronengelbe Kugel hinter dem Horizont. Ihr Licht überzog die Fassaden der Steinhäuser mit einem goldenen Schein. Als Kind hatte ich es geliebt, die Eidechsen zu verscheuchen, die auf der Suche nach einem Platz an der Sonne der Schwerkraft trotzten. Ich weiß noch, wie zutraulich sie waren; und in den Olivenhainen und Orangenplantagen veranstalteten die Grillen und Heuschrecken mehrere Monate lang ein ständiges Konzert. Bei der Erinnerung musste ich lächeln.

Ich schloss den Laden, ließ das kleine Schild hängen, auf dem *Fins aras!* stand – *Bis bald!* –, und beeilte mich, zu meinen Freunden zu stoßen. Wir waren eine kleine, fröhliche Truppe und trafen uns für gewöhnlich an unserem Lieblingsplatz, einer kleinen Bucht mit türkisfarbenem Wasser zwischen zwei kleinen Felswänden, gekrönt von einem dichten Kiefernwäldchen mit duftenden Nadeln. Das war unser geheimes Amphitheater. Man erreichte es über einen Weg, der an einem kleinen Feld und einem Thymianbusch, an Mastixsträuchern und Zwergpalmen vorbeiführte. Auf der rechten Seite des Strandes lichtete sich der Kiefernwald. Die Zweige einiger Eichen hingen fast bis in das kristallklare Wasser hinunter.

Diese wilde, kleine und vor Blicken geschützte Bucht war ein Paradies, das nur für uns geschaffen zu sein schien. Sie war versteckt, unbekannt und schwer zugänglich. Und wenn die Sonne unterging, nahm der Himmel eine rosa Farbe an und übergoss den Ort mit einem Hauch von Magie. Glücklich übten wir uns in der Kunst des süßen Nichtstuns und des

Sonnenbadens. An freien Nachmittagen streckten wir – junge Frauen und Männer – uns auf den warmen Kieselsteinen aus und flüchteten vor der Hitze in Sóller. Wenn uns die Sonnenstrahlen zu heiß auf die Haut brannten, kam es uns im Schatten der Bäume frischer vor als im Meer, wo wir herumsprangen wie ein Schwarm kleiner Delfine. Doch wir waren an das milde Klima gewöhnt und zogen es vor, die Sonne auszukosten. Wir vergruben die Füße im Sand und traten genüsslich die glatten Steine ins Meer. Das fröhliche Geplauder unserer Freundesgruppe brach die Stille der ungezähmten Natur. Man konnte sich grenzenlos an diesem Ort berauschen, aber auch an den angeregten Unterhaltungen.

Ich trat schneller in die Pedale, denn ich hatte es eilig, dorthin zu kommen. Zum Strand war es nicht weit, und der Weg war mir vertraut. Außer Atem erreichte ich die kleine Bucht und nahm den Karton vom Fahrrad.

»Da ist ja unsere Zauberin der Geschmäcker!«, rief Marta, die ein Glas Orangenlimonade in der Hand hielt.

Ich lächelte ihr zu. Unglücklicherweise stolperte ich über einen Stein. Da spürte ich, wie jemand eine starke Hand um meine Taille legte und verhinderte, dass ich fiel und dabei meine Ensaïmadas verstreute. Aber es hatte nur wenig gefehlt.

»Achtung, kleines Fräulein!«, hörte ich jemanden hinter meiner Schulter sagen und drehte mich um. »Jaime, sehr erfreut. Ich bin ein Freund von Bernat.«

Ich versank tief in seinem Blick, und wir lächelten einander an. Seine gebräunte Haut betonte seine blauen Augen.

»Die Freude ist ganz meinerseits«, gab ich zurück und bot ihm eine Ensaïmada an.

Er dankte mir und verteilte den Rest an die anderen.

An diesem Nachmittag lernte ich also Jaime kennen. Er engagierte sich begeistert für den Bau einer Eisenbahnlinie zwischen Palma und Sóller und erzählte uns von allen möglichen Problemen, denen er dabei begegnete. Er schien sich bis ins Kleinste mit allem auszukennen, was diese elektrisch angetriebene Linie betraf, und beeindruckte damit seine Freunde.

»Das war schon als Kind mein Traum! Erinnert ihr euch noch an den Tag, an dem die Strecke eingeweiht wurde? Das war der 16. April 1912 … zwei Tage nach dem Unglück der *Titanic.* Unglaublich.«

Man hatte ihn gerade erst zum Sicherheitsinspektor ernannt. Er musste die Umgebung der Gleise überprüfen, das Schotterbett entlanggehen oder sogar durch die Tunnel. Er überwachte die Bäume, die, falls sie umstürzten, die Oberleitung oder sogar die Signale beschädigen konnten. Die Touristenzahl stieg kontinuierlich. Da war es notwendig, die Arbeiten gut zu planen, damit die Reisenden sich auf die Fahrpläne verlassen konnten.

Seine Erzählung und die Gewandtheit, mit der er die großen und kleinen Ereignisse um die Eisenbahn schilderte, schlugen mich in ihren Bann.

Marta sog begierig die reine Luft ein. Sie hatte die übel riechenden Säle des Krankhauses hinter sich gelassen, in denen sie Spritzen verabreicht und Verbände gewechselt hatte, und war eilig zu der kleinen Bucht gelaufen. Unter ihrem langen Rock trug sie bereits ihren Badeanzug, der nicht allzu tief ausgeschnitten war. Er reichte ihr bis zur Mitte der Oberschenkel, aber dennoch brachte er ihren wunderbaren Körper und ihre gebräunte Haut zur Geltung. Jedes Mal, wenn sie die Bucht erreichte, sprang sie ins Wasser, schwamm ein paar Sekunden unter der Oberfläche, tauchte mit lautem Platschen auf und ließ sich einen Moment lang treiben. Dann trat sie heraus und versprühte glitzernde Wassertropfen um sich. Damals hatten die jungen Männer nur Augen für sie. Ihre Schönheit stahl ihre Herzen.

Der Boden schien vom Zirpen der Grillen zu vibrieren. Der ferne Horizont leuchtete in einem blassen Lila. Zu unserer Freundesgruppe gehörte auch Antonella, die insgeheim davon träumte, einmal Bernat zu heiraten. Sie hatte ein sanftes, freundliches Gesicht, besonders wenn sie lächelte. Großzügig zweigte sie ein wenig von ihrer Zeit ab, um ältere Menschen zu unterstützen. Sie führte einen hübschen Kurzwarenladen, in dem sie für ihre Kundinnen meterweise Spitze und bunte Fäden abmaß. Jeden Sonntag goss sie die prächtigen Blumentöpfe vor dem Fenster der alten Agostina, was die Nachbarinnen neidisch machte und die alte Dame sehr erfreute.

Bernat war ein gut gelaunter Lebemann. Sein tiefes ansteckendes Lachen übertrug seine Heiterkeit auf die Gruppe, besonders wenn er von seinen Meisterleistungen auf dem Fahrrad erzählte. Seit einiger Zeit trainierte er für das Rennen »Fest der Pedale«. Während er davon berichtete, lag er ausgestreckt im Sand und tat, als strampele er.

»Du bist zu hochmütig, mein Freund«, erklärte ihm Pedro. »Geh lieber und erfrische deine schmerzenden Waden. Ich bin die Haarnadelkurven auf dem Camí des Rost schon gefahren, und besser als du!«, setzte er ein wenig aggressiv hinzu.

Pedro wollte seinen Rivalen, der natürlich stärker war als er, ein wenig anstacheln. Die Mädchen mischten sich nicht in diese kleinen und wenig boshaften Sticheleien ein. Sie ergriffen für keine Seite Partei, was zur guten Stimmung in der Gruppe beitrug. Bernat erzählte, leidenschaftlich wie immer, von seinen Bergfahrten und demonstrierte, wie er auf den steilen Strecken keuchte. Um uns zu amüsieren, schnaubte er wie ein Walross.

Ich hörte zu und teilte die Freude der anderen. Schon immer hatte ich die Natur geliebt und sah mich jetzt am Glanz der Wasseroberfläche satt, ließ den Blick über die graugrünen Berghänge streifen – Kiefern auf der einen und Birken auf der anderen Seite – und betrachtete die untergehende Sonne, die sich in dem azurblauen Meer spiegelte.

»Deine Ensaïmadas sind immer so wundervoll«, meinte Antonella, die eine Naschkatze war, zu mir.

Das Orangenblütenaroma des Gebäcks mischte sich mit dem Salzgeruch des Meeres und dem Harzgeruch der Kiefern.

»Genau wie sie selbst«, hörte ich jemanden leise sagen.

Ich drehte mich um. Jaime zwinkerte mir zu, und sofort wurde ich rot. Die anderen reagierten nicht. War ich die Einzige, die das gehört hatte?

Marta erlöste mich aus meiner Verlegenheit, als sie mich mit sich in das türkisfarbene Wasser zog. Sie war unermüdlich. Um ihren Hals hing an einer dünnen Kette ein goldenes Medaillon, das gegen ihre Brust hüpfte. Sie drehte sich zu mir um, warf ein paar Kieselsteine ins Meer und verschwand dann in einer Woge. Ich tat es ihr nach. Als ich triefend aus dem Wasser stieg, begegnete ich erneut Jaimes Blick. Dieses Mal schlug er die Augen nieder, als hätte er meine Verlegenheit bemerkt.

In mein weiches Badetuch gehüllt, setzte ich mich auf ein Stück Treibholz, um den Anekdoten von Pedro zu lauschen, der Bootsbaumeister war und, genau wie sein Großvater vor ihm, schon eine ganze Reihe Boote gebaut hatte. Wir hatten alle schon die kleinen küstengängigen Boote bewundert, diese katalanischen Feluken, die jeden Tag vom Hafen von Sóller ausfuhren. Pedro war stolz auf seinen Beruf. In seiner Familie gab der Vater die Techniken an den Sohn weiter, und der Bootsbau war für Pedro eine wahre Kunstform. Wir hörten ihm stets mit großem Interesse zu. Voller Begeisterung erklärte er uns, dass die Bäume für den Schiffsbau bei Vollmond geschlagen werden mussten, und zwar von Januar bis August, wenn das Holz kräftig war. Steineiche für die Vorder- und Achtersteven und den Kiel. Mallorquinische Kiefer für das Innere und nordische Kiefer für die Außenseite des Rumpfs. Seinetwegen träumten wir vom Segeln. Pedro war auf der ganzen Insel für seine handwerklichen Fähigkeiten bekannt.

»Dank dir kann mein Vater unsere Orangen exportieren«, meinte ich zu ihm.

»Und dank mir«, unterbrach mich Jaime. »Die Zitrusfrüchte sind der Reichtum unseres Landes. In erster Linie sollten die Einheimischen davon profitieren.«

Er lächelte mir zu und zog eine Orange aus seiner Jutetasche. Mit einem kleinen Taschenmesser schnitt er die Frucht an und drückte sie, sodass der Saft zwischen seinen Fingern hindurchrann. Dann hob er die Orange an den Mund und saugte sie aus. Er warf die Schale auf den ausgetrockneten Boden und erzählte uns von seiner Arbeit bei der Eisenbahnlinie. Bei großer Hitze konnte es Probleme mit der Oberleitung geben. Dann musste man rasch dafür sorgen, dass der Verkehr wieder aufgenommen wurde und der Zug fahren konnte. Wegen der Gefahr durch die elektrische Hochspannung waren Sicherheitsmaßnahmen von großer Bedeutung. Mir fiel auf, wie lebhaft seine Miene wirkte, wenn er erzählte.

»Stellt euch vor, in Palma, wo die Arbeiten 1907 begonnen wurden, hatte man eine kleine Lokomotive namens María Luisa eingeführt! Wenn ich einmal eine Tochter habe, soll sie so heißen«, fuhr Jaime fort.

Das sorgte für allgemeine Heiterkeit. Marta konnte gar nicht wieder aufhören zu lachen. Doch Jaime ließ sich nicht stören und sprach weiter.

»Von Sóller aus sollte eine Strecke durch den Gebirgszug der Serra de Alfàbia geöffnet werden, auf Maultierrücken … Und jetzt ist die Elektrifizierung der Strecke fast abgeschlossen!«

»Dann wirst du uns alles zeigen?«, fragte Bernat.

»Selbstverständlich. Ihr könnt die wunderbaren Holzwaggons bewundern und euch sogar die Bänke ansehen, die sich umklappen lassen, damit man immer in Fahrtrichtung sitzt.«

Jaime geriet regelrecht ins Schwärmen.

»Und die Fahrt dauert … wie lange?«, erkundigte sich Antonella.

»Im Durchschnitt fünfzig Minuten.«

»Dein Zug ist aber langsam!«, warf Bernat lachend ein. »Den kann ich ja mit dem Fahrrad überholen.«

Wir lachten im Chor.

»Sicher, aber mit dem Zug können die Fahrgäste wunderbare Aussichten genießen, ohne in Schweiß zu geraten! Ihr solltet durch die dreizehn Tunnel fahren, durch die man von der Serra de Tramuntana nach Palma gelangt.«

»Dreizehn! Du übertreibst«, unterbrach ihn Pedro.

»Ganz und gar nicht: dreizehn Tunnel, mehrere Brücken, ein Viadukt und aufregende Kurven. Ihr könnt euch nicht vorstellen, wie schwierig der Bau dieser Eisenbahnlinie war.«

Jaime versetzte uns in Staunen.

Der Abend ging viel zu schnell zu Ende. Als es dunkel wurde, liefen wir im Licht unserer Taschenlampen nach Hause. Unter unseren Schuhsohlen knirschte der Kies. Meine Fahrradkette war abgesprungen – und meine Waden waren ölverschmiert. Den Rest des Weges mussten wir daher zu Fuß zurücklegen und nahmen so die duftende Brise mit. Ich ging neben Jaime, der sich mir gegenüber sehr aufmerksam gezeigt hatte. Um die Wahrheit zu sagen, gefiel er mir gut …

Als wir uns dem Hafen näherten, sahen wir die Lichter des Chiringuito, der Fischerbar, in der die Stammgäste den Abend feuchtfröhlich ausklingen ließen. Aus der Ferne hörte man Gelächter und das Klirren zerbrechender Gläser.

Am nächsten Morgen stieß ein kleiner Junge die Tür meiner Konditorei auf.

Der Kleine brachte mir einen Umschlag, und ich gab ihm dafür ein Bonbon.

Triff mich Samstag um 11 Uhr
hinter der Kirche Sant Bartomeu
Jaime

Mein Herz schlug schneller.

3. Kapitel

Marseille, Juni 2016

Anaïs kramte in ihrer blauen Ledertasche, die mit einem kanariengelben Stoff gefüttert war. Ihre Finger streiften die Schlüssel ihrer Pariser Wohnung. Sie erkannte den Bund an seinem Schlüsselanhänger, einer Stahlkugel. Ein Lippenstift. Ein Päckchen Taschentücher. Endlich zog sie das kostbare Gerät hervor, ihr Handy. Sie tippte eine Nachricht, um sich zu vergewissern, dass ihr Stellvertreter, der das Café de l'Ensaïmada leitete, während sie einige Tage unterwegs war, alles im Griff hatte. Er antwortete sofort.

> Das Gebäck ist heute Morgen gut bei der Frauenorganisation abgeliefert worden. Der Fahrer hat die Staus umfahren – dieses Mal haben die fliegenden Händler gestreikt! – und sie rechtzeitig gebracht. Ansonsten kein Problem. Schönen Urlaub! Das ganze Team lässt Sie grüßen.

Anaïs begann, eine weitere Nachricht zu schreiben, um sicherzugehen, dass er nicht vergessen hatte, Mehl nachzubestellen, überlegte es sich jedoch sofort anders. Wäre es nicht besser, die Zügel einmal lockerer zu lassen?

Die Nervosität und die Zweifel, mit denen sie die Reise angetreten hatte, waren nach und nach verflogen. Im Zug hatte sie vergeblich versucht zu schlafen und war entweder von weinenden Kindern oder vom Schaffner geweckt worden.

Jetzt kann ich nicht mehr umkehren, hatte sie gedacht und ihre feuchten Hände ineinander verschlungen.

Am Ende war sie zu dem Schluss gekommen, dass sie die richtige Entscheidung getroffen hatte. Sie dachte rational, und die Horoskope in den Frauenzeitschriften waren für sie nur eine Aneinanderreihung von Lügen. Trotzdem kannte sie ihren Aszendenten und ihre Astralzahl; und es kam sogar vor, dass sie prüfte, ob das Sternzeichen eines Mannes, mit dem sie ausging, zu ihrem passte. Einer ihrer widersprüchlichen Charakterzüge … Daher hatte Anaïs entschieden, dass die Entdeckung dieser Dose ein Zeichen war und sie ausnahmsweise ihrer Intuition folgen sollte.

»Nutz die Gelegenheit, um Vitamin D zu tanken und etwas Farbe zu bekommen«, hatte Mona lakonisch gemeint.

Ihre Freundin hatte recht. Sie brauchte eine Atempause und musste sich eine Auszeit gönnen, um nachzudenken.

Kaum war sie am Bahnhof Saint-Charles angekommen, hatte sie ihre Schmetterlings-Sonnenbrille aufgesetzt. Sie hätte als Filmstar durchgehen können.

In der Bahnhofshalle war sie von einer bunten Menge herumgestoßen und von Taxifahrern bedrängt worden. Sie spürte, wie ihr die Kleidung an der Haut klebte, als sie zügig auf den Ausgang zulief. Draußen brannte die Sonne vom Himmel herab.

Als Nächstes hatte Anaïs die Blechdose im Fundbüro abgeholt und die Gelegenheit genutzt, diese Stadt, die sie noch nicht kannte, zu erkunden. Das kleine Hotel, das sie sich ausgesucht hatte, lag im Herzen des Panier-Viertels. So hatte sie durch die schmalen Gassen schlendern können, hatte in der Nähe der Place aux Huiles ausgezeichneten Tintenfisch gegessen, war an den Ständen des Fischmarkts vorbeigegangen und hatte Navettes à la fleur d'oranger gekauft, diese köstlichen, mit Orangenblütenwasser parfümierten, knusprigen Gebäckstücke in der Form kleiner Boote. Eine wahre Explosion von Düften und Geschmäckern!

Am Morgen vor ihrer Abreise suchte Anaïs die Baustelle des Hôtel du Port auf. Man hatte ihr erklärt, dort sei die

Blechdose gefunden worden, und sie wollte gern mehr über diesen Ort erfahren, an dem ihre Urgroßmutter anscheinend einmal abgestiegen war. Nachdem sie sich bei einem der Arbeiter vorgestellt hatte, wurde sie von einer ganzen Armada von Männern in neonfarbenen Schutzwesten begeistert empfangen.

»Das ist die Urenkelin der Besitzerin der Dose, die Paco gefunden hat«, hörte sie hinter sich jemanden murmeln.

Der plötzlichen Ansammlung von Arbeitern um sie herum nach zu urteilen, war ihre Geschichte nicht unbemerkt geblieben. Stolz zeigten die Männer ihr den Artikel aus der *La Provence.*

> Marseille. Außerordentlich: In einer Zwischendecke des Hôtel du Port gefundenes Rezeptbuch von 1938 an die Nachfahrin der Besitzerin übergeben.

Der Artikel wurde von einem – wie sie selbst fand, wenig schmeichelhaften – Foto von Anaïs begleitet. Jetzt würde sie nicht mehr unerkannt bleiben.

Einer der Arbeiter bot ihr einen Plastikbecher an.

»Einen Kaffee, Mademoiselle?«

Sie nickte und betrachtete den Mann. Lange braune Locken fielen ihm in die Stirn. Er sah ziemlich gut aus. Ein sonnengebräuntes und von leichten Linien durchzogenes Gesicht.

»Wenn Sie wollen, kann ich Ihnen die Stelle zeigen, wo die Dose versteckt war.«

Kaum hatte er die Worte ausgesprochen, hallte ein Sturm von Pfiffen durch den leeren Raum. Anaïs errötete und hob den Becher an die Lippen, um ihre Verlegenheit zu überspielen. Sie war an solche Begeisterungsbekundungen nicht gewöhnt, und erst recht nicht, wenn sie vom männlichen Geschlecht ausgingen. Was für ein Haufen Charmebolzen, dachte sie.

Mit einer Handbewegung brachte Paco die Arbeiter zum Schweigen und reichte Anaïs einen Baustellenhelm, damit sie sich sicher durch die Räume bewegen konnte. Sie gingen in Richtung des Zimmers, wobei sie den Leichtbausteinen und Elektrokabeln auf dem Boden auswichen. Als sie den Raum betraten, spürte Anaïs einen leichten Stich im Herzen. Ihre Urgroßmutter hatte in diesem Hotel gewohnt. Wie lange wohl? Mit wem? Warum hatte sie diese Dose …

»Alles in Ordnung?«

Anaïs hatte nicht bemerkt, dass ihr Tränen über die Wangen liefen. Paco reichte ihr ein Taschentuch.

»Das hier war einmal eine Dienstbotenkammer«, erklärte er ihr.

»Sie meinen, dass hier Personal untergebracht war?«

»Genau. Auf der einen Seite die Wäscherinnen oder Büglerinnen, die Zimmermädchen und die Köchinnen. Die andere Seite des Gangs war den Männern vorbehalten: Portiers, Gepäckträgern und Pagen.«

Paco hatte den alten Grundriss des Hotels auseinandergerollt, hielt ihn an die Wand und zeigte mit dem Finger auf die Stelle, an der sie sich befanden. Dann erklärte er ihr die anderen Räume, doch Anaïs hörte ihm nur mit halbem Ohr zu.

Sie stellte sich vor, wie Magdalena durch diesen luxuriösen Palast geschritten sein musste, in Kleidern mit geschnürter schmaler Taille und Ballonärmeln, wie sie damals Mode gewesen waren. Bestimmt hatte sie diese Dose einem Zimmermädchen anvertraut, oder? Ihre Urgroßmutter war ihr immer vorgekommen, als sei sie an Luxus gewöhnt, an die prunkvolle Ausstattung ihrer Wohnung im Pariser Stadtbezirk Passy, die sie ihren Kindern und Enkeln hinterlassen hatte. Und sie hatte ihnen die Freude an gut verrichteter Arbeit und den Mut zum Risiko vererbt. Anaïs' Großmutter und Tante hatten Magdalena immer als Kämpferin beschrieben. Magdalena hatte sich aus Leidenschaft und Überzeugung dem Backen zugewandt und dank ihrer Entschlossenheit, Gründlichkeit und Exaktheit durchgesetzt. Für die Pariser war die Ensaïmada eine nie da gewesene Kreation, die nach Sonne und goldenen und türkisfarbenen Buchten schmeckte. Ein Bündnis zwischen Himmel und Meer, ein Innehalten in einem Moment des Genusses, der die Sinne verzauberte.

Anaïs spürte, wie ihr jemand leicht auf die Schulter tippte. Sie hatte den Arbeiter fast vergessen.

»Hier haben Sie die Visitenkarte unseres Bauleiters, falls Sie seine Kontaktdaten einmal brauchen«, erklärte er mit einem mitfühlenden Lächeln, als täte sie ihm leid.

Abwesend dankte Anaïs ihm, steckte die Karte in ihre Handtasche und verabschiedete sich. Sie hatte das merkwürdige Gefühl, weiche Knie zu haben. Wie benommen von dieser unerwarteten Reaktion sah sie aus dem Fenster. In der Ferne schimmerte die Bonne Mère.

Vor Jahrzehnten war Anaïs' Urgroßmutter über die Dielen dieses Hotels geschritten. Warum wusste sie nicht das Geringste darüber, wie sie nach Frankreich gekommen war? Eigentlich hatte sich Anaïs nie als Nachfahrin von Einwanderern gesehen. Doch jetzt wünschte sie sich, Licht in die dunklen Flecken von Magdalenas Vergangenheit zu bringen.

Sie riss sich von dem Panorama los, das sich vor ihren Augen erstreckte. Ein kurzer Blick auf die Uhr verriet ihr, dass der Zug nach Paris in weniger als einer Stunde abfuhr. Sie musste sich beeilen. Hastig eilte sie die Treppen hinunter, deren Stein von unendlich vielen Schuhsohlen blank poliert war, winkte den wenigen Arbeitern, denen sie unterwegs begegnete, zum Abschied zu und sprang in die Metro.

Als sie ein wenig später bequem in ihrem weichen Sitz in der ersten Klasse saß, griff sie nach Magdalenas Heft, während vor dem Fenster die steinige Landschaft der Provence vorüberzog. Zärtlich strich Anaïs über den rauen Einband des Notizhefts und blätterte dann durch die Seiten, von denen ein muffiger Geruch aufstieg. In ihren Händen, auf diesem dünnen Papier, lag das Vermächtnis ihrer Urgroßmutter. Obwohl Anaïs die Worte nicht verstand, erriet sie, dass die alten Rezepte die Aromen der Region und ihren authentischen Geschmack vermitteln mussten, und ihr lief das Wasser im Mund zusammen. Als sie eine Seite umblätterte, segelte plötzlich ein loses Blatt zu Boden. Sie hob es auf und bemerkte einen Briefkopf mit einer Adresse.

Ca'n Taronja
Camí de Sa Vinyassa 3,
Sóller, Mallorca

Familia Cárdenas

Die letzte Zeile enthielt den Familiennamen ihrer Großmutter. Das Herz schien ihr bis in die Schläfen zu pochen.

Sóller? War das nicht die mallorquinische Stadt, in der Magdalena geboren war? Anaïs erinnerte sich vage, in Unterhaltungen davon gehört zu haben, aber ihre Urgroßmutter hatte nie von ihrer Heimatinsel gesprochen … Neugierig geworden, notierte Anaïs die Adresse in einer Ecke ihres Terminkalenders und nahm sich vor, im Internet danach zu recherchieren, sobald sie besseren Empfang hatte.

Tief im Inneren empfand sie eine Art Frustration. Sicher eine emotionale Reaktion auf ihre Entdeckung. Sie wünschte, ihre Urgroßmutter wäre noch am Leben, damit sie ihr Fragen nach dem Sinn des Lebens stellen könnte. Bei diesem Gedanken ballte Anaïs die Fäuste und legte das Blatt mit einem tiefen Seufzer zurück. Draußen begann es dunkel zu werden. Sie knipste die Leselampe über ihrem Platz an, und das Licht tauchte Anaïs' Gesicht in einen goldenen Schein.

Dann ließ sich die junge Frau vom Rattern des Zugs wiegen, schlummerte schließlich ein und wurde von ihren Träumen davongetragen, zu einer von türkisblauem Wasser umgebenen Insel.

***

»Wer war das?«

Mit einem Besenstiel in der Hand stürzte ein korpulenter Mann aus dem Restaurant. Er trug ein verwaschenes Unterhemd und dicke Plastikschuhe. Die Markise, die der Terrasse seines Restaurants Schatten spendete, war mit orangefarbenen Flecken übersät. Mühsam bückte sich der Mann, hob Orangenhälften auf, von denen noch der Saft troff, und blickte hoch. Auf dem Balkon stützten sich zwei Kinder mit struppigem Haar mit den Ellbogen auf die Balustrade und kicherten. Als sie seinem Blick begegneten, rannten sie davon.

Die werden ordentlich etwas zu hören bekommen, dachte Miquel. Trotzdem musste er bei dem Gedanken an die betretene Miene des Kochs ein Lachen unterdrücken.

Im Stadtzentrum von Sóller war das Orangenfest in vollem Gange. Die schmiedeeisernen Gitter der Balkone waren mit orangefarbenen und goldenen Bändern geschmückt, die im Wind flatterten. Die Einwohner hatten ihren Ort in eine Augenweide aus Farben und Dekorationen verwandelt, die aus Orangenschalen und ganzen Früchten gefertigt worden waren. Boote und Körbe aus kleinen orangefarbenen Farbtupfern wirkten wie pointillistische Gemälde.

Zu diesem Anlass hatte Miquel all seine Kollegen – die Zitrusbauern aus dem Tal – zusammengetrommelt, um ihr Projekt voranzutreiben: die Kennzeichnung ihrer Produkte mit der geschützten geografischen Herkunftsbezeichnung. Der Orange aus Sóller sollte die verdiente Anerkennung als Symbol ihrer Stadt zuteilwerden. Miquel, der leidenschaftlich für lokale Produkte eintrat, arbeitete seit Jahren mit einer Kooperative zusammen und setzte sich für den Schutz der regionalen Landwirtschaft ein, die dieser Gegend ihren Charakter verlieh. Im vergangenen Jahr hatte er dank Subventionen, die in die Region geflossen waren, sogar neue Maschinen kaufen können, um im Tal tausend neue Orangenbäume zu pflanzen, und hoffte, in Zukunft von der wertvollen Herkunftsbezeichnung profitieren zu können. Auch die Aufkäufer der Exportfirmen waren bei diesem traditionellen Fest vertreten, nachdem sie sich einen Eindruck von der kommenden Ernte verschafft und ihre Bestellungen aufgegeben hatten.

Jetzt, im Juni, waren die Gassen der Stadt von einem köstlichen, sinnlichen und frischen Duft erfüllt. Auf der Plaza de la Constitución würden sich zwei Tage lang Kunstwerkstätten und Konzerte abwechseln, man konnte *tapes i pintxos* – Tapas und Spieße – verkosten und folkloristische Tänze ansehen, und wenn es dunkel wurde, fand ein faszinierendes Spektakel mit Musik und Feuerwerk statt. Dieses jährliche Fest zu Ehren der »goldenen Frucht« bot Gelegenheit, sie in unterschiedlichen Formen und Kreationen zu kosten: Salat aus Orangen und Minze, erfrischende Orangengetränke, Eiscreme, Süßspeisen, Marmeladen, Orangenwein, aromatisiertes Olivenöl …

Die Touristen, die solche Gaumengenüsse suchten, kamen in Strömen und förderten die Wirtschaft des Ortes. Miquel hatte von Beginn an Führungen auf seinem Landsitz organisiert, einer Finca mit duftenden, paradiesischen Obstplantagen.

Den ganzen Tag über hatte sich Miquel mit Warenkäufern unterhalten und sie davon zu überzeugen versucht, dass durch die Herkunftsbezeichnung das Image und die Vermarktung der Orangen aus Sóller einen schwindelerregenden Aufschwung erleben würden. Alle Sterneköche der Welt würden sie ihnen aus den Händen reißen, um ihren Gerichten eine fruchtige Note zu verleihen. Wieder zu Hause angekommen, setzte er sich vor seinen Computer und sah seine Mails durch. Besonders eine zog seine Aufmerksamkeit auf sich. Sie war auf Englisch verfasst, und zunächst dachte er, es wäre eine Antwort der EU-Behörden bezüglich des Herkunfts-Labels, doch seine Begeisterung verflog rasch. Die Mail stammte von einer Französin, die auf der Suche nach den Erben der Ca'n Taronja war, des »Hauses der Orange«, Miquels Finca.

Die Nachricht machte ihn argwöhnisch, und anstatt gleich zu antworten, schaltete er den Computer aus und kratzte sich die Bartstoppeln. Was mochte diese Anaïs wollen? Miquel hatte schon genug Sorgen mit dem Herkunfts-Label für die Orangen. In dieser Nacht fand er nur schwer in den Schlaf und warf sich unruhig im Bett herum.

4. Kapitel

Sóller 1935

Durch das Fenster bewunderte ich die Landschaft. Ich machte mich schick für mein Rendezvous mit Jaime. Zuerst zog ich meinen in tiefe Falten gelegten, schwarz abgesetzten Rock an und rückte meine weiße Bluse zurecht. Dann wirbelte ich umher und drehte mich mehrmals um mich selbst. Mein Rock flog und umgab mich wie eine Blütenkrone. Ich strahlte zufrieden und fühlte mich geradezu überschwänglich. Aus meinen dunklen Augen sah ich ein letztes Mal bewundernd in den Spiegel und lächelte. Mein Haar war so schwarz, dass es fast bläulich wirkte, und es fiel mir bis unterhalb der Taille über den Rücken.

Immer noch lächelnd überquerte ich die Plaza de la Constitución, wo die Sonne auf die Kronen der Platanen fiel, unter denen die Alleen lagen. Mit großen Schritten war ich hergeeilt.

Die Düfte der Stände, an denen Fisch, Oliven und saftiges Obst feilgeboten wurden, lagen in der Luft. Am Vormittag wuschen die Frauen im Ort ihre Wäsche, erledigten ihren Haushalt und kauften ein. Der Wind peitschte die Teppiche, das Bettzeug und die bunten Kleidungsstücke, die an den Fenstern oder Balkongeländern hingen. Dieselben Frauen trafen sich an den Lebensmittelständen auf dem zentralen Platz wieder oder putzten ihre Türschwellen und Fenster, bis sie glänzten. Dabei unterbrachen sie die Arbeit alle zwei Minuten, um ausgiebig mit anderen Frauen zu diskutieren, die meist schon älter waren, schwarz gekleidet und mit krummem Rücken von den vielen Jahren vornübergebeugt verrichteter Hausarbeit. Ein klares, mediterranes und beinahe himmlisches Licht lag über Sóller.

Jaime war den Hang heruntergelaufen und hatte sich bald darauf leicht außer Atem in der Allee zu mir gesellt. Er hatte mich gesehen und war dann auf mich zugerannt. Als er näher kam, musste er die Konturen meines Körpers unter dem Stoff des Rocks erahnt haben. Vielleicht schämte ich mich ja, jedenfalls mussten meine noch kindlichen Züge durch meine ernste Miene schon einen weiblichen Ausdruck angenommen haben. Später sollte er mir gestehen, dass er vom ersten Moment an von meiner weißen Bluse, meinem dunklen Haar, meinem gebräunten Gesicht und meinem matten Teint hingerissen war.

Wir setzten uns auf die Bank im Schatten der Bäume. Ein paar Sonnenstrahlen strichen zärtlich über unsere Knie. Jaime beherrschte seine Aufregung. Er wandte mir das Gesicht zu und hätte mich wahrscheinlich gern geküsst, wollte aber diesen gemeinsamen ruhigen Moment nicht zerstören. Ich spürte nur, wie sein Knie meines streifte. Der Marktplatz war von ganz unterschiedlichen Steinhäusern mit olivgrünen Fensterläden umgeben, deren Dächer und Regenrinnen wie am Mittelmeer üblich aus gebranntem Ton bestanden. Sóller besaß großen Charme. Die gepflasterten Straßen waren schmal und abschüssig und verliefen um kleine Plätze herum, die mit Steinbänken oder alten Springbrunnen geschmückt waren. Die Luft war warm. Jaime erzählte ein wenig von seiner Arbeit, und wir lachten gemeinsam bei der Erinnerung an Bernats und Pedros Anekdoten. Dann trat ein Schweigen ein. Doch ich wollte diese so beredte Stille nicht unterbrechen. Daher erhob ich mich mit einer einfachen Bewegung und lächelte ihm freundlich zu.

»Ich muss wieder nach Hause«, erklärte ich leise und mit Bedauern.

»Gehen wir doch noch ein paar Schritte zum Markt«, flüsterte er mir ins Ohr.

Dann zog er mich an sich und küsste mich auf die Wange. Ich sah, wie seine Augen leidenschaftlich aufblitzten.

Gemeinsam schlenderten wir auf den Marktplatz und das lärmende Stimmengewirr der Bewohner von Sóller zu. Ich betrachtete die bunten Obst- und Gemüsepyramiden an den Ständen und sog den Duft nach Gewürzen und Früchten ein. Jaime duckte den Kopf, um unter den violetten Knoblauchzöpfen hindurchzugehen, die über dem Verkaufstisch hingen. Die Stimme des Fischhändlers hallte mir in den Ohren. Er rühmte die Frische seiner Schwertfische, Kraken und Sardinen, die auf einer Marmorplatte auslagen. Ihre Schuppen glitzerten in der Sonne wie ein Regenbogen, und der Händler schien sogar den Jodgeruch des Meeres mitgebracht zu haben.

»Hast du schon einmal Tintenfische mit der Hand gefangen?«, fragte mich Jaime.

Neugierig geworden schüttelte ich den Kopf.

»Das ist eine richtige Kunst. Nur mit einem Tuch und einem Faden. Als kleiner Junge habe ich Stunden am Strand verbracht und versucht, sie zu fangen.«

»Und wie viele hast du schon erwischt?«

»Ich zähle sie nicht mehr …« Stolz blies er die Brust auf und zwinkerte mir zu. Ich belohnte ihn mit einem Lächeln.

Ein Stück weiter gab es Zucchini mit goldgelben Blüten, leuchtend rote und gelbe Paprikaschoten und rissige bittere Orangen. In der Stadt herrschte Trubel. Jaime kaufte mir ein Mandel-Granissat. Ich liebte dieses zerstoßene Eis, das mit Orangensaft, Zitrone und Mandelmilch vermischt war.

Als ich zwischen den Auslagen hin und her ging, spürte ich Jaimes eindringlichen Blick im Rücken. Zu meinem Bedauern musste ich nach Hause. Doch ich behielt die Erinnerung an seine Gestalt, sein braunes Haar und die Berührung seiner Wange zurück. War ich etwa verliebt?

Ich passierte niedrige Steinmauern, stieg eine Treppe hinunter, wo die Zweige eines Wacholderbusches durch die Eisenstangen eines Geländers wuchsen, und blieb fast mit meinem Schultertuch an dem Gebüsch hängen. Wieder kam ich an der Reihe der alten Häuser vorbei. Eine dicke Katze lief vor mir her. Sie flüchtete vor dem Gebell eines Hundes und suchte hinter einem großen Geranienkübel Zuflucht. Als ich mich dem Haus und den Orangenplantagen näherte, konnte ich der Versuchung nicht widerstehen, eine reife saftige Frucht zu pflücken. Ich schälte sie und ließ sie mir schmecken. Der süße Saft rann über meine Zunge, und ich hielt ihn gerade rechtzeitig zurück, damit er mir nicht aufs Kinn tropfte.

Ich wanderte weiter. Während meines langen Fußwegs ging ich leichten Sinnes dahin; der Rhythmus meines Atems, mein Herzschlag und das Geräusch meiner Schritte erfüllten meinen Geist mit einem friedlichen Gefühl. Die Stille, das Spiel von Licht und Schatten, der Duft der Kiefern und Orangenbäume, der Dunst an den Berghängen, die sanfte Brise ... die ganze Natur schloss mich in die Arme. Der Einklang mit ihr schenkte mir Kraft. Ich kostete den gegenwärtigen Moment aus. In diesem Glücksgefühl spürte ich eine spontane Sinnlichkeit in mir aufsteigen. In der Ferne klingelte ein Glöckchen, als ich ganz außer Atem die Schwelle des Hauses erreichte, und meine roten Wangen standen in Flammen, genau wie mein Herz.

Langsam vergingen die Tage, und ich sehnte mich stets und ständig danach, Jaime zu sehen. Jeden Morgen kam derselbe kleine Junge und brachte mir einen gefalteten Zettel, manchmal zerknittert und dann wieder mit Schokolade beschmiert, mit einem kleinen Liebesbrief. Mein Bonbonglas wurde immer leerer. Dann klopfte mein Herz heftig, wenn ich zum Backofen ging.

Ensaïmadas

4 Teelöffel Trockenhefe, 1 Tasse heiße Milch, ½ Tasse Zucker, 1 Teelöffel Salz, 4 ½ Tassen Mehl, 2 große Eier, 170 Gramm Schweineschmalz, Puderzucker, Olivenöl.

So beschäftigt war ich mit dem Verkauf meiner Ensaïmadas, dass ich keine Zeit hatte, um die Augen zu schließen und mich von der geselligen Atmosphäre erfüllen zu lassen, die in der Konditorei herrschte, denn ich musste immer für meine Kunden da sein. Doch ich verstand die halb ausgesprochenen Andeutungen der Gäste, und oft machte ihre Haltung oder Mimik einen lebhaften Dialog deutlich, mit Widersprüchen, bewundernden Untertönen oder geteilten Meinungen … Die »Ohs« und »Ahs« flogen nur so durch den Raum und unterstrichen erstaunte oder amüsierte Blicke. Am liebsten hätte ich im Vorbeigehen die Gesprächsfetzen eingefangen, die Geschichten festgehalten, doch die Worte schnellten so rasch vorbei, als blättere man durch die Seiten eines Buchs. Die Bewohner der Stadt waren so lebhaft. Manchmal kam sogar gedämpfter, von *olé*-Rufen unterbrochener Gesang auf. Man lachte und entfloh ein wenig dem Alltag.

Mein Laden macht den Straßencafés von Sóller Konkurrenz, dachte ich belustigt. Das Klima unserer Insel trug auch einen großen Teil dazu bei. Ich liebte es, diese vielen Stimmen zu hören, die wie Musik klangen, wie ein leises Summen von Insekten, von Bienen, die vom Duft der Orangenblüten angezogen wurden. Am Abend, wenn die erleuchteten Fenster der Stadt den Sternen glichen, die bald am Himmel glitzern würden, vermisste ich, wenn ich die grünen, vielfach übergestrichenen Fensterläden schloss, die von Lachsalven unterbrochenen Stimmen der Landbewohner. Das Leben war schön.

Schon von klein an hatte ich mein Leben den Orangen gewidmet. Man musste auf die korrekte Bewässerung achten und an den Verkauf der Ernte denken. Die Natur half meinem Vater, herrliche Früchte zu erzeugen, die in die Welt reisen würden. Sie würden das Meer finden und ihren Duft und köstlichen Saft in die Ferne tragen. Schon seit meiner Kindheit berauschte mich ihr Duft. Diese Früchte, die so golden wie die Sonne waren, verzauberten mich, ebenso wie meine zweite Leidenschaft, bei der ich mit meinen Kräften ein wenig haushalten musste: die Fertigung eines Gebäcks, das sich wie eine Liebkosung anfühlen sollte und den zarten Duft von Orangenblüten verströmte, der Ensaïmada.

Voller Vergnügen knetete ich den Teig mindestens eine Viertelstunde. Dann formte ich liebevoll klebrige, geschmeidige Kugeln. Eine nach der anderen drückte ich auf einem Holzbrett mit der Hand flach, ohne den Teig zu zerreißen. Geduldig strich ich sie zu kleinen, fast durchsichtigen Rechtecken aus, die mit Olivenöl bestrichen wurden, damit der Teig nicht anhaftete. Dann rollte ich sie mit der Handfläche zusammen, bis ich Teigwürste erhielt, die ich in Spiralen legte wie schöne Bänder und die beim Backen eine einzigartige goldene Farbe annahmen. Schließlich bestäubte ich sie großzügig mit Puderzucker. Jaime hatte gestaunt, als ich ihm von der umstrittenen Herkunft dieses Gebäcks erzählte.

»*Ensaïmada* kommt von *saïm*, was ›Schweineschmalz‹ bedeutet. Manche Leute glauben, dass die Araber sie auf der Insel eingeführt haben, was ihre Form, die einem Turban ähnelt, erklären würde. Andere meinen, sie stamme von den ›bulema‹ ab, einem Gebäck ähnlich dem, das einst die Juden hergestellt haben«, erklärte ich ihm und warf ihm lachend einen Blick zu.

Er hatte mich beglückwünscht und fest in die Arme geschlossen. Ich träumte von seinen leidenschaftlichen Umarmungen.

Wir trafen uns oft gegen Abend, wenn wir beide unsere Arbeit beendet hatten und die Sonnenstrahlen bis unter das

Geäst der Kiefern fielen. Sehr gern gingen wir dann am Meeresufer entlang. Das Meer bebte wie ein Herzschlag, und die kleinen Wellen liebkosten unsere schmerzenden Füße und bildeten schaumige Girlanden darum. Wir lagen ausgestreckt auf dem Sand und gaben uns einander hin, mit geschlossenen Augen und im Einklang mit der Natur. Oft wälzten wir uns über den Strand und küssten einander leidenschaftlich. Bei Einbruch der Dunkelheit, wenn die Sonnenwärme auf den Mauern der Häuser nachließ, die die von Olivenhainen, Weinreben und Gestrüpp bedeckten Hügel von Sóller einrahmten, kehrten wir nach Hause zurück. Wie schwer es uns fiel, auseinanderzugehen! Jaime umarmte mich, schob mich zurück und zog mich mit einer Flut von Liebesbekundungen erneut an sich. Mir stieg das Blut ins Gesicht, und meine Augen brannten. Dann schlug ich schweren Herzens den Heimweg zum Orangenhain ein. Die Sonne verblasste und ließ alle Farben matt wirken. Die Ebene unter mir würde gleich im Schatten verschwinden, doch dieses Dunkel schien die Obstgärten zu schützen, die sich den ganzen Tag über mit Sonne vollgesogen hatten.

Eines Tages, als ich auf ihn wartete und einen breiten Strohhut trug, der mein Gesicht beschattete, hörte ich ein leichtes Rascheln. Ich hob meinen Hut ein Stück an und sah, wie Jaime schnell zwischen den Kiefern und dem Gestrüpp den Hang hinablief. Bei diesem Anblick spürte ich wieder die ganze Sehnsucht, die mich ergriffen hatte, als ich ihn zum ersten Mal in unserer geheimen Bucht gesehen hatte. Mit einem Satz war er bei mir und streckte mir einen Strauß aus Mandelblüten und einer zarten Rose entgegen, die er selbst geschnitten haben musste. Dann tastete er nach etwas in der Tasche seiner beigefarbenen Hose, ging auf die Knie und öffnete ein Kästchen. Darin steckte ein Ring.

»Willst du meine Frau werden?«

Ich hatte kaum Zeit, Ja zu sagen, da küsste er mich schon. Er kostete so leidenschaftlich von meinen Lippen, dass sie sich beinahe purpurn färbten. Eng umschlungen, die Lippen aneinandergepresst, zerdrückten wir einander fast vor Glück, und unsere Herzen schlugen im selben Takt.

Am Morgen unseres Hochzeitstags war ich in aller Frühe aufgestanden. Der Himmel war klar und blau, und eine leise, lauwarme Brise trug tausend Düfte heran. Jaime und ich hatten beschlossen, nie wieder auseinanderzugehen. Unsere Eltern waren überglücklich darüber, dass die jungen Leute sich liebten. In einer kleinen Kapelle erhielten wir den Segen. Vor Gott besiegelten wir unsere ewige Liebe. Jaime steckte mir den Ring an den Finger, und eine Träne lief mir über die Wange. Unter meiner Mantilla war ich tief bewegt. Nach der einfachen Zeremonie trafen sich Eltern und Freunde im großen Hof der Familien-Finca. Nur Marta fehlte. Sie hatte mir erklärt, dass sie im Krankenhaus von Manacor am anderen Ende der Insel gebraucht werde, und zwar für längere Zeit, da es dort an Pflegepersonal mangele. Doch die anderen Mitglieder unserer fröhlichen Truppe gratulierten und umarmten uns einer nach dem anderen. Ein entfernter Onkel von Jaime hatte sich eine Balgenkamera geleistet und nahm zahlreiche Erinnerungsfotos auf. Er forderte uns auf, Fotografien vor dem Hintergrund der kleinen Mauer zu machen. Ich sah in die Sonne, und es fiel mir schwer, die Augen offen zu halten, denn meine weiße Mantilla spendete keinen besonders starken Schatten. In der Ferne erstreckte sich die olivgrüne schroffe Landschaft, über der nur einige wenige Dunstschleier hingen, bis in die Unendlichkeit, als schlage das Tal der Orangen Wellen.

»Schau mich an, mein kleiner Engel«, rief Jaimes Onkel mir auf Mallorquinisch zu, dem hiesigen, vom Katalanischen abstammenden Dialekt, und ich hörte seinen Apparat viele Male klicken.

Der Tisch war wunderbar geschmückt und mit Steinguttellern gedeckt, die die Initialen *M & J* trugen, unserem Hochzeitsgeschenk. Auf ihnen wurde Sobrasada serviert, die lufttgetrocknete, mit Paprika gewürzte Wurst aus dem Fleisch der Ibérico-Schweine; Lamm am Spieß und Tumbet, ein Eintopfgericht aus Zucchini, Auberginen, Paprikaschoten und Kartoffeln in einer gewürzten Tomatensoße. Zum Nachtisch ließen wir uns Nougat mit Schokolade schmecken, Mandelbrötchen und natürlich Ensaïmadas. Zwischen den schläfrigen Eseln und den Hühnern, die im Schatten der Orangenbäume scharrten, sprachen die Männer den Gerichten kräftig zu. Die Frauen dagegen verglichen die traditionellen Gerichte, deren Rezepte von der Mutter an die Tochter weitergegeben wurden. Sie konnten die kleinsten Unterschiede in der Zubereitung entdecken, typische Variationen einer bestimmten Familie oder Region.

Das Fest setzte sich bis in den Abend hinein fort. Auf unsere Gäste wartete noch eine Überraschung. Junge Leute, die in ihre schönsten Gewänder gekleidet waren, erschienen und brachten ihre Gitarre mit. Sie eröffneten ihren brillanten Auftritt mit volkstümlichen Liedern. Ich ließ mich vom Zauber der Melodien überwältigen, von den melancholischen Akkorden, in denen ich mich traumverloren wiegte. Das Mädchen und der junge Mann hielten Kastagnetten in den Händen und tanzten im Rhythmus dieser kleinen Instrumente, die sie ohne Unterlass klappern ließen, eine Rota. Der bezaubernde Tanz erfreute die Gäste, die ihnen tosenden Beifall spendeten. Verliebt strich ich über meinen Ehering. An diesem Tag zählte für mich nichts anderes, als zusammen mit den Menschen, die mir am liebsten waren, und mit meinem Jaime das Glück dieses Augenblicks zu genießen.

Wir verabschiedeten uns schließlich mitten in der Nacht von unseren Gästen, um unsere Hochzeitsnacht im schönsten Hotel der Stadt zu verbringen. Doch als wir dort vor der Tür standen, öffnete uns niemand. Darauf warf Jaime kleine Kieselsteine an das Fenster des Nachtportiers, der eingeschlafen war, doch ohne Erfolg. Er trommelte gegen die Eingangstür, und eine Frau tauchte auf.

»Pst, leiser, Sie wecken noch alle Gäste auf!« Es war die Frau des Besitzers. Sie entschuldigte sich für den Nachtportier, der krank war, überreichte uns einen Bund mit vergoldeten Schlüsseln und zeigte uns das Zimmer.

»Was für ein herrliches Kleid, es steht Ihnen fantastisch«, sagte sie zu mir, obwohl sie verschlafen wirkte.

Ich versprach, ihr ein Hochzeitsfoto für ihr goldenes Buch zuzuschicken, in dem sie wohlhabende Gäste verewigte.

»Was für eine Ehre!«, prustete ich vor Lachen in Jaimes Armen, nachdem sie sich entfernt hatte.

»Meine Frau ist ein richtiger Star«, setzte er lächelnd hinzu.

Am nächsten Morgen fiel ein schmaler Lichtstrahl in das halbdunkle Zimmer, denn die Vorhänge schlossen nicht ganz. So konnte Jaime meinen gebräunten Hals und die Umrisse meiner Arme erahnen. Ich schlug die Augen auf und lächelte ihm zu. Nach unserer gemeinsamen Nacht waren die Laken warm, als hätten sie in der Sonne gehangen. Jaime hatte sehr zärtliche Hände. Er zog mich in die Arme und liebte mich ein weiteres Mal. Das leichte Laken schmiegte sich an meinen gebräunten Körper, der sich unter dem dünnen Stoff abzeichnete, sich hin und her bewegte. Als ich, noch zwischen Schlaf und Wachen, leise stöhnte, erschauerte Jaime.

Nach unserem leidenschaftlichen Liebesspiel sprang Jaime aus dem Bett. Seine Kleidung lag über den Boden verstreut. Ich gähnte.

»Wie viel Uhr ist es?«

»Schon spät!«, tadelte er mich lächelnd.

Entspannt blieb ich mit meinem zerwühlten Haar auf dem Kopfkissen liegen und blies ihm einen Luftkuss zu.

Anschließend nahmen wir auf der sonnenbeschienenen Terrasse ein üppiges Frühstück ein. Jaime griff nach der Lokalzeitung, und seine Miene verdüsterte sich augenblicklich. Er wirkte entsetzt.

»Was ist los?«, fragte ich ihn.

Ich blickte ihm über die Schulter und erfuhr, dass wir am Tag des militärischen und zivilen Aufstands der Nationalisten geheiratet hatten. Am 18. Juli 1936.

Als wir später am Rathaus vorbeigingen, erblickten wir ein Plakat.

Artikel 1

Auf den Balearen ist das Kriegsrecht ausgerufen.

Dieses Plakat läutete den Militärputsch gegen die Republik ein.

Auf unserer Insel war offiziell der Bürgerkrieg erklärt worden.

5. Kapitel

Tumbet – mallorquinisches Ratatouille

Geschälte Kartoffeln in Scheiben schneiden. Aubergine und Zucchini in Scheiben schneiden, ohne sie zu schälen. Tomaten mit kochendem Wasser überbrühen, abkühlen lassen und schälen. Paprikaschoten entkernen, die Stiele entfernen und schneiden. Das Gemüse einzeln nacheinander in Öl anbraten, salzen, pfeffern und beiseitestellen. Währenddessen zerdrückt man die Tomaten und Knoblauchzehen und kocht sie auf kleiner Flamme zu einer Soße ein. In einem Schmortopf schichtet man für das Tumbet zuerst Kartoffeln, dann Auberginen, anschließend Zucchini und Paprika und überzieht schließlich das Ganze mit der Tomatensoße. Vierzig Minuten im Ofen backen. Lauwarm als Beilage oder kalt auf mit Knoblauch eingeriebenem Röstbrot servieren.

Mallorca, September 2016

Seit über drei Monaten korrespondierten Miquel und Anaïs schon per Mail miteinander. Sie hatte ihm von ihrer unglaublichen Entdeckung berichtet und geschrieben, sie wolle sich auf die Suche nach ihren Wurzeln machen.

»Ich möchte der Essenz des Rezeptbuchs von Magdalena – meiner Vorfahrin – nachspüren, ihre Gefühle nachempfinden, ihre Vergangenheit verstehen, in ihren Fußstapfen gehen, auf ihrer Insel …«, hatte sie ihm anvertraut.

Zu Beginn hatte Miquel ihre Idee verrückt gefunden. Doch seine Neugier war geweckt, als sie ihm ein Porträt von Magdalena schickte, auf dem im Hintergrund seine Finca zu erkennen war. Jeder Zweifel war ausgeschlossen. In der Ferne war deutlich der Puig de Massanella zu erkennen, die zweithöchste Erhebung der Insel. *Massanella* lautete der katalanische Name der Immortelle, jener gelben Blume, die auf den steinigen, kargen Böden der Region wächst. Außerdem hatte Miquel die sieben Mauern aus Marès wiedererkannt, dem hiesigen Kalkstein, die das gesamte Grundstück aufteilten und es umgaben. Sein Grundstück. Das Foto musste vor der Fassade seines Hauses Ca'n Taronja aufgenommen worden sein, an der seit Jahrzehnten nichts mehr verändert worden war. Er kannte diese Perspektive genau. Es erschien ihm seltsam, eine solche Zeitreise zu unternehmen und sich das damalige Leben auf seinem ländlichen Besitz vorzustellen.

Anaïs hatte ihm mitgeteilt, sie werde nach den Weihnachtsfeiertagen nach Sóller kommen. Sie hatte sich für vierzehn Tage im luxuriösesten Hotel der Stadt mit privatem Patio und Pool eingemietet. Miquel betrachtete diese Häuser als Milliardengrab. Während der letzten Jahre waren auf der Insel die Hotelkomplexe nur so aus dem Boden geschossen. Durch die touristische Erschließung, die sie mit sich brachten, bedrohten sie zahlreiche Naturdenkmäler. Miquel gehörte zu denen, die für den Erhalt der Ressourcen der Insel sowie einen nachhaltigen Tourismus kämpften, der die Biodiversität respektierte. In letzter Zeit hatte er in der Tageszeitung *Diario de Mallorca* gelesen, dass an der Stadtmauer von Palma Graffiti aufgetaucht waren, auf denen die Touristen zum Verschwinden aufgefordert wurden; ein tief empfundener Aufschrei von Inselbewohnern, die nicht mehr über die Runden kamen. Und das erstaunte Miquel nicht. Die Immobilienpreise waren durch die Flut ausländischer Investitionen derart gestiegen, dass sie für die Einwohner der Inselgruppe im Mittelmeer nicht mehr erschwinglich waren. Seit seiner Kindheit hatte Miquel miterlebt, wie Fischerhütten prächtigen dreigeschossigen Häusern wichen und Kreuzfahrtschiffe mehr und mehr die typischen Boote, die Llaüts, verdrängten.

Daher hielt er instinktiv nicht viel davon, dass Anaïs seine Heimat besuchen wollte. Gestern noch hatte sie sich in allen Einzelheiten nach dem Personenstandsregister und den Katasterbüchern der Insel erkundigt, was ihn auf die Palme gebracht hatte. *In was für eine Forschungsarbeit will sie mich da hineinziehen? Sie soll doch unsere Toten ruhen lassen. Es wird schon seinen Grund haben, dass sie ihre Geheimnisse mit ins Grab genommen haben*, hatte er innerlich geschimpft und sich dabei bekreuzigt, denn er war abergläubisch. Doch er fühlte sich hin- und hergerissen. Auf der einen Seite fürchtete er diese Einmischung in sein Privatleben, doch diese Unbekannte, Anaïs, weckte auch seine Neugier.

Ein kräftiger Windstoß fuhr durch die Äste der Platanen in der Avenue du Président Wilson. Der Herbst kündigte sich bereits an und färbte das Laub rötlich. Anaïs überlief ein leichter Schauder, und sie zog sich das Wolltuch fester um die Schultern. Sie war in Richtung Rue de Chaillot unterwegs, die hinter dem Galliera-Palais lag. Hinter ihr ragte der Eiffelturm in den Himmel. Eine Frau mit einem breitkrempigen Hut führte ihren Hund an der Leine über die schmalen Gehsteige und entsprach ganz dem Bild des äußerst schicken 16. Arrondissements. Anaïs wich einem Hundehäufchen aus und verfluchte die Passantin. Leider war das im Viertel seit einiger Zeit die Regel.

Sie passierte den Blumenladen, die Eisenwarenhandlung, Boutiquen für Vintage-Kleidung, die wieder in Mode kam, und den Süßwarenladen. Das Viertel hatte sein dörfliches Ambiente und seine alten Läden bewahrt. Es erinnerte sie an die Zeit, als ihre Urgroßmutter das Café de l'Ensaïmada betrieben hatte und ein kleines Glöckchen klingelte, wenn jemand über die Schwelle trat, um die Ankunft eines Gastes zu signalisieren. Anaïs war darauf bedacht, diese traditionelle Atmosphäre zu bewahren. Sie hatte bunte Schachteln in ihren Holzregalen platziert, und zum Entzücken der Kinder standen auf der Eingangstheke große Bonbongläser. Ihre Urgroßmutter hatte es geliebt, ihr von in Vergessenheit geratenen Düften zu erzählen: dem Geruch nach Naphthalin in der Drogerie, dem von Drehtabak, mit Maispapier gefertigten Gitanes und von heißen, goldbraunen Ensaïmadas, die frisch aus dem Ofen kamen.

Tief in Gedanken versunken überquerte Anaïs die Avenue Marceau und erreichte endlich ihr Ziel.

»Buenos días, señorita!«, rief der Mann am Empfang zu ihr herüber.

Sie erwiderte seinen Gruß auf Spanisch, der Sprache, die sie immer besser beherrschte. Wie an jedem Dienstagmorgen seit Juni besuchte sie das Cervantes-Institut, wo sie Kurse in spanischer Sprache und Kultur absolvierte und ein paar Grundzüge des Katalanischen lernte. Als sie sich entschieden hatte, nach Mallorca zu reisen, um mit eigenen Augen zu sehen, wo ihre Urgroßmutter die ersten Jahre ihres Lebens verbracht hatte, hatte sie sich auch zu diesem Schritt entschlossen. Sie sprach kein Spanisch, ganz zu schweigen von dem Dialekt, der auf Mallorca vorherrschte, doch sie wollte die Mallorquiner verstehen, wenn sie dort war.

Im Institut hatte sie sich mit Camila angefreundet, ihrer Lehrerin, einer jungen Frau Anfang dreißig, die aus Figueres stammte und sich für Anaïs' genealogische Forschungen interessierte. Sie hatte ihr geholfen, einige von Magdalenas Rezepten zu übersetzen.

»Du bist ja eine wahre Wortkünstlerin!«, hatte Anaïs sie lachend gelobt.

Zum Dank hatte sie Camila zu sich nach Hause eingeladen, um gemeinsam Tumbet zu essen, eine Art mallorquinisches Ratatouille, für das Kartoffeln, Auberginen und rote Paprikaschoten geschichtet und großzügig mit Olivenöl übergossen wurden. Anaïs' Wohnung war vor allem in Weiß und mit naturfarbenem Holz eingerichtet und wirkte daher behaglich. Über dem zugemauerten Kamin hing ein großer Spiegel, und daneben stand ein großes, über Eck reichendes Regal, das vor Büchern überquoll. Die eine Hälfte waren Kochbücher, doch die andere bestand aus Romanen, die zu lesen Anaïs keine Zeit fand und die mittlerweile einstaubten. Auf Wandregalen standen außerdem Figürchen unter einer Glasglocke und antike Kerzenleuchter vom Trödelmarkt. Die Küche war zum Wohnzimmer hin offen, sodass man die Teller leichter hineintragen konnte.

Camila leckte noch einmal ihren Löffel ab.

»Das ist wirklich köstlich.«

Anaïs wies auf einen Bilderrahmen, der auf der Anrichte stand.

»Schau, das ist Magdalena am Herd, im Café.«

»Sie war wirklich schön. Ihr beiden seht euch sehr ähnlich«, meinte Camila.

Sie hatte recht, zwischen den Frauen bestand eine frappierende Ähnlichkeit. Sie besaßen den gleichen Mund, die gleichen Mandelaugen. Magdalena hatte ihr Leben lang eine äußerst weibliche Figur gehabt, sogar mit über achtzig.

Anaïs beugte sich über das Foto und versuchte, den geheimnisvollen Blick ihrer Urgroßmutter zu lesen und zu erraten, was die Gegenstände im Hintergrund zu bedeuten hatten, als studiere sie das Gemälde eines alten Meisters. Sie kannte die Einzelheiten auswendig.

»Weißt du, ich glaube, auf gewisse Weise versuche ich, sie wieder zum Leben zu erwecken«, vertraute sie ihrer Freundin an diesem Abend an. »Aus Liebe zum Kochen, aber auch zu ihr.«

Sie hatte beschlossen, Paris für ein paar Tage zu verlassen, um Antworten auf ihre Fragen zu finden, und dann beruhigt ihr Leben im Café de l'Ensaïmada wieder aufzunehmen.

Doch eine leise Stimme in ihr bezweifelte, dass das so einfach werden würde … Noch wusste sie nicht, welche Entdeckungen sie machen würde. Sie fürchtete sich zwar vor dem Unbekannten, aber jetzt musste sie nach vorn sehen.

»Deshalb muss ich nach Mallorca. Eine Art Instinkt sagt mir, ich soll die Heimat meiner Vorfahren aufsuchen. Ich begebe mich nicht nur auf Spurensuche nach Magdalenas Vergangenheit, sondern nach einem Teil meiner eigenen Identität. Es ist, als würde ich meine Wurzeln ausgraben …«

Camila schloss sie in die Arme, um ihr zu bedeuten, dass sie verstand, und nickte.

»Mach dir keine Gedanken, du hast die richtige Entscheidung getroffen.«

Die beiden Frauen setzten ihre Mahlzeit fort und tauschten Vertraulichkeiten und Scherze aus. Camila gab ihr Ratschläge für die Vorbereitung ihrer Reise sowie die Adresse einer Freundin, die in Bunyola wohnte, nicht weit von Sóller entfernt, für den Fall, dass sie vor Ort Unterstützung brauchte. Camilas Hilfsbereitschaft wärmte Anaïs das Herz. Ihre Freundin hatte ein sonniges Gemüt und gehörte zu den Menschen, die dafür sorgten, dass einem die Welt ein wenig besser erschien.

An diesem Abend erzählte Anaïs ihr auch von ihrem steifen, fast schon ausweichenden Mail-Austausch mit Miquel.

»Ich kann ihn überhaupt nicht einschätzen«, gestand sie mit ratloser Miene.

Zu Beginn hatte sie gedacht, ihre Höflichkeitsfloskeln seien ungeschickt gewesen, doch im Verlauf ihres Schriftverkehrs hatte sie seine Vorbehalte gespürt.

»Ich weiß nicht, ob er mir nicht glaubt oder ob er mir etwas vorenthält. Seine Antworten sind sehr vage. Zu Anfang dachte ich, es läge an der Sprachbarriere, aber inzwischen gebe ich mir Mühe, ihm auf Spanisch zu schreiben … Er muss mich doch verstehen, auch wenn er selbst Mallorquinisch spricht!«

Camila sah, wie aufgebracht ihre Freundin war, und schüttelte sich vor Lachen.

»Natürlich, Spanisch wird doch an der Schule unterrichtet. Es ist die offizielle Landessprache, und das Mallorquinische ein regionaler Dialekt ... Vielleicht ist er bloß ein wenig ... verklemmt.«

Jetzt lachte Anaïs. Camilas Akzent erinnerte sie daran, wie Magdalena gesprochen hatte, melodisch und voller Sonnenschein. Bei diesem Gedanken trat ein kurzes, nostalgisches Lächeln auf ihr Gesicht.

»Egal, ich werde meinen Recherchen schon nachgehen, koste es, was es wolle, und wenn es sein muss, ohne Miquels Hilfe«, gab sie zurück.

Camila nahm ihr Smartphone und tippte »Miquel Camuña Serrat« in die Suchmaschine ein. Ein Mosaik aus Bildern erschien, das sich aus Zeitungsausschnitten, Fotos von Orangenplantagen und Bildern, die anlässlich von Interviews in der Lokalzeitung entstanden waren, zusammensetzte.

»Sieht gar nicht übel aus, dein Mallorquiner!«, erklärte Camila und hielt Anaïs unter schallendem Lachen das Telefon hin.

Zum ersten Mal konnte Anaïs sich ein Bild von ihrem virtuellen Gesprächspartner machen. Sie musste zugestehen, dass sie ihn sich viel ungehobelter und auf jeden Fall nicht so attraktiv vorgestellt hatte ... Sie musterte die Fotos und runzelte leicht die Stirn, während Camila ihr lächelnd zusah. Miquel war ein gut aussehender Mann, der das schwarze Haar ein wenig zu lang trug. Unter seinem Pullover waren definierte Muskeln zu erahnen; zweifellos eine Auswirkung seines Berufs, der körperliche Arbeit mit sich brachte.

Anaïs verzog spöttisch das Gesicht.

»Kommt mir vor wie so ein Öko-Alternativer.«

»Ja und? Nimm doch Leonardo DiCaprio oder George Clooney, die engagieren sich auch, um unseren Planeten zu retten.«

»Das hat damit gar nichts zu tun!«

Anaïs verdrehte die Augen und goss sich ein Glas Wasser ein.

In dem Video eines Interviews sah man Miquel ungezwungen und energisch für seine Kooperative sprechen. Camila übersetzte für sie. Zusammen mit Erzeugern aus dem Ort nahm Miquel an Demonstrationen teil, um für ein Herkunftssiegel für die Orangen aus Sóller einzutreten.

Nachdem ihre Freundin gegangen war, konnte Anaïs nicht anders, als weiter nach diesem geheimnisvollen Mann zu recherchieren. Und sie hatte ihn für verschlossen gehalten … Wenn man den Fotos glauben wollte, auf denen er beim Orangenfest mit befreundeten Landwirten anstieß, hatte sie sich auf ganzer Linie geirrt. Sie schlang sich eine formlose, aber angenehm warme Decke um die Schultern, betrachtete den Kronleuchter mit den Kristallanhängern, ein Fundstück vom Trödelmarkt, und ließ ihrer Fantasie freien Lauf.

Sein Lächeln gefällt mir, dachte sie.

Dann stellte sie sich Monas Reaktion auf diesen schönen Hidalgo vor und lachte leise. Ihre Freundin würde beim bloßen Gedanken an einen Kuss von ihm dahinschmelzen.

Noch war es nicht ganz hell. In der Ferne hoben sich die Silhouetten von Bäumen vor dem Halbdunkel ab und wirkten, als wären sie einem chinesischen Schattenspiel entsprungen. Miquel blickte von seiner Zeitung auf und bemerkte das Schneegestöber am Himmel. Er stand von dem Olivenstumpf auf, der ihm als Hocker diente.

»Das Wetter schlägt um«, seufzte er und trat an den Glaseinsatz der Haustür heran.

Miquel fürchtete nicht, dass seine Orangenbäume erfrieren könnten; auf dem Boden würde der Schnee sofort schmelzen. Das einzig Ärgerliche war, dass er seinen Morgenlauf verschieben musste, und dabei liebte er es so, durchs Gebirge zu rennen und zwischen flachen und steilen Strecken abzuwechseln. Er trainierte zweimal wöchentlich und hatte bereits an zahlreichen Geländeläufen teilgenommen. Er liebte das Laufen in der freien Natur, das sportliche Ausdauer und eiserne Disziplin erforderte.

Mit einem Mal überlief ihn ein Schauer, und er rieb sich die Handflächen, um sie zu wärmen. Nachdem er seinen schwarzen Kaffee ausgetrunken hatte, machte er Feuer. Von der Glut von gestern war nur noch ein formloser Aschehaufen übrig. Während die ersten Flammen züngelten, dachte Miquel an den vorigen Abend zurück. Er hatte seine Jugendfreunde zum Kartenspielen eingeladen. Bei dem Gedanken an Javier, der ein schlechter Spieler war und nach einer verlorenen Partie die Karten in die Luft geworfen hatte, unterdrückte er ein Lachen.

Dann erinnerte er sich an die Warnung seines Freundes.

»Sei bloß vorsichtig«, hatte er Miquel geraten, als er ihm von seinem Mailaustausch mit Anaïs erzählt hatte. »Dieses Mädchen taucht völlig überraschend in deinem Leben auf. Aber woher willst du wissen, dass sie es nicht auf die Finca abgesehen hat? Solche Fälle hatte ich schon. Erben, die aus dem Nichts hervorkommen und nach langen Jahren Anspruch auf einen Besitz erheben.«

Javier war Notar wie schon sein Vater, sein Großvater und sein Urgroßvater vor ihm. Seine Freunde zogen ihn oft auf und erklärten, er finde immer zuerst die Probleme und dann die Lösungen. Daher hatte Miquel sich gehütet, ihm zu verraten, dass Anaïs bald nach Sóller kommen würde. Trotzdem war er in seinen Mails an sie bewusst auf Distanz gegangen. Vielleicht hatte Javier ja doch recht …

Miquel wartete schon einige Zeit vor der Klostertreppe. Die Luft war so trocken, dass der kleinste kalte Windhauch unangenehm zu spüren war. Im leichten Nebel wirkte das Licht der

Straßenlaternen verschwommen und wie in Watte gepackt. Miquel sah zu, wie die Schneeflocken sich zart über die Spitzen seiner Lederschuhe legten. Einige gerieten ins Trudeln, bevor sie den eiskalten Asphalt des Gehwegs erreichten. Er hatte sich für diese Gelegenheit schick gemacht und sich sogar das Haar mit Gel elegant nach hinten gekämmt, was er nur selten tat.

»Wie gut du aussiehst!«

Mit den in Wollhandschuhe gehüllten Fingern kniff seine Tante ihn in die Wange und umarmte ihn dann. Wie jedes Jahr war er mit seiner Familie zum Koster Lluc gekommen, um an der Messe teilzunehmen. Er tauchte die Fingerspitzen ins Weihwasserbecken, bekreuzigte sich und ging auf die ersten Bankreihen zu. Sein kleiner Patensohn Joan gehörte dem Kinderchor *Es Blauets* an, der den *Cant de la Sibilla* – den traditionellen Weihnachtsgesang – aufführen würde. Die kristallklaren Stimmen der Kinder würden durch das Kirchenschiff hallen, während sich am Boden die blauen Talare mit den weißen Übergewändern im Takt wiegten. Auf der Insel überdauerten diese Traditionen seit Jahrhunderten. Über dem Altar, der mit Rosensträußen und weißen Gladiolen geschmückt war, hingen von den Kindern angefertigte Papiergirlanden. Miquel setzte sich auf eine knarrende Holzbank und musterte Joan. Der Kleine wirkte nervös und nestelte an seiner makellosen Tunika. Dann, mit einem Mal, trat er vor den Altar und intonierte a cappella den Gesang über das Orakel der Sibylle, und zwar im Wechsel mit dem Chor, der, von der Orgel begleitet, den Refrain aufnahm. Ein Schauer überlief Miquel, als dringe die Musik durch seinen Körper und seine Seele. Der Gesang der Sibylle, dieser Prophetin aus der Antike, die das Kommen Christi vorausgesagt hatte, erfüllte das ganze Kloster.

Nach der Messe mit ihrer spirituellen Atmosphäre traf sich Miquels Familie zum traditionellen Weihnachtsessen, zu dem ungefähr zwanzig Personen zusammenkamen. Miquel erkundigte sich nach dem Befinden seiner entfernten Cousins, die ausgewandert waren und einmal im Jahr auf ihre Heimatinsel zurückkehrten. Die Stimmung war gesellig. Das Lachen der Kinder mischte sich mit dem Stimmengemurmel der Erwachsenen. Mütter umarmten ihre Söhne, und andere lobten die Küche.

»Ich heirate diesen Sommer«, erklärte seine Cousine Leonor so laut, dass alle Anwesenden sie hören konnten.

Ihr Verlobungsring blitzte jedes Mal im Kerzenlicht, wenn sie die Hand bewegte, um ihre Worte zu unterstreichen. Miquel umarmte sie und gratulierte ihr. Auf der anderen Seite des Raums plauderten die Männer, ein Glas Herbes – Kräuterlikör – in der Hand, am Kamin. Der Abend war von köstlichen Düften nach Holzrauch, Zimt und frisch geschlagenen Tannen erfüllt. Miquel sah zu, wie seine Nichten und Neffen Herzen, Buchstaben oder Tiere auf die beschlagenen Fensterscheiben malten. Er hatte zwar noch keine Kinder, doch er träumte von einer eigenen großen Familie. Zwischen dem Fenster und dem geschmückten Weihnachtsbaum saß Catalina, Miquels Großmutter, in ihrem Schaukelstuhl. Sie wiegte sich vor dem knisternden Feuer und streichelte eine schwarze Katze, die sich auf ihrer dicken Wolldecke eingerollt hatte. Miquel trat zu ihr und sprach seiner Großmutter ins Ohr. Mit ihren über neunzig Jahren war die alte Dame gebrechlich.

»Tita Catalina, hast du im Ort schon einmal etwas von einer gewissen Magdalena Cárdenas Oliver gehört?«

Catalinas Augen wurden plötzlich feucht, und sie wirkte, als hätte sich tiefe Trauer über sie gelegt. Miquel nahm ihre kalte, zittrige Hand und spürte ihre zarten Knochen.

»Magda … Magda … Magda …«, sagte sie immer wieder. Dann wich ihre Trauer einem Ausdruck von Entsetzen. Catalina erstarrte in ihrem Sessel, als hätte sie ein Gespenst gesehen. Miquel verfluchte sich dafür, ihr eine solche Frage gestellt zu haben. In ihrem fortgeschrittenen Alter konnten Erinnerungen emotionale Erschütterungen hervorrufen, die womöglich ihrem Herzen schaden würden. Doch die alte Dame fuhr fort: »Das ist so lange her …«

Sie wischte sich die Augen mit einem alten, fadenscheinigen und löchrigen Taschentuch. Miquel hatte Mitleid mit ihr und drückte weiter ihre kalten, knochigen Hände, um seine Großmutter zu beruhigen.

»Die Desserts!«, wurde in diesem Moment gerufen.

Eine entfernte Cousine von Miquel kam herein und trug Orangenkuchen, Nougat und Ensaïmadas, die sie auf die bestickte Tischdecke stellte. Miquel schnitt seiner Tita Catalina ein Stück Kuchen ab, doch als er wieder zu ihr trat, stellte er fest, dass sie eingeschlafen war und genauso tief schlummerte wie ihre Katze, die sich nicht gerührt hatte. Ob sie von der Vergangenheit träumte? Welche Erinnerungen hatte er in seiner Großmutter geweckt?

Auf dem Rückweg war Miquel nachdenklich. In ihrem Alter hatte Tita Catalina möglicherweise Erinnerungslücken und vergaß manche Einzelheiten aus ihrem Leben. Hatte sie von besagter Magdalena gehört? Immerhin bestand zwischen den beiden ein Altersunterschied von siebzehn Jahren.

Kaum hatte er das Gittertor seiner Finca passiert, zog er ein Päckchen Zigaretten aus dem Mantel hervor. Als passionierter Sportler rauchte er sehr selten, doch heute Abend war Miquel aufgewühlt. Die Reaktion seiner Großmutter hatte ihn überrumpelt. Er hatte den merkwürdigen Eindruck, dass er vieles über seine Familie nicht wusste. Im winterlichen Nebel tat er einen tiefen Zug. Die Glut seiner Zigarette leuchtete in der Nacht auf. Er stieß eine Rauchwolke aus, die sich in der Luft auflöste.

6. Kapitel

Am Flughafen nahm Anaïs sich ein Taxi in Richtung Sóller, das im Nordwesten der Insel lag. Nach ein paar Minuten passierte der Wagen von der Sonne des Mittelmeers beschienene Felder. Sogar im Winter waren sie goldgelb und erstreckten sich gen Horizont, so weit das Auge reichte.

»Sie sind kurz nach einem Wintereinbruch mit Schnee angekommen. Das gibt es in dieser Gegend nur selten.«

Der Fahrer sprach Hochspanisch mit ihr, die Sprache, die alle Touristen aus Spanien und Südamerika verstanden.

Er fuhr fort: »Der Kälteeinbruch hat nur eine knappe Woche gedauert, aber er hat trotzdem die Gewohnheiten der Tiere durcheinandergebracht.«

Anaïs, die sich damit nicht besonders gut auskannte, nickte aus Höflichkeit. In der Ferne entdeckte sie fasziniert grüne Berge, die sich gen Himmel reckten.

Die Landschaft erinnerte sie an das südfranzösische Lubéron-Gebirge, wo sie viele Sommer verbracht hatte. Als Kind hatte sie es geliebt, Ausritte in die Berge zu unternehmen, abends Eis zu essen, unter freiem Himmel zu schlafen und in den Pool des Bauernhauses zu springen, das ihre Familie jedes Jahr mietete. Lächelnd dachte sie an diese schönen Erinnerungen zurück. Eine unschuldige Zeit war das gewesen; eine, in der sie noch nicht begriff, dass sie ihre Urgroßmutter nie wiedersehen würde. Damals war der Tod noch etwas Fernes, Unbegreifliches gewesen. Wie gern hätte sie sich diese kindliche Naivität bewahrt!

Das Taxi bremste ruckartig, und sie wurde gegen den Vordersitz gedrückt. Der Wagen stand mitten auf der Straße, und der Fahrer stieg aus, ließ seine Tür offen stehen und lief zur vorderen Stoßstange. Anaïs klammerte sich an ihren Sitz und erblickte eine schwarze Ziege, die auf der linken Wagenseite auftauchte. Das arme Tier wirkte nicht, als hätten sie es angefahren, sondern sah aus, als hätte es sich verlaufen, und es schien Angst vor den wenigen Autos zu haben, die hier unterwegs waren. Der Fahrer kreiste mit den Armen wie eine Windmühle, um das Tier in das benachbarte Feld zu scheuchen.

»Wir hätten fast einen Unfall gebaut«, hauchte Anaïs mit aufgerissenen Augen.

Auf sie, die an die Staus auf der Pariser Ringautobahn gewöhnt war, wirkte die Situation vollkommen fremd. In diesem Moment dachte Anaïs an ihre Freundin Mona, die sich keine Folge von *Bauer sucht Frau* entgehen ließ. Anaïs würde ihr die Szene in allen Einzelheiten schildern und vielleicht sogar ein wenig übertreiben. Hier wandten Betrüger bestimmt nicht den Pannentrick an, sondern trieben stattdessen eine Herde über die Straße.

Der Chauffeur setzte die Fahrt fort, als wäre nichts gewesen. Ein Stück weiter geriet der Wagen auf der mit Schlaglöchern übersäten Strecke so heftig ins Schlingern, dass er sogar ein paar tief über die Böschung hängende Äste streifte. Als sie die Landstraße wieder erreichten und schließlich weniger durchgerüttelt wurden, entspannte sich Anaïs ein bisschen.

»Ich habe versucht auszuweichen«, erklärte der Fahrer. »Tut mir leid.«

»Ich werde mich nie wieder von den Pariser Taxis beeindrucken lassen. Ich vertraue Ihnen, Sie sind ein sehr vorsichtiger Fahrer.«

»Ich verstehe Ihren Humor und weiß ihn sogar zu schätzen. Übrigens sprechen Sie sehr gut Spanisch.«

Anaïs bedankte sich und gestand ihm, dass sie gerade erst begonnen hatte, die Sprache zu lernen.

»Sie leben in Paris?«, erkundigte er sich.

»Genau.«

»Ah, Paris, die Stadt der Liebe! Die Cafés, Sacré-Cœur, die Bateaux Mouches …«

Anaïs war daran gewöhnt, dass man ihr diese Klischees servierte, die für ein vergangenes Paris standen. Ihrer Meinung nach stammte dieses Bild aus Filmschnulzen. Wahrscheinlich betrachtete der Fahrer sie als sehr »schicke« Pariserin, was ihr, wie sie zugeben musste, nicht missfiel.

»Ist das Ihr erster Besuch auf Mallorca?«

Sie nickte.

»Ich bin mir sicher, Sie werden Ihren Aufenthalt genießen.«

Anaïs hatte keine Lust, sich über den Grund ihrer Reise auszulassen. Daher beschäftigte sie sich mit ihrem Handy, runzelte aber die Stirn, als sie feststellte, dass sie kein Netz hatte.

Wenig später trommelte der Fahrer im Flamenco-Rhythmus auf sein Lenkrad ein, wippte bei jedem kräftigen Ton mit dem Kopf und öffnete sein Fenster einen Spaltbreit. Eine leichte kalte Brise brachte Anaïs' Frisur durcheinander, und sie steckte sich eine lange Strähne zurück hinters Ohr.

»Paco de Lucía. *El guitarrista*. Der Gitarrist«, erklärte er. »Er hat unter anderem in Palma de Mallorca gelebt.«

Er zwinkerte ihr zu.

Die Melodie aus dem Autoradio erinnerte sie an einen der Songs aus dem Woody-Allen-Film *Vicky Cristina Barcelona*. Die Melodie war lebhaft, aber auch anrührend und tiefsinnig. Anaïs stellte sich vor, wie die Finger des Solisten über die Gitarrensaiten huschten. Kurz schloss sie die Augen, um sich zu entspannen, und ließ sich von der Musik erfüllen.

Der Wagen durchfuhr das Tal und passierte immer wieder aus dem Fels gehauene Tunnel. Als Anaïs die Augen wieder aufschlug, erblickte sie verkrümmte, geduckte und zerzauste Bäume, Dornenbüsche, Moosflächen, stachlige Kapernsträucher oder Affodillen mit zarten weißen Blüten. Die ungezähmte Landschaft und die völlig frei wuchernde mediterrane Flora entzückten sie. Schließlich passierten sie einen

Wegweiser nach Sóller, und malerische Dörfer mit olivgrünen Fensterläden kamen in Sicht. Sóller besaß diesen gewissen Charme von winterlichen Urlaubsorten in den Farben alter Postkarten. Anaïs war bezaubert.

»Diese Häuser sind zu Beginn des 20. Jahrhunderts von zu Wohlstand gekommenen Emigranten errichtet worden, vor allem Heimkehrern aus Frankreich«, erklärte ihr der Chauffeur in seiner Muttersprache.

Anaïs bedeutete ihm im Rückspiegel mit einem Nicken, dass sie seinen Satz verstanden hatte, und forderte ihn zum Weitersprechen auf.

»Das gilt besonders für die Häuser an der Gran Via oder dem Carrer de sa Lluna, die den französischen Art-nouveau-Stil repräsentieren.«

Mit dem Zeigefinger wies er in die Richtung. Anaïs lobte den Fahrer für seine Ortskenntnis, und dieser vertraute ihr an, dass er zusätzlich zu seiner Tätigkeit als *taxista* noch als Fremdenführer arbeitete. Er überreichte ihr eine Karte mit seinen Kontaktdaten und setzte sie vor ihrem Hotel ab.

Das Haus war luxuriös, und ihr Zimmer lag direkt über dem Außenpool. Jetzt, im Winter, war sie der einzige Gast und genoss eine Ruhe sondergleichen. Anaïs war hocherfreut – das würde ihr die genealogischen Recherchen erleichtern. Außerdem hatte die Rezeptionssekretärin ihr den WLAN-Code gegeben, damit sie das Internet nutzen konnte. So wäre es ihr möglich, nach ihren Mails zu schauen, wann sie wollte, und aus der Ferne darüber zu wachen, dass im Café de l'Ensaïmada alles lief, wie es sollte.

Nachdem sie ihr Gepäck abgestellt hatte, machte sie sich auf den Weg zur Plaza de la Constitución. Dieser von Cafés und Pintxos-Bars umgebene Platz war ein Treffpunkt für Jung und Alt und das lebende, atmende Herz der kleinen Stadt. Er beherbergte einen prächtigen, von kahlen Platanen umstandenen Brunnen. Hinter einem Eukalyptusbaum mit silbrigem Laub saß eine Gruppe von Männern auf einer Bank am Brunnen. Bestimmt spielten sie Karten oder Domino. Einige Spaziergänger verließen ein Café und setzten ihren Gang durch die gepflasterten Gassen fort. Auf den Straßen herrschte fröhliches Treiben. Urlaubsstimmung, dachte Anaïs. Sóller schien seinen altmodischen Charme und seine wunderbare Authentizität bewahrt zu haben. Sie legte den Kopf in den Nacken und bewunderte die beeindruckende Fassade der Kirche Sant Bartomeu, die eine Mischung aus klassischer und gotischer Architektur war. Dann folgte Anaïs den Gässchen, fühlte sich von der Ruhe und Schönheit ihrer Umgebung in den Bann gezogen und versuchte, die Geheimnisse dieser Insel und ihren schlichten Zauber zu ergründen. Immer wieder fragte sie sich, ob dieses oder jenes Gebäude zur Zeit ihrer Urgroßmutter schon existiert hatte, und empfand ein eigenartiges Gefühl von Nostalgie. Das Gewirr aus Gewölben, Säulen, Treppen und Steigungen zog sie unwiderstehlich an. Ihre Erkundungsreise durch die alten Straßen gab ihr das Gefühl, durch Raum und Zeit zu reisen. Genüsslich verlor sie sich in diesem historischen, ja geradezu spirituellen Universum, in einem Labyrinth kopfsteingepflasterter Gassen, einem Flickenteppich aus aneinander angrenzenden Gärten und Steinhäusern mit blumenbestandenen Balkons.

An einer Straßenecke entdeckte sie eine Konditorei und kaufte sich eine Ensaïmada. Aus der Backstube drangen wunderbare Düfte nach Kardamom, Ginster, Honig, Karamell, Vanille ... einfach berauschend.

Vorsichtig biss sie in das weiche, mit Puderzucker bestäubte Gebäck, dessen süße Creme ihr auf der Zunge zerging. Derselbe Geschmack, den Magdalena in Frankreich, fern von dieser meerumschlungenen Insel, kreiert hatte. Angesichts dieser fortgeführten kulinarischen Tradition vermutete Anaïs, dass Mallorca sich seit den Jugendjahren ihrer Urgroßmutter nicht allzu sehr verändert hatte.

Als sie die Konditorei verließ, bemerkte sie, dass der Himmel sich verdunkelt hatte. Keine fünf Minuten später ging ein heftiger Wolkenbruch nieder, Regen trommelte auf das Straßenpflaster und ließ die Gebäude traurig und verfallen aussehen. Während Anaïs notdürftig versuchte, ihr Haar vor den dicken Tropfen zu schützen, achtete sie nicht auf ihre Umgebung und wurde vom Hupen einer hölzernen Straßenbahn, die in einem knalligen Orange gestrichen war, erschreckt.

»Aufpassen!«, schrie jemand in einiger Entfernung.

Sekundenlang hatte sie den Eindruck, in der Zeit zurückgereist zu sein. Der Zug musste ein altes Relikt der Stadt sein. Nachdem sie sich betreten beim Fahrer entschuldigt hatte, ging sie von Kopf bis Fuß durchnässt zu ihrem Hotel zurück.

Am Eingang des Gebäudes hämmerten die Regentropfen auf die Weihnachtsdekorationen ein, und Wasser lief zwischen den Tannennadeln hindurch. Mit einem Mal erfasste ein Windstoß die Dekoration, die daraufhin einen nassen Schauer über Anaïs' Haar regnen ließ.

»Das ist doch nicht möglich, ich bin wirklich vom Pech verfolgt!«, schimpfte sie, während sie kräftig den Kopf schüttelte und durch die sich automatisch öffnende Tür trat.

»Die Tramuntana ist die regenreichste Region Mallorcas. Die Niederschläge versorgen die Terrassen, die hängenden Gärten, in unseren Bergen mit Wasser«, hörte sie jemanden auf der Schwelle des Hotels sagen.

Sie drehte sich um und erblickte Miquel, der genauso aussah wie auf den Google-Fotos und sie musterte.

Was für eine komische Art, sich vorzustellen, dachte sie. *Der Kerl hält sich wohl für einen Dichter.*

Sie selbst sah mit ihrem durchnässten Pullover, der einem Scheuerlappen ähnelte, und ihrer bis unter die Augen verlaufenen Wimperntusche auch nicht besonders vorteilhaft aus. Anaïs gab sich die größte Mühe, nicht wütend zu reagieren. Es war vollkommen indiskutabel, ihren Gefühlen vor diesem unsympathischen Mann freien Lauf zu lassen. Daher nickte sie, lächelte gezwungen und schüttelte Miquels Hand, die er ihr entgegenstreckte. Sie verabredeten sich für den morgigen Tag auf der Finca, um ihre »Familienangelegenheiten« zu besprechen.

Auf den ersten Eindruck wirkte er wenig kommunikativ und nicht sehr entgegenkommend. Vorsichtig gesagt.

Nach dieser Begegnung nahm Anaïs ein heißes Bad mit ätherischen Ölen, hüllte sich in einen weichen, frisch duftenden Bademantel und ließ sich auf ihr Bett sinken. Als sie erwachte, war es stockdunkel. Drei Stunden waren vergangen, ohne dass sie es bemerkt hatte. Noch nie hatte sie so gut geschlafen und war erstaunt darüber, dass sie so einfach Abstand von ihrem Pariser Alltag gewonnen hatte.

Sie zog sich an und ging in die Hotelbar hinunter. Dort bestellte sie eine Tostada, einen Toast, der zu jeder Tages- und Nachtzeit serviert wurde, und ließ sich in einen Sessel sinken. An der bordeauxroten Wand ihr gegenüber hingen alte Fotos. Anaïs kniff die Augen zusammen, um sie besser zu erkennen.

»Das sind unsere berühmtesten Kunden«, erklärte ihr der Kellner, der ihren Teller auf den niedrigen Tisch stellte. »Bis auf ein paar Unbekannte, bei denen es sich vermutlich um Freunde des damaligen Besitzers handelt.«

Diese Bemerkung erweckte Anaïs' Neugier. Sie stand auf, biss in ihre Tostada und trat näher an einen der Goldrahmen heran. Ihr blieb fast das Herz stehen, und sie verschluckte sich beinahe, als sie das Porträt von Magdalena in ihrem Hochzeitskleid entdeckte, das identisch mit dem war, das sie auf dem Foto von der Finca trug. Neben ihr stand ein etwas steif wirkender Mann, der verliebt den Arm um sie gelegt hatte. Magdalena strahlte überglücklich.

Der Kellner, der wahrscheinlich Mitleid mit Anaïs hatte, da sie kalkweiß geworden war, nahm das gerahmte Foto herunter und hielt es ihr hin. Spontan strich sie mit dem Finger über Magdalenas verführerisch lächelndes Gesicht. Dann drehte sie das Bild um und entdeckte eine winzige Beschriftung.

Señor y Señora Jaime Gallardo Martorell, 1936.

»Sie hat ihre Hochzeitsnacht in diesem Hotel verbracht …«, murmelte sie. »Vor achtzig Jahren.«

Anaïs geriet in solche Aufregung, dass ihr abwechselnd heiß und kalt wurde. Wer wohl ihr erster Mann gewesen war? Anaïs griff nach ihrem Handy, in dessen Hülle sie die Karte des Taxifahrers und Fremdenführers von heute Morgen gesteckt hatte, und tippte eine Nachricht. Sie hoffte, dass er ihre SMS trotz ihres lückenhaften Spanischs verstehen würde, denn er könnte ihr eine große Hilfe sein.

Zu ihrem großen Erstaunen antwortete er sofort.

Señorita, ich fürchte, um diese späte Stunde fahren die Züge nicht mehr. Aber morgen treffe ich Sie mit Vergnügen. 12.30 Uhr am Bahnhof von Sóller?

Entzückt antwortete Anaïs ihm und fragte, ob ihm der Name Jaime Gallardo Martorell etwas sage.

Allerdings, der Mann, nach dem Sie suchen, war ein renommierter Elektroingenieur und für die Strecke zwischen Palma und Sóller zuständig. Sein Name steht noch heute auf einer Gedenktafel zu Ehren der Eisenbahner, die an der Bahnhofsmauer hängt …

7. Kapitel

Sóller 1936

Offiziere und Soldaten des Infanterieregiments *Cuartel del Carmen* bewachten, mit Maschinengewehren bewaffnet, den Bahnhofseingang und warfen ihre Zigarettenkippen auf den Boden. Die strategischen Punkte der Insel – Telefonzentrale, Gas- und Elektrogesellschaft, Eisenbahnen und lokale Radiostationen – wurden vom Militär kontrolliert. Eines Abends kam Jaime schimpfend und mit weit aufgerissenen Augen nach Hause.

»Wir müssen uns auflehnen! Die Eisenbahn von Sóller gehört ihnen nicht. Ich streike, koste es, was es wolle.«

Ich hatte Angst. Der Krieg war ohne Vorwarnung ausgebrochen.

Jaime nahm in der Hauptstadt Palma an der Seite der Gewerkschaften am Generalstreik teil, dessen Ziel es war, die Stadt zu lähmen und das neue Regime zu bekämpfen. Aber viele Widerständler wurden verhaftet. Jaime hatte Glück und konnte sich zu seinem Onkel, einem Fotografen, retten, als die Festnahmen begannen. Später erzählte er mir von seinem Gespräch mit ihm.

»Die Zeiten ändern sich, Neffe. Ab jetzt existieren zwei Lager: Nationalisten und Republikaner. Du musst dich entscheiden, auf welcher Seite du stehst …«

Glücklicherweise scheiterte der Streik. Doch es folgten Angriffe auf die Zentralen der Gewerkschaften und der republikanischen Organisationen. Die Casa del Pueblo – das Haus des Volkes – wurde verwüstet und anschließend zum Sitz der Falange, der faschistischen Massenorganisation, erklärt. Die Nationalisten besetzten das Castell de Bellver, die mittelalterliche Festung in Palma, und hielten dort den Bürgermeister der Stadt gefangen. Die Reaktion der republikanischen Regierung ließ nicht lange auf sich warten. Einige Tage später bombardierte die Luftwaffe diverse Stellen auf der Insel. Jetzt transportierte die Eisenbahn von Sóller keine Orangen mehr, sondern Kohle und Waffen.

Jaime arbeitete immer noch bei der Eisenbahn. Ich hatte ihn dazu überredet, zurückzustecken und die Verstaatlichung der Linie zu akzeptieren, aber ich spürte, wie sein Groll ständig an ihm fraß. Oft kam er nach Hause und ging sofort schlafen, ohne mich auch nur zu küssen. Am nächsten Morgen ging er dann in aller Frühe aus dem Haus. Sogar mein Wunsch nach einem Kind trat in den Hintergrund. Als hätte das Grauen des Krieges unserem Glück ein Ende bereitet.

Eines Tages unternahm ich einen raschen Gang nach Sóller, um auf dem Markt ein paar Einkäufe zu machen. Die Lebensmittel wurden immer knapper, und solche Ausflüge waren gefährlich. Ich traf auf Fischer mit tief gebräunten Gesichtern und rissigen Händen. Die Terrasse des Cafés lag verlassen da. Als ich die letzten Steinhäuser erreichte, die noch von den Bomben verschont geblieben waren, entdeckte ich zwei schwarz gekleidete Frauen, die vor ihrer Haustür plauderten. Sie sahen mich an, zeigten auf ihre Häuser und schüttelten dann ihre mageren Finger, als würden sie diese trocknen wollen. Ein kleines Zeichen oder ein Lächeln half uns, diese schmerzhaften Ereignisse und das gefährliche Leben zu ertragen.

Auf dem Rückweg schlug ich eine Abkürzung ein. Vor einem Kruzifix am Weg bekreuzigte ich mich, aber es kam nicht infrage, dort anzuhalten, nicht einmal, um zu beten. Ich hörte das Kläffen von Hunden und das Knarren eines alten, von einem Esel gezogenen Karrens. Rasch stieg ich den kiesbestreuten Weg hinauf, der zur Finca führte. Da entdeckte ich plötzlich einen sehr jungen Mann, der an einem Baumstamm lehnte und sich gerade ein Stück von einem Brotlaib abschnitt. Auf den ersten Blick wirkte er fast wie ein Landstreicher. Er trug Espadrilles und eine Art sehr kurzer Weste, um die er eine lange Schärpe gewickelt trug, die mehrmals um die Taille reichte, und dazu eng anliegende Hosen, die nur knapp bis zu den Knöcheln gingen.

Die ideale Kleidung für einen Bergbewohner oder Schmuggler, dachte ich. Ausgezeichnet für die Jagd geeignet oder für ein Duell mit Messern oder Gewehren.

Er war der Sohn eines Freundes meines Vaters, der angeboten hatte, uns auf den Feldern zu helfen. Zugegebenermaßen wurde die Arbeit auf dem Gut seit einiger Zeit immer schwerer. Ich musste zusehen, wie mein Vater gebrechlicher wurde, besonders seit dem Tod meiner Mutter. Mir war bewusst, dass er nicht einfach sein Tempo bremsen konnte. Ich kannte ihn sehr gut und begriff, welche Lücke Mamas Tod hinterlassen hatte, obwohl Jaime und ich kurz nach unserer Hochzeit auf die Finca gezogen waren.

Also trat ich auf den jungen Mann zu, doch dabei stolperte ich über einen Baumstumpf. Ich fing mich rechtzeitig ab, und der Mann machte eine schnelle Bewegung auf mich zu, damit ich nicht stürzte.

»Wie ungeschickt von mir!«, rief ich aus und fiel in sein klangvolles Gelächter ein.

»Diego, sehr erfreut.«

Seine Art flößte mir sofort Vertrauen ein, sodass ich ein Gespräch mit ihm begann. Ich schlug ihm vor, ein wenig bei der Arbeit auf den Orangenfeldern auszuhelfen, und erzählte ihm, dass mein Vater älter wurde. Er erklärte sich einverstanden und drückte mir ein wenig zu kräftig die Hand, um unser Geschäft zu besiegeln.

Wieder auf der Finca angekommen betrachtete ich die Landschaft, die Ebene mit den gleichmäßigen rechteckigen

Orangenfeldern. Das Land war so fruchtbar. In der Ferne, auf den Berghängen, wuchsen Palmen und knorrige Olivenbäume. Oft lud mich dieses Panorama zum Träumen ein, aber ich »legte mich nie auf die faule Haut«, wie mein Vater immer wieder sagte. Vor dem Krieg war ich fröhlich umhergesprungen, und mein Lachen hatte die ernste Stimme meiner Mutter übertönt.

»Lass sie sich ausruhen«, sagte sie unermüdlich zu meinem Vater, er stellte sich allerdings taub und ermunterte mich heimlich sogar noch. Anscheinend hatte ich die dunklen Augen meines Vaters geerbt, der trotz der vielen Stunden, die er jeden Tag auf den Orangenfeldern arbeitete, immer noch gut aussah. Mama meinte auch, ich sei ihm in meinem unabhängigen, eigensinnigen Charakter ähnlich.

Sie war sehr gläubig und sah es gern, wenn ich mich vor dem Kruzifix mit dem aus Olivenholz geschnitzten Christus verneigte, oder vor der Muttergottes-Statue, die sie im Esszimmer auf einen kleinen Sockel gestellt hatte. Das Gebet zur Jungfrau Maria sollte später den Schmerz um den Verlust meiner Mutter lindern, die urplötzlich an einer Grippe gestorben war. Trotz ihrer etwas schwachen Konstitution war sie immer sehr aktiv gewesen und hatte meinen Vater unterstützen wollen.

Als ich nun zurück auf der Finca ankam, versuchte ich ihn davon zu überzeugen, dass Diego uns eine große Hilfe sein könnte.

»Was soll ich dazu sagen, Tochter …?«, seufzte mein Vater und verzog die faltigen Lippen.

Er hatte begriffen, dass er die Hilfe des jungen Mannes brauchte, und vor allem, dass ich weiter in der Konditorei arbeiten wollte, ohne mir ständig Sorgen um seinen Zustand zu machen. Erleichtert seufzte ich auf.

»Wenn du wüsstest, wie stolz ich auf dich bin, Kleine …«

Und er strich mir lange übers Haar, eine unendlich zarte

Liebkosung trotz seiner schwieligen Hände. Auf der Terrasse der Finca sogen wir die duftende Luft ein. Dank der Bewässerungsrinnen, die das Wasser direkt zu den Baumwurzeln führten, gediehen die Orangen prächtig. Trotz des Krieges, der unsere Insel verheerte, war mein Vater sehr glücklich darüber.

Die Arbeit war hart, doch nach und nach konnte Diego meine Arbeitskraft bei meinem Vater ersetzen. Er erleichterte mir meine Aufgabe, und seine Hilfe erlaubte uns, unseren Handel weiterzuführen, wenn auch mehr schlecht als recht. Das Bewässerungsprojekt war ein Erfolg gewesen, und mithilfe eines Kanals, der durch die Felsen führte, konnten wir das Wasser sogar auf bisher unbebautes Land leiten. Die andere Seite des kleinen Hügelkamms konnte bewässert und ein neues Stück Land erschlossen werden.

Einen Monat später endeten die Handelsbeziehungen zwischen Spanien und den größten Märkten. Die Orangen aus Sóller dienten jetzt nur noch der Versorgung der Insel. Im Sommer hatte die Lokalregierung begonnen, Fahrzeuge, Lebensmittel, Vieh und Treibstoff zu beschlagnahmen. Glücklicherweise sorgte der landwirtschaftliche Reichtum unserer Insel dafür, dass wir nicht allzu viel Hunger litten, auch wenn das Meer uns jetzt vom Rest der Welt abschnitt.

Dann, eines Tages, las Jaime einen Artikel in einer Lokalzeitung:

> Die mallorquinische Landwirtschaft hat eindrucksvoll ihre Produktionskapazität demonstriert, ihren Überfluss an allem, was die goldene Insel produziert. Wir sind stolz darauf, Bauern zu sein, mallorquinische Bauern, weil wir einen großen Beitrag zum Triumph der Sache leisten.

Wütend zerriss er die Zeitung, spuckte auf den Boden und klagte über die nationalistische Ideologie.

»Wenn alles verstaatlicht wird, können wir uns bald nicht mehr fortbewegen. Woher sollen wir dann noch Treibstoff und Reifen nehmen?«, rief er aus.

Angesichts der Einschränkungen bei der Stromversorgung und beim Passagierverkehr, der praktisch nicht mehr existierte, hatte Jaime nicht ganz unrecht. Nach und nach wurden Mallorcas Manufakturen in Industriebetriebe verwandelt und nahmen die Produktion für das Militär auf: Eisengießereien, Maschinenproduktion …

Bernat hatte sein Fahrrad gegen eine Schuhfabrik ausgetauscht und prahlte nun damit, täglich mehr als zehntausend Paar Schnürstiefel herzustellen, die er zu Jaimes großem Leidwesen an das nationalistische Militär lieferte. Die Freunde sprachen nicht mehr miteinander. Jaime wollte sich, wie er sagte, nicht mit dem Feind verbrüdern.

Auf der Finca war die Arbeit weiter schwer. Ich beobachtete meinen Vater auf der Orangenplantage. Er goss die Bäume, beschnitt sie am Ende des Winters, damit sie gut trugen, stutzte ihre Äste und schützte sie vor rauem Wetter. All das tat er mit den flüssigen Bewegungen eines Menschen, der diese Arbeit seit vielen Jahren verrichtete. Doch trotz seiner großen Willenskraft fand ich, dass sein Blick sich verändert hatte; darin lagen jetzt der Krieg, der Aufstand, der Mangel an Arbeitern. Wie sollte ich ihm Kraft schenken, so wie er sie mir gegeben hatte, wenn ich auch schwache Momente erlebte, in denen sie mich zu verlassen schien? Er starb im Herbst, zu der Zeit, die man hier *primavera de s'hivern* nennt, den Frühling des Winters. Das ist die schönste Jahreszeit auf Mallorca, in der die ersten Regentropfen auf die nach einem heißen Sommer ausgedörrte Erde fallen. Vielleicht wusste er ja an diesem Morgen, dass die Sonne seine Orangen zum letzten Mal küssen würde.

Vor der Muttergottes-Figur brannte eine kleine Kerze. Die flackernde Flamme erhellte die Figur kaum, doch ihr Schein schenkte meinen Gedanken Frieden. Ich betete, bis ich in der Entfernung Schritte hörte, die langsam näher kamen. Das Flämmchen flackerte aufgeregt. Diego trat ein; er hatte keine Ahnung, dass ich um diese Uhrzeit auf war. Er stellte eine kleine Schale vor den Sockel der Figur, in der sich ein paar Orangen befanden, die wie Gold leuchteten und mit Rosenblättern bestreut waren. Er achtete mein Schweigen und entfernte sich wieder. In diesen schwierigen Zeiten fiel das Begräbnis äußerst schlicht aus. So viele Gräber auf unserer Insel und so viele unsichtbare Abgründe.

Einige Wochen später war es Jaime, der mir eine furchtbare Nachricht brachte. Mit dem Fahrrad war er den Weg, der am Hang entlang verlief, gefolgt und hatte dann eine Abkürzung eingeschlagen. Er musste darauf achten, nicht abzurutschen, und wirbelte eine solche Staubwolke auf, dass er die Hand nicht mehr vor Augen sehen konnte. Doch er spürte die Geschwindigkeit kaum. Die Büsche schienen auf ihn zuzurasen. Er war sich der Gefahr nicht mehr bewusst. Im Ort angekommen, sprang Jaime ab, rannte zur Konditorei, versuchte, zu Atem zu kommen, und trat ein. Sein flackernder Blick war verstört.

»Sie ist nicht mehr«, sagte er nur.

Als ich ihn so sah, mit zerrauftem Haar, begriff ich sofort. Bestimmt hätte er gern die starken Arme um mich geschlungen, doch es fiel ihm schwer, seine Worte und Gesten zu mäßigen. Wir sahen einander tief in die Augen, und meine Schultern sackten nach vorn. Meine Marta war im Himmel.

Am liebsten hätte ich meine Verzweiflung hinausgeschrien. Ich konnte mich nicht rühren, als hätte mich diese Nachricht in Blei verwandelt. Marta hatte ihr Leben gegeben, so wie sie den Kranken ihre Jugend und ihre Kräfte geopfert hatte, und den Preis für ihre Selbstlosigkeit gezahlt. Was für eine Ungerechtigkeit! Diese brutalen Kerle hatten sie erschossen. Ich gehörte zu den Frauen und Männern, die sich nie über ein weißes Bett gebeugt hatten, in einem Raum, in dem ein schwacher Medizingeruch in der Luft lag, und die nie einem geliebten Menschen ein letztes Mal über die Wange gestrichen hatten.

Ich betete für Marta. Ihr Tod hatte mich aus meinem grauen Alltag gerissen und in eine Eiswüste versetzt. Ich konnte sie mir einfach nicht zusammengesackt und mit blutüberströmtem Gesicht und Körper vorstellen. So zwang ich mich, in meinem Inneren nach dem Bild der Frau zu suchen, die seit Kindertagen meine Freundin gewesen war. Ich wünschte mir, ihre großen, aufgerissenen Augen wiederzusehen, die sie komisch und frech zugleich aussehen ließen. Sie hatte mir einmal anvertraut, dass sie durch den Kontakt zu ihren Patienten wusste, dass sie sterblich war, doch sie müsse leben, dürfe nicht nachlassen, obwohl sie wisse, dass ihre Tage gezählt seien. Am nächsten Morgen beschloss ich, zu dem Krankenhaus zu fahren, in dem sie gearbeitet hatte, obwohl Jaime, der das Schlafzimmer nicht mehr verließ, mir Vorhaltungen machte. Er schien sogar noch tiefer getroffen zu sein als ich.

Antonella, die darüber klagte, dass sie nur noch schwarzen Stoff für Trauerkleidung verkaufe, begleitete mich zum Bahnhof. Sie versuchte, mich auf andere Gedanken zu bringen. Das glückliche Ereignis, dem sie zusammen mit Bernat entgegensah, milderte ihre Traurigkeit. Mit jedem Tag wurde ihr Bauch runder.

Wie schnell das Leben den Tod verdrängte! Zwischen den Geburten und Todesfällen auf der Insel herrschte eine Art widersprüchliche Spannung. Der Schmerz war noch zu lebhaft, um lächeln zu können. Ich hatte meine beste Freundin, meine Herzensschwester verloren.

Ich umarmte Antonella und stieg dann in den Zug. In der Ferne erblickte ich schwarze Rauchsäulen. Schon wieder Bomben, dachte ich mit einem Seufzen.

Als ich das Krankenhaus erreichte, in dem Marta gearbeitet hatte, stand ich wie erstarrt von dem Anblick all dieses Leids. Ich ließ die Arme schlaff herabhängen und hielt mich gerade noch aufrecht, als ich die Männer zum ersten Mal von Nahem sah. Ohne dass ich es bemerkte, öffnete ich den Mund, doch kein Ton kam heraus. Ich musste leichenblass geworden sein, und meine Handflächen waren schweißnass. Von einem Mann fing ich einen Blick auf, der mir das Herz zerriss. Er schien mich anzuflehen, seinen Liebsten einen letzten Gruß zu sagen, bevor er sich im Jenseits zu ihr gesellte. Das Grauen drang bis tief in mein Inneres, während ich auf ihn zuging; jeden Moment drohten meine Beine unter mir wegzusacken, und ich zitterte unkontrollierbar. Am Lager des Mannes angekommen, erkannte ich ihn sofort. Es war Ángel, der letzte Überlebende der Familie Barnés und der kleine Bruder meines Freundes Pedro. Er war gerade erst siebzehn geworden, doch er wirkte zehn Jahre älter. Sein Gesicht, das von einer Mischung aus Schweiß, Dreck und getrocknetem Blut überzogen war, wirkte wie das einer weggeworfenen Wachsfigur. In seinem gequälten Blick standen der körperliche Schmerz und die albtraumhaften Erinnerungen an die Leiden der letzten Tage.

»Was ist denn passiert, *Angelito mío*, mein kleiner Ángel?«, flüsterte ich und strich ihm über das verfilzte, schmutzige Haar.

Ich erwartete keine Antwort, aber anscheinend beruhigte der Klang meiner Stimme den jungen Mann, dem kurz die Augen zufielen. Inmitten dieser alten und jungen, halb nackten, verkrampften, verkrüppelten und gefolterten Menschen begann ich zu beten. Ángel wirkte friedlicher. Mein leises Gebet stand in scharfem Kontrast zu diesem finsteren Ort, an dem sich die Soldaten befanden. Ich erinnerte mich an das Kind, das Ángel gewesen war; fröhlich und mutig, mit rosigen Wangen, nachdem er wild durch die Zitrusplantagen gerannt war. Sein Gelächter hallte mir noch in den Ohren. Und jetzt lag er auf einem Feldbett neben anderen Überlebenden, erschöpft und in Angst und Schrecken versetzt durch die grausamen Kämpfe. Kaum hatte er die idyllische Welt seiner Kindheit hinter sich gelassen, sah er sich mit der menschlichen Barbarei in ihrer ganzen Bestialität konfrontiert; und seine starren Glieder erzählten von dem Trauma, das er erlebt hatte. Wie viel Unglück erwartete die Familien noch? Wie viele Seelen würden auf der Insel noch ausgelöscht? Diese vielen Kämpfe ließen nichts Gutes ahnen. Sanft drückte ich Ángels Hände, um ihn zu beruhigen. Auf unserer zutiefst erschütterten, geplünderten und geplagten Insel stiegen so viele Seelen in die Ewigkeit auf.

Später erfuhr ich, dass man Marta vor ein Erschießungskommando gestellt hatte, nachdem sie vergewaltigt und gefoltert worden war. Vor meinem inneren Auge sah ich meine junge, mutige, stolze und aufrechte Freundin, wie sie, das Haar immer noch zu einem Nackenknoten frisiert, vor der Reihe der Schützen stand und auf den Schießbefehl wartete. Diese Frau, die so viel Leid gelindert hatte.

Wieder betete ich. Ich konnte mir vorstellen, wie ihre Finger sich geöffnet und geschlossen hatten, als sie sich den Männern entgegenreckten, die nur aus Hass und Brutalität bestanden. Eine der Krankenschwestern übergab mir ihr goldenes Medaillon.

»Sie hat es an dem Tag getragen, an dem sie sie geholt haben.«

»Warum gerade sie?« Ich wischte mir die Tränen mit dem Ärmel ab.

»Man hat ihr vorgeworfen, Republikaner behandelt zu haben. Die Feinde unserer Sache.«

Es gelang mir nicht, die Krankenschwester zu durchschauen, die vor mir stand. Sagte sie das für den Fall, dass wir belauscht wurden? Hatte sie Angst, das gleiche Schicksal zu erleiden wie Marta?

Ein Verletzter war zuallererst ein Mensch und erst dann Republikaner oder Nationalist. Marta hatte mir immer erklärt, man müsse die Würde eines Kranken stets respektieren. Das war ihr Credo gewesen.

Sie war ehrenvoll für ihre Überzeugungen gestorben. Das Einzige, was an ihrem Tod positiv war.

Ich nahm das Medaillon und erkannte sofort die kleine Blume, die in der Mitte eingraviert war.

Eine Schmucklilie.

Das Symbol der Liebe.

Aber sie, in die alle Männer der kleinen Stadt verliebt waren, lebte nicht mehr. Von Neuem stiegen mir die Tränen in die Augen.

8. Kapitel

Bunyols de les verges – Jungfernkrapfen

Kartoffeln in Stücke schneiden und garen. Schälen und stampfen, solange sie noch heiß sind. Backhefe und eine Messerspitze Salz in einem Glas lauwarmem Wasser zu einer glatten, klümpchenfreien Masse verrühren. Die Kartoffeln durch die Presse geben. Die Hefe untermischen und mit einem Holzlöffel gut verrühren. Gesiebtes Mehl dazugeben und den Teig mit einem Geschirrtuch abgedeckt an einem warmen Ort gehen lassen. In einer Fritteuse eine große Menge Öl erhitzen. Mit feuchten Händen kleine Teigkugeln formen und in das heiße Öl gleiten lassen. Wenden, damit die Krapfen auf beiden Seiten goldbraun ausbacken. Auf saugfähiger Unterlage abtropfen lassen. Vor dem Servieren dick mit Puderzucker bestreuen.

Sóller, Januar 2017

Es war nach acht. Auf der Insel begann der Tag, und vor Anaïs lag ein sehr geschäftiger. Miquel würde sie zu einem Frühstück auf der Finca abholen. Die Aussicht, Zeit mit diesem Mann zu verbringen, machte sie nervös. Einen Moment lang spürte sie, wie eine Art Panik sie überkam, doch sie verdrängte dieses bange Gefühl sofort. Du bist stark, munterte sie sich auf. Entschlossen klappte sie die Dose mit den Pfefferminzkaugummis zu und schlüpfte in ein elegantes Wollkleid, das sie in einem Vintage-Laden aufgestöbert hatte. Sie zog die hübschen Stiefeletten an und steckte ihr Haar zu einem gedrehten Chignon hoch. Doch als sie Miquel dann gegenüberstand, sah sie entsetzt, dass er einen Motorradhelm unter dem

Arm trug. Mit amüsierter Miene hielt er ihn ihr entgegen und forderte sie auf, sich auf sein altes Motorrad zu schwingen.

»Bedaure, Señorita, aber meine Arbeiter brauchten die Autos und Traktoren.«

Anaïs kochte innerlich vor Wut und wusste nicht, ob er scherzte. Sie setzte den Helm auf, worauf ihre Haarnadeln sich in ihren Schädel bohrten. Sie musste ihre Frisur lösen, während Miquel ihr süffisant zusah und sie mit einer Sirene verglich. Bestimmt ein gängiges Kompliment in dieser Gegend. Anaïs zuckte mit den Schultern. Dieser Mann war ihr wirklich nicht besonders sympathisch. Machte er sich etwa lustig über sie?

Er weiß noch nicht, aus welchem Holz ich geschnitzt bin, dachte sie und schloss den Helm.

Sie stieg auf das Motorrad, wobei das Kleid ihr bis zu den Oberschenkeln hochrutschte. Mit knatterndem Motor fuhren sie dann durch das Hinterland – die *garriga* – mit seinen Weingärten, Olivenhainen, Mastixsträuchern und anderen duftenden Pflanzen. Am Horizont erhoben sich Palmen, deren Kronen wie Federbüschel wirkten.

Anaïs hielt sich an Miquels Taille fest und betrachtete verzückt die Schönheit der Natur. Ein Gefühl von Zufriedenheit breitete sich in ihr aus. Sie spürte die Brise im Gesicht und stellte sich vor, wie der Wind in den steilen Felsen heulen musste, wo er in alle natürlichen Risse und Spalten fuhr. In der Ferne glitten Fischadler über Felswände dahin.

Also in diesem Garten Eden hat Magdalena gelebt, dachte sie träumerisch.

Wenige Minuten, nachdem sie die Stadt verlassen hatten, fanden sie sich auf einer von Zypressen und Eukalyptusbäumen gesäumten Straße wieder und hielten auf felsige grüne Berghänge zu, deren Gipfel zum Teil hinter Wolkenschleiern verborgen lagen. Hinter einer Kurve erspähte Anaïs ein großes schmiedeeisernes Tor. Während sie weiterfuhren, erblickte sie prächtige Orangenbäume, die mit den ockerfarbenen Mauern eines Gebäudes kontrastierten.

»Hier ist es«, erklärte Miquel und wies mit einem Finger auf die Finca.

Als Anaïs zur Antwort nicken wollte, stieß sie ungeschickt mit Miquels Helm zusammen. Sie war ihm so nahe, dass sie spürte, wie sich seine Bauchmuskeln ruckartig zusammenzogen, als lache er.

Endlich sah sie zu diesem wunderbaren modernisierten mallorquinischen Bauernhaus auf, das sich in eine idyllische Vegetation schmiegte und von den Bergen der Serra de Tramuntana umgeben war. Wie eine Oase lag es in dieser grünen Wüste, als wäre es ein Aussichtspunkt, um einem einsamen Reisenden den Weg zu zeigen. Den Ort zu entdecken, an dem Magdalena ihre Hochzeit gefeiert hatte, mit all seinen Palmen, Aloe-Pflanzen, Kiefern und Obstplantagen, war nostalgisch und poetisch zugleich. Ein Schauer überlief Anaïs bei diesem Gedanken.

Als sie von dem verbeulten Motorrad stieg, schob sie sich das Kleid wieder an den Oberschenkeln hinunter und errötete bei der Vorstellung, dass Miquel vielleicht ihre Unterwäsche gesehen hatte. Er half ihr, den Helm abzunehmen.

Seine erste höfliche Geste, dachte sie.

Ohne das beschlagene Visier konnte Anaïs die Schönheit der Finca erst richtig würdigen. Vor dem Hintergrund der Obstpflanzung erhob sich ein Steinhaus, das von großen Tontöpfen mit Blumen umgeben war. Es besaß zwei Etagen und wurde von einem nur leicht geneigten Dach gekrönt, was ihm eine gewisse Pracht verlieh. Einst ein bescheidenes Bauernhaus, wirkte es jetzt sehr ansehnlich und war im reinen mallorquinischen Stil errichtet, aus ockerfarbenem Stein, der in der Sonne einen Goldton annahm, welcher zu den Früchten der Orangenplantage passte. Die Terrasse lag im Schatten einer Pergola, die sich im Sommer unter der Last der blühenden

Bougainvillea bog. Die Farbe der grün gestrichenen Fensterläden blätterte an einigen Stellen vom Holz. In der Dachrinne wuchs Moos und verlieh dem Haus einen rustikalen ländlichen Charme. Als Anaïs aufsah, erhaschte sie einen Blick auf eine Gestalt, die sich in der Nähe des Schornsteins auf dem Dach bewegte.

»Er ersetzt Dachpfannen. Bei dem Unwetter gestern sind einige heruntergefallen. Und er nutzt die Gelegenheit, den wilden Wein zurückzuschneiden«, erklärte Miquel und winkte dem todesmutigen Arbeiter zu.

Anaïs bewunderte den Vorhang aus Kletterpflanzen und folgte Miquel dann um das Haus herum. Sie schlugen einen schmalen, kurvenreichen Pfad ein und wichen auf ihrem Weg durch das hohe Gras mehrmals Steinen aus. Anaïs war wirklich nicht passend angezogen.

Er hätte mich wenigstens vorwarnen können, dachte sie.

Kleine Zweige streiften ihre Beine. Sie hoffte nur, dass sie sich unterwegs keine Laufmaschen einhandelte. Dann erreichten sie die Orangenpflanzung. Die Plantage erstreckte sich bis zum Horizont. Die orangefarbenen Früchte hingen wie vergessene Weihnachtsbaumkugeln in dicken schweren Bündeln zwischen dem dunkelgrünen Laub. Bruchsteinmauern und Gatter aus Olivenholz teilten die Anbaufläche in einzelne Bereiche auf.

»Die Finca wurde 1732 erbaut«, erklärte Miquel stolz. »Mein Urgroßvater hat sie nach dem Krieg, in den 1940er-Jahren, mit allen modernen Annehmlichkeiten ausgestattet.«

Anaïs blieb fast das Herz stehen. Sprach er von Jaime, Magdalenas erstem Mann? Sie wollte ihn danach fragen, überlegte es sich jedoch anders. Sie kannte diesen Mann noch nicht gut genug, daher setzte sie ein verkrampftes Lächeln auf.

»Aha«, flüsterte sie sichtlich verlegen.

Sie wusste einfach nicht, wie sie sich ihm gegenüber verhalten sollte. Doch Miquel führte sie weiter auf dem Gut herum.

Ob er bemerkte, dass sie sich ein wenig unwohl fühlte? Wahrscheinlich nicht …

Er zeigte ihr eine alte Olivenölmühle aus dem 14. Jahrhundert, die fast vollständig von wildem Wein überwuchert war. Nur der Mühlstein war noch zu erkennen. Miquel gehörte auch eine Werkstatt, in der zu Lebzeiten seines Urgroßvaters noch ein Schmied alle Reparaturen für die Finca erledigt hatte. Jetzt wurde sie als Gartenhütte genutzt. Er ging hinein und kam mit Gummistiefeln heraus, die er Anaïs reichte.

»Vorwärts, Señorita! Wir pflücken Orangen für unser Frühstück«, erklärte er ihr fröhlich.

Anaïs lächelte ihm zu. Sie freute sich darauf, die Orangenplantage zu besuchen, und nutzte die Gelegenheit, einen kleinen Stein aus ihrem Schuh zu entfernen, der ihr beim Gehen Schmerzen bereitete. Ihre knöchelhohen Stiefeletten waren nicht für diese mit Kieseln übersäten Wege geeignet.

Anaïs stand inmitten von Obstplantagen und hundertjährigen Bäumen und bewunderte das herrliche, von Menschenhand bearbeitete Tal. Das Licht veränderte sich ständig und hob die Farbe der Felsen hervor. In einiger Entfernung sah sie Traktoren und Arbeiter, die damit beschäftigt waren, Kisten und Körbe mit Taronges zu füllen, wie hier, in der mallorquinischen Variante des Katalanischen, die Orangen hießen. Miquel hatte also nicht gelogen, als er behauptet hatte, alle Fahrzeuge würden auf der Finca gebraucht.

Er erklärte ihr, dass seine Pflücker sich den Launen des Wetters beugen mussten. Sie führten einen Kampf gegen die Uhr, denn beim ersten Regentropfen musste die Ernte sofort unterbrochen werden. Die Orangen verdarben schnell und durften unter keinen Umständen feucht verpackt werden. Glücklicherweise wirkte der Himmel heute Morgen nicht bedrohlich.

»Das ist ein günstiger Zeitpunkt, um die Orangen zu ernten«, sagte Miquel. Von einem schwer behangenen Ast pflückte er eine reife Frucht und zog ein Taschenmesser hervor. Er sog den subtilen Duft der Orange ein und schnitt dann in die pralle Haut der Frucht. Eingehend betrachtete er die Schnitte, die er in der Haut der Orange gesetzt hatte, und strich darüber, als entziffere er eine Nachricht in Blindenschrift.

»›In diesen durstigen Landstrichen fehlt es immer ein wenig an frischem Wasser; doch auf den Terrassenfeldern im Gebirge wachsen so viele Orangen und Zitronen, dass man die Kargheit der Gipfel vergisst …‹«, sagte er. »Und, von wem stammt das?«, fragte er und musterte Anaïs amüsiert.

Mein Gott, der Kerl hält sich wirklich für einen Poeten, dachte sie.

Als Antwort zuckte sie mit den Schultern und gab sich geschlagen. Sie wollte ihm auf Katalanisch sagen, dass sie die Waffen streckte. Aber bestimmt drückte man das auf Mallorca nicht so aus. Miquel verzog konzentriert das Gesicht, so große Mühe gab er sich, zu verstehen, was sie sagte. Dann, als beiden klar wurde, wie absurd die Situation war, brachen sie in lautes Gelächter aus. Rechts und links von Miquels Mund erschienen zwei Grübchen, die ihm einen unwiderstehlichen Charme verliehen.

Unglaublich, wie sich Gesichtszüge durch Humor verändern können, dachte Anaïs. Seine Züge waren perfekt geschnitten, und sein Dreitagebart bildete einen Gegensatz zu seinem fröhlichen, beinahe kindlichen Blick. Sie musterte diesen schönen Mann, dessen Haut von Natur aus gebräunt war. Als er den Kopf drehte, wandte sie beschämt den Blick ab.

»George Sand!«, rief er.

Anaïs schüttelte verständnislos den Kopf.

»Sie hat *Ein Winter auf Mallorca* geschrieben, von ihr stammt das Zitat«, fuhr er fort und reichte ihr ein Orangenviertel.

Herzhaft biss sie hinein und spürte, wie das süße, milde Fruchtfleisch ihren Mund erfüllte. Sie schloss die Augen und sagte sich, dass sie noch nie so etwas Himmlisches gekostet hatte.

»Man schmeckt das echte Aroma der Frucht, eine wahre Geschmacksexplosion!«, rief sie genüsslich aus.

Miquel war sichtlich erfreut über das Kompliment. Er zwinkerte ihr zu.

Man könnte meinen, dass er sich langsam entspannt.

Ein wenig später gingen sie zum Haus zurück. Unterwegs zog Anaïs ihr Smartphone aus der Handtasche, um ihre geschäftlichen Mails durchzugehen. Doch sie hatte keinen Empfang. *Wie ärgerlich.*

Miquel beobachtete sie aus dem Augenwinkel und erriet ihre Gedanken.

»Das WLAN funktioniert nur innerhalb des Hauses. Keine Ahnung, warum. Wahrscheinlich sind die Mauern zu dick. Aber du solltest dich entspannen, abschalten. Hier verläuft das Leben gemächlich und ruhig.«

Was ging ihn das an? Jetzt gab er ihr schon Zen-Unterricht.

Anaïs lächelte beinahe nervös.

»Berufliche Verpflichtungen«, setzte sie nur hinzu.

Als sie ins Haus trat, roch sie das aromatische Olivenholz, das im Kamin brannte. Schwere Vorhänge aus bestickter Spitze schmückten den Eingangsbereich, und im Esszimmer hatte Miquel auf einem Tisch unterschiedliche süße Spezialitäten angerichtet.

»Ich weiß ja, dass du eine großartige Bäckerin bist, daher wollte ich dich beeindrucken«, erklärte er lächelnd.

Als Anaïs nichts sagte, sprach er weiter.

»Die Frau meines besten Freundes betreibt in Sóller eine Konditorei, was die Sache einfacher macht.«

Das musste dieselbe Konditorei sein, in der sie gestern eine

Ensaïmada gekauft hatte. Anaïs führte einen Krapfen zum Mund.

»Großartig! Wenn das so weitergeht, kehre ich mit ein paar zusätzlichen Kilos nach Frankreich zurück«, erklärte sie leicht ironisch. »Ehrlich gesagt, könnte ich die sogar gebrauchen.«

Anaïs besaß eine sehr schmale Taille. Die Arbeit im Café de l'Ensaïmada ließ ihr kaum eine Atempause. Sie aß oft im Vorübergehen und neigte dazu, eher ab- als zuzunehmen. Mit einer Papierserviette tupfte sie sich die Zuckerkristalle von den Lippen.

»Diese Krapfen heißen Bunyols de les verges, ›Jungfernkrapfen‹. Früher beschenkte man damit die jungen Männer, nachdem sie den Mädchen am Vorabend des Ursula-Tages ihr Ständchen gebracht hatten.«

»Da haben sich die Zeiten glücklicherweise geändert«, gab Anaïs zurück. »Und die Frauen können …«

»Sich ihre andere Orangenhälfte frei wählen«, unterbrach Miquel sie. »So sagt man bei uns, denn der Sinn der Liebe ist es, seine andere Hälfte zu finden, um wieder zu einem Ganzen zu werden.«

Anaïs konnte das Lachen, das in ihr aufstieg, kaum unterdrücken. Von diesem Standpunkt aus gesehen, sollte das Tal der Orangen der ideale Ort sein, um seinem Seelenverwandten zu begegnen. Doch auch Miquel schien seine andere Hälfte noch nicht gefunden zu haben. Anaïs hatte an seiner Hand keinen Ehering entdeckt, und im Esszimmer befanden sich auf den ersten Blick keine Fotos, die ihn als Teil eines Paares zeigten.

Alte Möbel waren zu einer Art Museum mallorquinischer Traditionen zusammengestellt. Der weitläufige Wohnraum beherbergte einen herrlichen Wollteppich und harmonisch verteilte Sofas, die eine elegante und doch gemütliche Atmosphäre schufen. Warmes Licht fiel herein. Hinter der Glastür erahnte man eine Terrasse mit Hängematte, Holzmöbeln und dem typischen Terrassenofen, der halb im Grün verborgen war. Eine Umgebung, die zum Ausruhen und zum süßen Nichtstun einlud.

Schließlich sprach Miquel das Thema »Familienangelegenheiten« an.

Das Reizthema, dachte Anaïs und grub die Finger in die Sessellehnen.

»In der Besitzurkunde habe ich keine Spur von Magdalenas Namen entdeckt. Die Finca ist auf den Namen meines Urgroßvaters eingetragen und das Dokument 1937 ausgestellt worden. Er hat es der Gemeinde abgekauft, zu einem lächerlich geringen Preis.«

Er reichte ihr die vergilbte, von Hand ausgestellte Urkunde. Von Jaime stand nichts darin, und der Name von Miquels Urgroßvater sagte Anaïs nichts.

»Aus der Vorkriegszeit konnte ich nichts finden. Das muss alles konfisziert worden sein ...«, fuhr Miquel fort. »Aber das Foto, das du mir geschickt hast, ist wirklich auf der Finca aufgenommen worden, und all das lässt mich glauben, dass sich hier eine Familiengeschichte verbirgt.«

Bei seinen Worten überlief Anaïs ein Schauer.

»Gestern Abend habe ich im Hotel ein Hochzeitsfoto entdeckt, das Magdalena und einen gewissen Jaime Gallardo Martorell zeigt. Bestimmt ihr erster Mann. Sagt dir der Name etwas?«

»Nein, überhaupt nicht.«

Miquel setzte eine zweifelnde Miene auf und runzelte die Stirn. Er wirkte genauso ratlos wie Anaïs. Er notierte sich den Namen jedoch auf einem Stück Papier, das auf seinem Schreibtisch lag. Auf dem Tisch thronte, vor einem Fenster und mit Aussicht auf den Garten, ein Computer. Unwillkürlich stellte Anaïs sich vor, wie Miquel dort gesessen und ihr geantwortet hatte, als sie noch in Paris gewesen war.

Der Vormittag verging schnell, und als Anaïs ihre Teller

abräumte, fühlte sie sich schon fast wie zu Hause. Sorgfältig spülte sie das Geschirr mit kaltem Wasser ab, und als sie es abtrocknete, zog ein Detail ihre Aufmerksamkeit auf sich. Auf der Rückseite der Steingutteller waren die Initialen *M & J* eingeprägt.

»Magdalena und Jaime …«, murmelte sie.

Sie teilte ihre Entdeckung Miquel mit, der ebenso fassungslos war wie sie.

»Darauf habe ich noch nie geachtet«, gestand er.

War das schlicht Zufall? Das Geschirr und das Besteck stammten in der Tat aus der Zeit seines Urgroßvaters. Ein jetzt rätselhaftes Erbe.

Mit einem Mal begegnete sie Miquels Blick. Eine gefühlte Ewigkeit lang sahen sie einander tief in die Augen.

»Señor Camuña … Ein kleines Problem …«

Auf der Türschwelle stand ein Arbeiter. Er hielt eine Gartenschere in der einen und ein schwarzes Kabel in der anderen Hand. Er ließ die Schultern hängen und wirkte wie ein Kind, das etwas Dummes angestellt hat.

Miquel riss die Augen auf.

»Das ist jetzt nicht wahr … Er hat den wilden Wein beschnitten und dabei das Telefonkabel durchtrennt.«

Anaïs unterdrückte ein Glucksen. Sie hätte Miquel furchtbar gern geraten, sich zu entspannen.

Hier verläuft das Leben gemächlich und ruhig.

Einige Stunden später hielt der Wagen von Jesús, dem Taxifahrer und Touristenführer, zwischen den Terrassen und Cafés mitten auf dem Marktplatz von Sóller. Jesús fuhr das Fenster auf der Beifahrerseite herunter und entschuldigte sich, weil er ein paar Minuten zu spät dran war.

»Auf zum Orangenexpress!«, rief er aus.

Anaïs lachte und nahm neben ihm Platz. Bei diesem Mann, der ein wenig liebenswürdiger war als Miquel, fühlte sie sich viel entspannter. Letzteren hatte sie vorhin mit seinen Telefonproblemen alleingelassen. Sie hatten jedoch verabredet, sich bald wieder zu treffen.

Als das Taxi vor dem Bahnhof hielt, begriff sie, dass Jesús mit dem Orangenexpress die Eisenbahn von Sóller gemeint hatte.

Er parkte und kaufte am Schalter zwei Fahrkarten. Anaïs wollte selbst bezahlen, doch er weigerte sich kategorisch und wechselte das Thema.

»Bevor die Eisenbahn kam, war die Stadt vom Rest der Insel isoliert. Die einzige existierende Verbindung war ein schmaler, steiler Weg durch die Serra de Alfàbia mit Namen ›Coll de Sóller‹, auf dem Pferde und Esel die schweren Lasten zogen. Später hat die Bahn Orangen nach Palma gebracht, daher ihr Name.«

Kein Zweifel, Jesús interessierte sich leidenschaftlich für seine Insel und ihre Geschichte. Er zeigte Anaïs die Gedenktafel, auf der auch Jaimes Name stand. Sie zog ihr Handy hervor und beeilte sich, die Inschrift auf einem Foto festzuhalten. Ich bin ja eine richtige Detektivin, dachte sie und lächelte über sich selbst. Dann setzten sich die beiden in einen der Holzwaggons, die von der elektrischen Lokomotive gezogen wurden.

»An diesem Zug hat sich seit Jahrzehnten nichts verändert«, erklärte Jesús.

Anaïs betrachtete entzückt die lederbezogenen Bänke, die Wandtäfelung aus Mahagoni und die Gepäcknetze mit den Lederriemen. Der kleine Zug schlängelte sich durch Parks und Gassen und setzte Kinder an ihrer Schule ab. Von ihrem Platz aus bewunderte Anaïs die Umgebung, die der Mensch durch die Landwirtschaft verändert hatte und die sich dennoch in Harmonie mit der Landschaft befand. In aller Ruhe durchquerten sie die Gegend, passierten die romantischen Gärten von Alfàbia und erreichten schließlich die Olivenhaine von Bunyola. Steinhäuser scharten sich um Kirchen und andere zentrale Punkte, und alles war umgeben von Feldern, auf denen hier und da Bäume oder Schafe zu sehen waren. Auf dem Hügel standen schöne Häuser aus beigefarbenem Stein, die Anlauf zu nehmen schienen, um ins Mittelmeer zu springen. Der Fahrtwind fuhr in Anaïs' rotbraunes Haar. Jesús erklärte ihr die bergige, schroffe Landschaft.

»Sehen Sie sich diese mit Stein befestigten Terrassen an. Die Felder sind horizontal angelegt, damit sie das Regenwasser aufnehmen können.«

»Faszinierend«, hauchte sie. Die Schönheit der Landschaften, die vor ihren Augen vorbeizogen, überwältigte sie.

Anaïs wandte den Kopf zu dem Tal. Dort wuchs Spalierobst an Steinmauern, die Terrassen bildeten und so einen Berghang erklommen. Genau solche Mauern teilten auch das Land von Miquels Finca auf. Während Jesús stolz über die Geschichte der Region sprach, stellte sich Anaïs vor, wie seine Vorfahren dieses Land bewirtschaftet und Feuerholz und in den *casas de neu* sogar Schnee gesammelt hatten. Jesús erklärte ihr, was es mit diesen »Schneehäusern« auf sich hatte. Es handelte sich um aus dem Boden ausgehobene Gruben, die durch Bruchsteinmauern geschützt wurden und einen Steinboden besaßen, damit man Schnee darin aufbewahren und zu medizinischen oder kulinarischen Zwecken einsetzen konnte. Die Menschen damals hatten diese Insel praktisch erschaffen, eine Landschaft im Schatten hundertjähriger Olivenbäume, einzigartiger Zeugen dieser längst vergangenen Zeit.

»Sagen Sie mir die Wahrheit, Señorita, Sie kommen mir nicht vor wie eine einfache Touristin, die auf Cocktails und feinen Sand aus ist, und auch nicht wie jemand, dessen Hobby die Elektrifizierung der Bahnstrecke ist.« Er lachte herzhaft und fuhr fort: »Welcher gute Wind hat Sie hergeweht? Ich hoffe, die Tramontana. Die kennen wir hier im Tal von Tramuntana gut.«

Sie erwiderte sein Lächeln.

»Ich habe kürzlich erfahren, dass meine Urgroßmutter in dieser Gegend gelebt hat, bevor sie meinen Urgroßvater kennengelernt hat. In einem Hotel in Marseille sind bei Renovierungsarbeiten persönliche Gegenstände von ihr entdeckt worden ...«

Anaïs hüstelte und sprach dann weiter.

»Ich würde gern wissen, warum sie die Insel verlassen hat, und ein wenig mehr über ihre Vergangenheit herausfinden.«

»Eine schöne Idee«, meinte Jesús begeistert. »Heutzutage interessieren sich junge Leute wie Sie nur wenig für die Vergangenheit. Ich finde, viele von ihnen haben keinen Begriff von Zeit mehr. Alles muss schnell gehen!«

Es ist noch nicht lange her, da war ich genauso, dachte Anaïs ein wenig beschämt.

Jesús versprach, er werde ihr helfen, das Geheimnis, das ihre Herkunft umgab, zu lüften.

»Also fließt mallorquinisches Blut in Ihren Adern«, flüsterte er nach kurzem Schweigen amüsiert. »Vielleicht sind wir ja entfernte Verwandte.«

Darüber hatte Anaïs gar nicht nachgedacht, aber es wäre tatsächlich möglich, dass sie auf die Abkömmlinge ihrer Vorfahren stieß oder ihnen sogar im Ort begegnete, ohne es auch nur zu ahnen ...

Jesús und Anaïs stiegen am Markt von Bunyola aus und ließen sich einen Teller Frit schmecken – fein gehackte und gut gewürzte Kartoffeln mit Gemüse und Hammelfleisch – und tranken dazu ein Glas Wein. Der Duft des Gerichts entzückte Anaïs sofort.

»Köstlich«, lobte sie und leerte ihren Teller bis auf den letzten Bissen.

»Unsere Küche besitzt mediterrane Wurzeln und ist sehr einfallsreich. Sie ist das Erbe der Erde und der Kulturen, die die Insel in der Vergangenheit bevölkert haben. Die Erzeugnisse der Erde und des Meeres vereinen sich in perfekter Harmonie«, erklärte ihr Touristenführer immer noch begeistert und nahm eine Handvoll der Oliven, die er auf dem Markt gekauft hatte, in die hohle Hand.

Anschließend schlenderten Anaïs und Jesús durch die Gassen und ließen die schwarzen Olivenkerne unterwegs fallen. Anaïs fiel die Freundin ein, von der Camila, ihre Spanischlehrerin, gesprochen hatte und die in Bunyola wohnte.

Das wäre die Gelegenheit, sie kennenzulernen, dachte Anaïs.

Schnell griff sie nach ihrem Handy, suchte die Daten heraus und schlug Jesús vor, sich ihr anzuschließen, doch dieser musste ablehnen. In weniger als zwei Stunden hatte er Kunden, mit denen er die Kartause von Valldemossa besuchen würde, das Kloster, in dem George Sand und Frédéric Chopin gewohnt hatten.

»Wussten Sie, dass George Sand auf unserer Insel gelebt hat, Señorita?«

»Nein, bis jetzt nicht. Aber ich habe den Eindruck, dass ich noch viel über diese Insel lernen muss …«, setzte sie nachdenklich hinzu.

Waren das nicht auch Miquels Worte gewesen?

Sie verabredete sich mit María, der Freundin ihrer Spanischlehrerin, in einem Café nicht weit entfernt vom Bahnhof in Bunyola. Auf der Terrasse tranken schon mehrere Personen Kaffee. Anaïs roch den köstlichen Duft von gerösteten Kaffeebohnen, in den sich der süße Geruch von Ensaïmadas mischte. Doch sie bestellte sich einen Kamillentee mit einem kleinen Schuss Milch. María traf gut gelaunt ein. Mit ihrer schlanken Gestalt und ihrem rabenschwarzen Haar sah sie Camila ähnlich. Sie verstanden sich auf Anhieb gut. Zudem lernte María gerade Französisch, was das Gespräch enorm erleichterte. Sie lauschte aufmerksam, während Anaïs ihr von der Entdeckung der alten Blechbüchse, die einmal Magdalena gehört hatte, und ihrer eigenen Suche nach dem Ursprung ihrer Familie erzählte.

»Ich könnte mich im Club der Rosen erkundigen!«, rief María aus.

Fragend zog Anaïs eine Augenbraue hoch.

»Das sind einige alte Damen, die jeden Donnerstagnachmittag zusammenkommen, um *tute* zu spielen.«

Anaïs erfuhr, dass es sich um ein spanisches Kartenspiel handelte, das unter Rentnern sehr beliebt war.

»Glaubst du, sie könnten mir helfen?«

María warf einen Blick auf ihre Armbanduhr.

»Bestimmt! Wir können sie sogar jetzt besuchen. Heute ist Donnerstag. Meist treffen sie sich bei Teresa, in der Nähe der Kirche. Es sind die ältesten Frauen im Ort. Vielleicht haben sie ja von deiner Urgroßmutter gehört …«

Voller Elan schlugen die beiden den Weg zur Kirche ein und durchquerten steinige schattige Gassen. Teresas Haustür stand offen, und nur ein Vorhang aus Holzperlen trennte den Wohnraum von der Straße, zweifellos um Insekten fernzuhalten, den Wind zu dämpfen oder neugierige Blicke abzuwehren. Leise klappernd streiften die Perlen Anaïs' Hände. Sie trat auf die beiden alten Damen zu, die um einen Tisch saßen und plauderten. Die Karten hielten sie in den Händen wie Fächer. Nachdem die Frauen María ausführlich mit Umarmungen begrüßt hatten, hießen sie Anaïs willkommen und luden sie ein, sich zu setzen und die Mantegades d'ametlla zu kosten, mit Schmalz gebackene Mandelplätzchen. Anaïs nahm aus Höflichkeit an, obwohl sie keinen Hunger hatte, nachdem sie den ganzen Vormittag bereits so viel gegessen hatte. Die alten Damen sprachen über das Leben in Bunyola und diverse Neuigkeiten, die sie auf dem Markt oder in ihrer Nachbarschaft gehört hatten.

Richtige Klatschbasen, dachte Anaïs amüsiert.

Dann fragte María die Frauen nach Magdalena. Anaïs spitzte die Ohren, um ihre mallorquinischen Worte zu verstehen.

»Damals hatte der Ort nicht so viele Einwohner, und die Familien kannten sich untereinander. Die Männer trafen sich in den Cafés und unsere Mütter vor den Haustüren, wo sie die Nachbarinnen grüßten oder hereinbaten ...«, erzählten sie wie aus einem Munde.

Die beiden alten Damen geizten nicht mit Worten und schwelgten, von Kichern unterbrochen, in ihren Kindheitserinnerungen.

»Wir sind sehr geschwätzig«, entschuldigte sich die eine.

Ihr Gesicht war von tiefen Falten durchzogen und ihre Figur korpulent, während die andere einen lebhaften Blick besaß und trotz ihres weißen Haars und ihrer blassen Gesichtsfarbe jünger wirkte.

»Sie hätten sie sehen sollen!«, meinte die erste. »Magdalena war jung und schön und die Freude ihrer Familie.«

Anaïs' Herz schlug schneller, und einen Moment lang erstarrte sie. Die Frauen hatten Magdalena also gekannt, als sie noch auf der Insel lebte. Die alte Dame fuhr fort: »Ich erinnere mich, wie die kleinen Vögel von den benachbarten Bäumen kamen, um die Kuchenkrümel aufzupicken, die sie ihnen großzügig hinwarf. Magdalena war so großmütig. Wie soll ich es beschreiben ... ihr Gesicht und besonders ihre Augen strahlten auf seltsame Art. Ihre großen dunklen Augen und ihr langes, glattes rabenschwarzes Haar waren sehr auffällig.«

Eine Träne rollte über Anaïs' Wange. Rasch wischte sie sie mit dem Mantelärmel weg, um ihre Rührung zu verbergen.

»Aber vor allem hatte sie eine unglaubliche Willenskraft«, unterbrach die andere Frau, die mit Komplimenten nicht zurückstehen wollte.

»Ja, sie half ihrem Vater auf der Orangenplantage und arbeitete hart in der Konditorei«, trumpfte die andere auf. »Sie besaß eine natürliche Eleganz und Leichtigkeit und so geschickte, anmutige Finger. Ich sehe noch vor mir, wie sie eines ihrer wunderbaren Gebäckstücke auf ein Spitzendeckchen aus Papier setzte.«

Die alte Dame führte die Finger an die Lippen, um zu bedeuten, dass die Ensaïmadas köstlich waren. Blitzartig standen Anaïs die Gesten ihrer Urgroßmutter wieder vor Augen, die sie so oft in Paris bei ihr gesehen hatte. Sie hing an den Lippen der alten Frauen und wagte nicht, sie zu unterbrechen.

»Bei ihren treuen Kunden bedankte sie sich mit einem Lächeln oder einem *gràcies*, einem Danke, und das ließ ihr Gesicht noch strahlender wirken. Mein damaliger kleiner ›Verehrer‹ wurde oft zu ihr geschickt, um ihr Liebesbriefe zu bringen … und er schenkte mir die Bonbons, die er dafür als Belohnung bekam.«

Bei dieser Erinnerung lachte die alte Dame glucksend auf. Trotz der vielen Falten, die ihre dunklen Augen umrahmten, bemerkte Anaïs ein schelmisches Glitzern in ihrem Blick.

»Doch das konnte nicht von Dauer sein«, setzte die andere hinzu. »Als der Krieg kam …«

Sofort verdüsterten sich die Mienen der beiden, und ein bleiernes Schweigen legte sich über den Raum. Eine der alten Damen mischte die Karten und teilte sie in kleinen Häufchen auf der Spitzentischdecke aus, um mit dem Spiel zu beginnen, womit sie signalisierte, dass das Gespräch beendet war. Am liebsten hätte Anaïs die beiden weiter ausgefragt, doch sie verstand, dass das Aufrühren schmerzlicher Kriegserinnerungen im Club der Rosen nicht auf der Tagesordnung stand.

Ein andermal, dachte sie.

Die alten Damen liebten ihre Plauderei über alles, und Anaïs empfand ein Gefühl von liebevoller Zuneigung für die Frauen. María und sie überließen die Damen ihrem Kartenspiel und versprachen, bald wiederzukommen.

Nach dem Besuch bei Teresa fühlte Anaïs sich aufgemuntert. Strahlend wandte sie sich an María: »Ich danke dir aus tiefstem Herzen für deine Hilfe. Magdalena ist den Frauen in guter Erinnerung geblieben. Und dieses Bild aus ihren Erzählungen stimmt mit dem überein, wie ich meine Urgroßmutter in Erinnerung behalten habe. Sie war eine starke Frau mit einem sanften Äußeren.«

Wie das kräftige, bittere Aroma der Orange, das sich unter dem Puderzucker einer Ensaïmada verbirgt, setzte sie in Gedanken hinzu und stellte fest, dass sie anscheinend auch poetisch sein konnte, wenn ihr danach war.

Zum Abschied umarmte Anaïs ihre neue Freundin.

Auf dem Rückweg beschloss sie, ihre Spanischlehrerin Camila anzurufen, um sie auf dem Laufenden über den Fortschritt ihrer Nachforschungen zu halten.

»Ich habe Orangen auf der Finca meiner Vorfahren gegessen, bin mit einem historischen Zug auf einer Strecke gefahren, die von Jaime elektrifiziert worden ist, dem ersten Mann meiner Urgroßmutter; ich habe deine Freundin María und zwei alte Damen kennengelernt, die Magdalena als Kinder gekannt haben …«

»Das ist großartig!«, rief Camila aus. »Man kann wohl sagen, dass sich deine Recherchen gut entwickeln.«

»Aber ich habe noch nichts darüber herausgefunden, warum Magdalena nach Frankreich gegangen ist … Und das Thema ›Bürgerkrieg‹ scheint hier tabu zu sein.«

»Hab Geduld, du bist schließlich erst seit ein paar Tagen auf der Insel.« Camila lachte am anderen Ende der Leitung. »Und was ist mit diesem Miquel? Ist er wirklich so ein grober Klotz?«

Einen Moment zögerte Anaïs, dann antwortete sie: »Ein wenig … aber heute Morgen war er ziemlich kooperativ.«

»Ich bin mir sicher, er gefällt dir«, sagte Camila und lachte schallend, doch Anaïs kam es vor, als hätte sich ihr Tonfall geändert. Sie klang nicht mehr so scherzhaft.

»Ganz und gar nicht«, gab sie zurück. »Er könnte schließlich … ein entfernter Verwandter von mir sein.«

»Was für eine Ausrede!«

Merkwürdigerweise hatte Anaïs Schmetterlinge im Bauch gespürt, als sie von Miquel gesprochen hatte. Sein schwer durchschaubarer Charme hatte zweifellos seine Wirkung auf sie nicht verfehlt. Doch sie verdrängte diesen Gedanken schnell wieder und konzentrierte sich auf die Landschaft, die vor ihren Augen vorüberzog. Nachdem sie den Anruf beendet hatte, schlummerte sie auf ihrem Platz ein, bis sie die Endhaltestelle in Sóller erreichten.

9. Kapitel

Sóller 1936

»Diese Hunde haben sie getötet!«, schrie er. Jaime war vollkommen außer sich, seitdem er erfahren hatte, unter welchen Umständen Marta gestorben war.

Am 5. September 1936 hatten die Nationalisten im Morgengrauen Dutzende republikanische Kämpfer erschossen, darunter fünf Krankenschwestern. Die Operation wurde von der Schwadron *Dragones de la muerte* – den »Todesdrachen« – unter der Führung des italienischen Faschisten Conde Rossi durchgeführt.

»Sie hat ihr Leben gegeben, um die spanische Republik zu verteidigen. Zum Teufel mit Franco und Mussolini!«, ereiferte er sich weiter und lief im Esszimmer auf und ab.

Ich bedeutete ihm, leiser zu sprechen. Man hätte ihn hören können. Brutal packte er mich am Handgelenk, und einen Moment lang glaubte ich, er werde es mir brechen. Dieser Blick voller Hass, Verzweiflung und Fatalismus war der letzte, den wir jemals wechseln sollten.

Noch am selben Tag nahm Jaime sich das Leben. Er erhängte sich in seinem Arbeitszimmer mit einem Elektrokabel. Als ich nach Hause kam, entdeckte ich auf dem Boden fleckige faule Orangen, Symbole des Todes. Die Orangenplantage war Opfer eines Parasiten geworden, der einen großen Teil der Ernte vernichtet hatte.

In der folgenden Nacht tat ich kein Auge zu, sondern sah in die Dunkelheit hinein. Ich wünschte mir, Jaime wäre bei mir. Ich meinte, seinen Schlüssel im Schloss zu hören und ihn zu sehen, doch er würde nie wiederkommen, und ich hatte niemanden, der mich hätte trösten können. Mir blieb die Erinnerung an seine Augen, seine Hände und seine unendliche Zärtlichkeit. Er war fort, und ich würde ihn nie wiedersehen. Nach diesem Ereignis war mein Leben nie wieder wie vorher.

Sobald es hinter den Fenstervorhängen hell wurde und ein noch graues Licht ins Zimmer fiel, stand ich auf und ging jeden Tag zu meinen Kunden. Man sah mir die Veränderung an. Um meine Augen lagen dunkle Schatten, wie sie durchwachte Nächte hinterlassen. Der Handel mit den Orangen lief nicht mehr gut, und Lebensmittel wurden knapp. Das Franco-Regime schränkte den Import von Waren wie Zucker so stark wie möglich ein. Man musste sich auf dem Schwarzmarkt versorgen, was wegen des Risikos, das die Verkäufer eingingen, teuer war. Den Ensaïmadas fehlte es erheblich an Süße, und sie schmeckten fade. Manche meiner Kunden konnten mich fast nicht mehr bezahlen und wühlten tief in ihren Taschen, um die letzte Peseta zu finden. Dieser Krieg schien niemals enden zu wollen. Man stand Schlange für einen Bissen Brot. Es gab viele Einschränkungen; Öl war nur noch viertelliterweise zu bekommen, es fehlte an Mehl … Der furchtbare Schmerz über den Tod meiner Eltern und den von Marta und Jaime hatte mir die Lebensfreude geraubt. Sogar der Duft der Orangen tröstete mich immer weniger. Nur Diego hielt mich noch am Leben.

»Du bist eine von uns«, hatte er mir zugeflüstert.

Damals formierte sich der Widerstand im ländlichen Mallorca. In der Konditorei diskutierte man jetzt mit gedämpfter Stimme. Ich bediente auch den Feind. Wie sollte man die erkennen, die einmal aufrichtig, gut und einfach gewesen waren? Möglich, dass Terror, der Kampf gegen den Strom, Orientierungslosigkeit und Furcht sie besiegt hatten. Lügen, Heuchelei und Verrat waren unser täglich Brot. Wie sollte man es ertragen, dass überall Grausamkeit und Misstrauen vorherrschten? Manche denunzierten einen und warnten einen dann. Ich bediente auch falangistische Soldaten, die sich jeden Moment auf mich hätten stürzen können, so wie sie Marta getötet hatten.

Doch merkwürdigerweise war meine Angst dem Zorn gewichen. Ich musste Tag für Tag Widerstand leisten, trotz Folter und Beschimpfungen. Oft rannen mir Tränen über die Wangen, doch mein Schluchzen war lautlos. Ich wollte sie rächen. Diese Kraft hielt mich am Rand des Abgrunds aufrecht und ließ mich über den Kugeln stehen, die Martas Herz durchbohrt und Jaime in die Verzweiflung getrieben hatten. Ich begab mich in Gefahr und backte täglich verschlüsselte Nachrichten in Ensaïmadas ein. Die kleinen Papierstücke ließen sich perfekt in den Teig einrollen. Die Widerstandskämpfer kamen von überallher, sogar über Wege, die kaum befahrbar waren, und holten sich mit einem Losungswort, das sich täglich änderte, ihr Gebäck ab: »Der Himmel ist blau«, »Was für ein schönes Kleid …« Wer hätte geahnt, dass der leichte, luftige, zarte und zu Spiralen gedrehte Hefeteig, der mit feinem Zucker bestreut war, mit Nachrichten für die Kämpfer gefüllt war?

Diego versuchte seinerseits, den Fortbestand der Orangenpflanzung zu sichern, und verhinderte, dass die Früchte von den Bäumen fielen, indem er das Bewässerungssystem instand hielt. Er hatte ein paar Lecks entdeckt, Löcher, die ungewöhnlich grobschlächtig wieder zugeschüttet worden waren. Eines Abends huschte er durch die Hintertür in die Küche. Seine große, kräftige, gerade Gestalt füllte den Raum, und er nahm mir gegenüber Platz.

»Ich gehe in die Orangenfelder. Einige Früchte sind gestohlen worden. Ich erzähle dir später alles. Es wird schon dunkel, ich mache mich direkt auf den Weg.«

Vom Fenster aus sah ich ihm nach, wie er sich – wie immer in seiner Weste aus dickem, grauem Stoff – auf sein Fahrrad schwang, an dem er sein Gewehr befestigt hatte.

Als ich Diego am nächsten Morgen wiedersah, war Sóller noch nicht ganz erwacht, und die Sonne stand noch tief. Ich stand in der Konditorei und ließ erleichtert die angespannten Schultern nach vorn sinken. Ich war früh aufgestanden und hatte nervös auf Diegos Rückkehr gewartet. Nun trat er über die Schwelle des Ladens.

»Du hast Schatten unter den Augen«, meinte er fürsorglich zu mir. »Du musst dich ausruhen.«

Auf seiner Wange entdeckte ich eine Schnittwunde und bat ihn, mir zu erzählen, wie es dazu gekommen war.

»Als ich abends zurück zur Finca kam, sah ich einen Unbekannten, der dabei war, Orangen zu stehlen. Nachdem ich dir Bescheid gegeben hatte, bin ich durch einen Hohlweg gegangen, um nicht gesehen zu werden, denn es war schon spät. Glücklicherweise war der Weg gut begehbar und ordentlich festgetreten von Menschen und Vieh.«

Ich hing an seinen Lippen.

»Mir war schon aufgefallen«, fuhr er fort, »dass auf dem Boden zerquetschte Orangenstücke lagen, die bei der letzten Lieferung von den Karren gefallen sein mussten, als diese die Pflanzung verlassen haben … Ich dachte, ein Karren wäre vielleicht ein wenig zu schnell gefahren, um vor einem Angriff zu fliehen. Vorsichtig huschte ich von Baum zu Baum, horchte auf das leiseste Geräusch, auf das geringste Knacken eines Reisigs, das leichteste Blätterrascheln. Hinter den letzten Büschen entdeckte ich dann die Gestalt, die ich gesehen hatte und die sich im schwachen Mondschein abzeichnete. Ich hörte eine Art unterdrückten Fluch und war bereit, dem Dieb an die Kehle zu springen.«

»Und was hast du getan?«

»Alles ging sehr schnell. Ich bin über einen Ast gestolpert, der unter einem Erdklumpen versteckt lag. Der Unbekannte glaubte, er werde angegriffen, und hat sich auf mich gestürzt, ohne mich richtig sehen zu können. Ich habe mein Gewehr hochgenommen und wollte ihn festnehmen. Dann haben wir uns einen Faustkampf geliefert, und mein Gewehr ist heruntergefallen … Der Mann hat geflucht, sich losgerissen und unser Kennwort hervorgestoßen.«

»Ein Republikaner«, stotterte ich nachdenklich.

Diego sah sich in der Konditorei um und vergewisserte sich, dass uns niemand zuhörte. Dann nickte er knapp.

Bei dem Kampf hatte eine verirrte Kugel Diego ins Bein getroffen. Ich musste sie sorgfältig entfernen, während er fest auf einen Lappen biss. An diesem Abend gab ich Diego Orangenlikör, um seine Schmerzen zu lindern.

Nach dem überraschenden Zusammentreffen mit diesem Fremden wurde die Finca zu einem Zufluchtsort des republikanischen Widerstands. Die Repression auf der Insel setzte sich fort. Beim geringsten Verdacht wurde wahllos geschossen. Der Tramontana-Wind klang wie das Seufzen von Wesen, die furchtbar litten. Die *Guardia Civil* – die Polizei – und die Falangisten hatten schon über tausend unserer Männer getötet. Eines Tages wurde per Verordnung der Gebrauch des Katalanischen untersagt. Die beliebten Chöre wurden verboten, und die Arbeitertheater ebenfalls. Im Hafen von Sóller begegneten kleine Fischerboote italienischen Kriegsschiffen. Ich ging nicht mehr am Meer spazieren. Das war ebenso gefährlich, wie auf den Straßen unterwegs zu sein. Dörfer und Marktflecken waren aufgegeben worden, weil sie nicht mehr mit Lebensmitteln und Strom versorgt wurden. Das tägliche Brummen der Wasserflugzeuge wurde unerträglich. Doch trotz der öffentlichen Erschießungen und der Verhaftungen setzten wir unseren Kampf fort. In der Hoffnung, dass auf unserer Insel Unschuldige der Barbarei entkommen würden, verschloss ich die Augen vor dem Inhalt der Nachrichten, die ich versteckte.

10. Kapitel

Escabetx de Rajada – Rochen in Marinade

Die Möhren schälen und in dünne Scheiben schneiden, die Zwiebel klein hacken. Die harten Blätter einiger Artischocken abziehen und die zarteren aufbewahren. Die Blattspitzen abschneiden und vierteln. Blumenkohl in kleine Röschen teilen. Den Fisch in Mehl wenden und in heißem Olivenöl anbraten. Mit Salz und Pfeffer würzen und beiseitestellen. Im Öl zerdrückte Knoblauchzehen sowie die Zwiebeln anschwitzen, bis sie glasig sind. Dann Karotten, Blumenkohl und Artischockenblätter dazugeben. Auf kleiner Flamme köcheln und gelegentlich umrühren. Wenn das Gemüse gar ist, werden Lorbeerblätter hinzugegeben. Mit Essig, Weißwein und Wasser ablöschen und einkochen lassen. Die Soße über den Fisch gießen.

Hafen von Sóller, 2017

Anaïs genoss den Charme des Hafens von Sóller, den die Winterurlauber nun verlassen hatten. Sie hatte sich einen kleinen Spaziergang am Wasser gegönnt. Im Hafen wiegten sich Llaüts, Fischkutter und Segelboote friedlich Seite an Seite. Als säße sie im Theater, bewunderte sie von der Terrasse eines Cafés die Szenerie: Männer, die Netze flickten, frisch angelandeter Fisch und imposante Vergnügungsjachten mit ihren auf Hochglanz polierten Kupferelementen. Von felsigen Hügeln umgeben, die sich wie ein schützender Arm um den Hafen legten, trafen hier Land und Meer zusammen – ein Gegensatz zwischen der üppigen Vegetation und den kahlen Gipfeln der Serra de Tramuntana. Anaïs hörte das Plätschern der Wellen und das Klirren der Gläser, mit denen die Stammgäste der Bar auf das Leben anstießen. Auf ihren Tischen thronten Platten mit Seeigeln, deren orangefarbenes Fleisch in der Sonne leuchtete. Die Steinbank, auf der die Männer saßen, war durch die Gischt mit Salz überzogen und nach Jahren der Nutzung ausgesessen.

Anaïs schloss die Augen, atmete die jodhaltige Luft ein und ließ sich die Wangen von der Sonne wärmen. Ein Gefühl von Wohlbefinden stieg in ihr auf. Sie fühlte sich hier zu Hause. Doch dieser Glücksmoment wurde unterbrochen, als tief in ihrer Tasche ihr Handy vibrierte. Eine Nummer mit spanischer Vorwahl wurde angezeigt. Sie nahm das Gespräch an und hörte eine etwas heisere Stimme. Es war eine der alten Damen vom Club der Rosen in Bunyola. Diejenige, die Anaïs zum Gehen aufgefordert hatte, indem sie die Karten mischte.

»Sie sehen ihr so ähnlich … Es ist meine Pflicht, ihr Andenken zu ehren.«

Ein Schauer überlief Anaïs' Nacken. Also hatte die alte Dame Magdalena doch näher gekannt.

»Können wir uns wiedersehen?«

Am nächsten Tag traf sich Anaïs in Bunyola mit Rocío in demselben Haus, in dem sie sich zuerst begegnet waren. Doch die Dame wirkte älter als beim letzten Mal, und ihre Miene zeigte große Besorgnis. Sie bat Anaïs, sich zu setzen, und begann, ihr mit zitternden Händen eine Tasse Tee einzuschenken.

»Lassen Sie mich das machen.«

Anaïs nahm die Teekanne und goss das heiße Getränk in zwei Porzellantassen. Eine gewisse Anspannung lag in der Luft. Ob Rocío wusste, warum Magdalena nach Frankreich geflohen war? Bei diesem Gedanken erschauerte Anaïs.

Nachdem sie ein paar Höflichkeiten ausgetauscht hatten, brach die alte Dame schließlich das Eis und sprach mit vor

Emotionen bebender Stimme über den Bürgerkrieg, der von 1936 an auf der Insel gewütet hatte. Sie redete Hochspanisch, damit Anaïs sie besser verstehen konnte.

»Ein gnadenloser Krieg war das, in dem beide Lager – Republikaner und die Nationalisten, die Franco verteidigten – brutale Gewalt anwendeten …«

Ein flüchtiger Schatten huschte über Rocíos faltiges Gesicht. Anaïs wagte kaum zu atmen, um sie nicht zu unterbrechen. Sie bemerkte, dass der Blick der alten Dame sich mit jedem Wort, das sie sprach, verdüsterte.

»Zu Beginn wurden Personen, die man für verdächtig hielt, ins Gefängnis gesteckt. So wurde mein Vater aufs Hauptquartier gebracht, wo man ihn zusammenschlug und zwang, einen halben Liter Rizinusöl zu trinken …«

Anaïs schlug das Herz bis zum Hals. Sie konnte sich vorstellen, was es Rocío kostete, die schmerzlichen Erinnerungen heraufzubeschwören. Nichtsdestoweniger schien die alte Dame unbeirrt in ihrem Gedächtnis nach den Dingen zu suchen, die sich vor so vielen Jahren ereignet hatten, und sprach langsam weiter: »Dann wurden die ›Feinde der nationalen Sache‹ im großen Maßstab eliminiert. Das wohlhabende Bürgertum, die Armee und die Kirche hatten sich mit der Unterstützung von Mussolinis Italien auf die Seite des Faschismus geschlagen. Meine Mutter und ich wurden wegen der gewerkschaftlichen Aktivitäten meines Vaters in das Frauengefängnis Can Sales in Palma gebracht. Eine von Mutters Freundinnen war ebenfalls inhaftiert worden, weil sie von der Terrasse ihres Hauses aus republikanischen Flugzeugen mit Laken und Servietten Signale gegeben hatte, und eine andere, weil sie an ihrem Webstuhl die *Internationale* gesungen hatte … Ich war damals erst sieben, aber alle Abscheulichkeiten, die sie ertragen mussten, haben sich bis heute tief in meine Erinnerung eingebrannt«, hauchte sie mit kaum hörbarer Stimme.

Seufzend ließ die alte Dame sich auf einen Stuhl sinken

und unterdrückte ein Schluchzen. Rocíos zittrige Stimme ließ Anaïs die Tränen in die Augen treten. Mit einem Mal wurde ihr ganz übel bei der Vorstellung, dass auch Magdalena mit den Grausamkeiten dieses Krieges konfrontiert worden war. Sie legte die Hand auf die der alten Dame, die sich feucht und eiskalt anfühlte. Obwohl Rocío leichenblass geworden war, sprach sie weiter: »Manche Frauen haben die Folter nicht überlebt. Doch dank der Hilfe von ›Magda la Maga‹, wie man sie damals nannte, konnten meine Mutter und ich entkommen.«

Zum ersten Mal trat ein Leuchten in Rocíos Augen.

»Wenn ich mich nicht irre, bedeutet *maga* doch ›Zauberin‹, oder?« Anaïs konnte einfach nicht anders, als ihr behutsam diese Frage zu stellen.

»Richtig«, antwortete die alte Dame lächelnd. »Magda, die Zauberin. Den Spitznamen hatte sie bekommen, weil sie in ihren Ensaïmadas verschlüsselte Nachrichten für die Republikaner versteckte wie eine Zauberkünstlerin. Dank ihr erhielt der ›Maulwurf‹ des Gefängnisses eine Nachricht mit einem Fluchtplan. So sind wir dem Tod entronnen.«

Anaïs konnte es kaum fassen. Nie hätte sie geahnt, dass ihre Urgroßmutter dem Widerstand angehört hatte. Hinter der Postkartenidylle, für die jedermann die Balearen hielt, verbarg sich eine tragische Geschichte, die einer Insel, die der Bürgerkrieg in Zerstörung und Gewalt stürzte. Mallorca stand für Freiheit und Gefangensein zugleich. Mit einem Mal erinnerte Anaïs sich an das Gemälde *Guernica* von Picasso, das sie bei einem Wochenend-Schulausflug in Madrid gesehen hatte. Wieder empfand sie das Gefühl von Unbehagen, das sie beim Anblick der unnatürlich verdrehten, weinenden und schreienden Frauengestalten überkommen hatte. Damals hatte sie nicht geahnt, dass das Bild, das die Bombardierung der Stadt Guernica während des spanischen Bürgerkriegs anklagte, mit ihrer eigenen Familiengeschichte in Verbindung stand.

Ist es möglich, dass unsere Gene die Erinnerungen unserer Vorfahren bewahren? fragte sie sich. Das Gemälde hatte Anaïs buchstäblich in seinen Bann gezogen. Sie hatte keine Ahnung gehabt, warum, aber das Bild hatte sie zutiefst berührt, sich in ihr Gedächtnis eingeprägt und eine unerklärliche Anziehung auf sie ausgeübt.

»Meine Urgroßmutter hat mir nie von dieser dunklen Zeit erzählt, ich war wohl zu klein ... Aber sie hat ohnehin mit niemandem darüber gesprochen.«

»Sicher wollte sie keine schmerzlichen Erinnerungen aufwühlen, genau wie viele von uns«, seufzte die alte Dame. »Wissen Sie, liebes Kind, unsere Insel war nur noch ein rauchender Trümmerhaufen ...«

Ein paar Tage vor ihrer Abreise nach Mallorca hatte Anaïs in zahlreichen Büchern über den Krieg nachgelesen. Sie hatte die Bibliothek an der Ecke ihrer Straße aufgesucht und zwischen zwei Mails an Miquel selbst Recherchen im Internet angestellt. Aber nichts von dem, was sie gelesen hatte, hatte ihr den Eindruck einer so furchtbaren menschlichen Tragödie vermittelt ... Im Juli 1936 hatte sich General Franco gegen die amtierende Regierung erhoben und damit Spanien in den Bürgerkrieg gestürzt. Dieser Staatsstreich spaltete das Land in zwei gegensätzliche Lager. Auf der einen Seite die Republikaner, glühende Verteidiger der zweiten spanischen Republik, welche die parlamentarische Demokratie bewahren wollten. Und auf der anderen, auf Francos Seite, die Nationalisten, die sich gegen die Regierung auflehnten und ein neues, totalitäres Regime errichten wollten. Dazu zählten Konservative, Katholiken und faschistisch geprägte Falangisten ... Der Konflikt hatte sich wie ein Lauffeuer über alle Regionen Spaniens ausgebreitet, und leider hatte der mörderische Krieg auch die Inselgruppe der Balearen nicht verschont. In einem Geschichtsbuch hatte Anaïs gelesen, dass die Republikaner am 16. August 1936 versucht hatten, Mallorca, Ibiza und Formentera, die in die Hände der Nationalisten gefallen waren, zurückzuerobern. Doch vergeblich. Die sogenannte »Schlacht um Mallorca« endete in einem Misserfolg, und eine harte Repression folgte. Die schlussendliche Niederlage der Republik nach drei Jahren verbissener Kämpfe führte schließlich zu der Errichtung der Franco-Diktatur, die in Spanien bis zum Tod Francos 1975 herrschen sollte …

Mit einem Mal holte die Stimme der alten Dame Anaïs in die Gegenwart zurück. »Ihre Urgroßmutter hat auf der Finca Ca'n Taronja ›Maulwürfe‹ beherbergt, Republikaner. Sie versuchten, vor der Unterdrückung durch die Falangisten zu fliehen, und wechselten in den Bergen der Serra de Tramuntana häufig das Versteck. Eines Abends stürmten Polizisten, bestimmt aufgrund einer Denunziation, die Plantage und erschossen ungefähr zwanzig Menschen. Ich habe immer geglaubt, Magdalena habe zu diesen Opfern gehört …«

Diese Informationen überwältigten Anaïs, die nur noch stammeln konnte. »Sie muss nach Frankreich geflohen sein. Mein Urgroßvater war Franzose.«

»Magda hatte ein gutes Herz. Verstehen Sie, die Bewohner der Insel haben beschlossen zu vergessen. Die beiden gegnerischen Lager haben entschieden, in die Zukunft zu sehen und ihre Differenzen beizulegen.«

Liebevoll und dankbar umarmte Anaïs die alte Dame. Mit solchen Enthüllungen hatte sie nicht gerechnet, und sie fühlte sich plötzlich, als sei ihr sämtliche Energie entzogen worden.

»Danke, dass Sie so offen zu mir waren, Rocío.«

»Gern geschehen«, antwortete diese sanft. »Wissen Sie, in meinem Alter fürchte ich mich vor nichts mehr. Nach allem, was wir erlebt haben … Aber die jungen Leute müssen dafür sorgen, dass diese Erinnerung lebendig bleibt, damit die Namen unserer Toten nicht in Vergessenheit geraten.«

»Das werde ich«, versicherte Anaïs und warf der alten Dame einen mitfühlenden Blick zu.

Als sie Bunyola verließ, betrachtete sie die Häuserfassaden, hinter denen sich so viele Geschichten verstecken mussten, mit anderen Augen.

Meine Urgroßmutter Magdalena war Widerstandskämpferin, dachte sie mit Tränen in den Augen. Doch dann führte Anaïs sich den enormen Kampfgeist ihrer Vorfahrin vor Augen und verbot sich jedes Selbstmitleid. Und sie spürte tief im Herzen, dass sie ab jetzt auf Mallorca zu Hause war. Sie betrachtete die schwindelerregenden Felswände der Küste der Serra de Tramuntana, ließ die kleinen Buchten mit dem transparenten Wasser hinter sich, die von der Sonne beschienen wurden. Die kleine Stadt Sóller schmiegte sich an die felsigen Bergflanken. Die fruchtbaren Täler kamen, zart wie Aquarelle, in Sicht. Langsam ging Anaïs einen Weg entlang und fragte sich, ob auf diesem Pfad Menschen ihr Leben verloren hatten.

Am Abend fühlte Anaïs sich nach Rocíos Erzählung immer noch aufgewühlt und wollte früh schlafen gehen. Sie kuschelte sich in die weiche Decke und trug ihre Nachtcreme auf, die ihre Freundin Mona ihr geschenkt hatte, um die ersten Falten in den Augenwinkeln zu bekämpfen.

»Deine erste Anti-Faltencreme! Ab fünfundzwanzig altert deine Haut, meine Schöne«, hatte Mona erklärt.

Anaïs schlief mit dem Gedanken an ihre quirlige Freundin ein. Sie konnte es kaum abwarten, ihr die Ereignisse dieses Tages zu schildern. Ein leichter Regen schlug sanft gegen ihr Zimmerfenster und wiegte sie in den Schlaf.

Doch eine Stunde später wurde sie von Lärm geweckt, der vom Platz herüberdrang. Sie öffnete das Fenster, um festzustellen, woher die nächtliche Ruhestörung stammte, die sie am Schlafen hinderte. Auf der Straße hatten die Einheimischen Freudenfeuer angezündet und sangen und tanzten im Rhythmus eigenartiger Trommeln.

»Was ist das denn?«, murmelte sie noch im Halbschlaf.

In den Hotelbademantel gewickelt, steckte sie den Kopf aus dem Fenster. Draußen hatte es aufgehört zu regnen. Kurz darauf bemerkte sie auf der Straße brennende Fackeln, die durch die Luft hüpften. Ihr leuchtender Tanz erinnerte sie an das Johannisfest, das sie als Kind jeden Sommer miterlebt hatte. Neugierig geworden zog sie sich warm an und ging hinaus, um das Stadtfest zu erkunden.

»*Sant Antoni és un bon sant …*« – St. Antonio ist ein guter Heiliger –, hörte sie die leisen Gesänge.

Ein Bewohner erklärte ihr, das Fest des Heiligen Antonius sei tief in den Volksbräuchen der Insel verankert. »Er ist der Schutzheilige der Haustiere und der Nutztiere, die auf den Feldern arbeiten.«

Mitten auf der Straße war ein Grill angefeuert worden, und man bot ihr Botifarrones – mallorquinische Blutwürste –, Torrades, geröstetes Brot, und Espingades an, eine Art Teigtaschen, und sie kostete genüsslich von allem.

»Ah, die *Ballade de Dimonis*, der ›Ball der Teufel‹, endlich!«, bemerkte ein Bewohner. »Er symbolisiert die Versuchungen durch den Teufel, die Sant Antoni überwinden muss.«

Rund um das gewaltige Freudenfeuer führten ein Dutzend als Teufel verkleidete Bewohner des Orts einen wilden Tanz auf, der vom rhythmischen Klang zahlreicher Instrumente begleitet wurde: Kastagnetten, Flöten, Xeremias genannte Dudelsäcke und eine Art rustikaler Trommeln, in denen ein Stock steckte – Ximbombas, Reibtrommeln, deren Klang durch das Auf-und-ab-Bewegen des Stocks erzeugte wurde, erklärte man Anaïs. Die Teufelskostüme waren ziemlich Furcht einflößend. Die Männer trugen Heugabeln und rote gehörnte Masken, und ihre Schatten tanzten im Schein der Flammen.

»Das Feuer steht für die Reinigung und Erneuerung des

Lebens und den Sieg des Guten über das Böse«, flüsterte ihr ein alter Mann zu.

Nach dem Schauspiel war sie entzückt, aber müde und beschloss, ins Hotel zurückzugehen. Doch dann hörte sie, wie in einer Gasse jemand ihren Namen rief. Sie drehte sich um und fuhr zusammen, als sie die Schattengestalt eines Teufels auf sich zukommen sah.

»*Perdóname*, entschuldige«, sagte Miquel und nahm die Maske ab. »Ich wusste nicht, dass du dich für traditionelle Feste interessierst. Sonst hätte ich dich natürlich eingeladen.«

Anaïs musterte ihn. Hielt er sie etwa für arrogant?

Miquel nahm die Spannung sofort wahr.

»Danke, dass du so eine hohe Meinung von mir hast«, gab sie beleidigt zurück.

»Das war überhaupt nicht meine Absicht …«, fuhr er fort. »Verzeihst du mir, wenn ich dich auf ein Glas einlade?«

Anaïs zögerte bewusst einen Moment lang. In Wahrheit erfreute sie sich an seiner kleinlauten Miene.

»Na schön, aber ich will nicht allzu spät zurück. Mir ist eigentlich nicht nach Feiern«, räumte sie ein.

»Hier ist ein Heilmittel gegen düstere Gedanken«, erklärte er und hielt ihr ein Chupito – ein Schnapsglas – mit einem süßen Likör hin.

Den Rest des Abends verbrachten sie zusammen und stießen mit Miquels zahlreichen Freunden an. Je mehr sie trank, umso schwindliger wurde Anaïs. Sie schüttelte sich vor Lachen, als die anderen sie »Die Schöne und das Biest« nannten, denn Miquel hatte seine Maske um den Hals hängen und trug noch seine Fellhandschuhe. Sie lernte ein paar Schritte eines traditionellen Tanzes und versuchte sich mit Kastagnetten, was ihr schwieriger als gedacht vorkam. Nach und nach hatte Anaïs sich entspannt. Tief im Inneren staunte sie darüber, was für ein natürliches Wohlbehagen sie an Miquels Seite empfand.

Die Mallorquiner sind wirklich fröhliche Menschen, sagte sie sich. Und mit einem Mal hatte sie das merkwürdige Gefühl, zwischen der Vergangenheit und der Gegenwart zu leben. Auf der Insel existierten sie alle zugleich: Gestalten aus der Welt der Volkslegenden, die eifrig ein tausendjähriges Erbe hüteten, aber auch sonnenhungrige Touristen, die Zugvögeln ähnelten, und die Szene der Reichen und Schönen.

Mallorca besaß tausend Gesichter und eine faszinierende Persönlichkeit. Miquel war ein Beispiel dafür. Hinter seiner kühlen Fassade nahm Anaïs nach und nach einen zugleich geheimnisvollen und vertrauten Charakter wahr. Spontan zog er sie in eine Tanzrunde um eines der Feuer. Sie spürte seinen starken, kräftigen Griff. Seine Handfläche fühlte sich rau an, bestimmt von der Arbeit auf der Finca. Eine Hitzewelle durchströmte Anaïs, und die Stelle an ihrer Schulter, mit der sie seinen Körper gestreift hatte, schien zu glühen. Als Nächstes spürte sie ein angenehmes Kribbeln im Bauch.

Was ist bloß in mich gefahren? Ich muss unbedingt aufhören, in Gegenwart dieses Mannes so zu empfinden, mahnte sie sich.

Als der Tanz zu Ende war, fühlte Anaïs sich noch schwindliger, und sie sah doppelt. Diese wunderbare Wärme rührt nur vom Alkohol, versicherte sie sich.

»Soll ich dich zurückbringen?«, fragte Miquel mit einem hinreißenden Lächeln.

Anaïs nickte und ergriff seinen Arm, den er ihr anbot, damit sie nicht im Zickzack lief. Die komische Situation schien Miquel zu belustigen.

»Frauen sollten nicht trinken«, erklärte er ihr von oben herab.

»Was für eine sexistische Bemerkung!«

»Wie gut, dass du nicht so spät nach Hause wolltest. Es ist nämlich kurz vor vier«, zog er sie weiter auf.

In diesem Moment stolperte Anaïs über einen Pflasterstein und hielt sich an Miquels Arm fest. Ihre Beine fühlten sich schrecklich schwer an.

Also musste er sie zum Hotel tragen. Widerstand war zwecklos. Sie schlang die Arme um seinen Hals und fühlte sich von seinen Schritten gewiegt. Als sie am Eingang ankamen, warf die Rezeptionistin, die noch am Empfang saß, ihm einen argwöhnischen Blick zu. Miquel erwiderte ihn finster. Sofort beugte die Sekretärin sich über ihren Computer und gab vor, die Reservierungen für morgen zu überprüfen.

Miquel brachte Anaïs auf ihr Zimmer und legte sie auf das ungemachte Bett. Bevor er ging, küsste er sie auf die Stirn. Von seiner Kleidung stieg ein angenehmer Geruch nach Holzrauch auf, der sich mit dem Duft seines Eau de Cologne mischte.

»Gute Nacht, Biest, und vielleicht verwandelst du dich bis morgen ja in einen Märchenprinzen«, sagte Anaïs leise.

Anscheinend hatte sie alle Hemmungen verloren. Miquel prustete vor Lachen und zog dann leise die Tür hinter sich zu.

Am nächsten Morgen fühlte sich Anaïs' Kopf an, als stecke er in einem Schraubstock. Die gestrige Mischung aus unterschiedlichen Weinen und Likören hatte ihr einen höllischen Kater beschert. Als sie an den Abend zurückdachte, errötete sie. Wie idiotisch hatte sie sich Miquel gegenüber aufgeführt! Sie schlang ihre widerspenstigen Haare zu einem Knoten und ging in den Frühstücksraum hinunter. An der Rezeption stieß sie auf Jesús, der gerade Gäste im Hotel abgesetzt hatte. Er begrüßte sie herzlich, und seine Augen glitzerten vor Aufregung.

»Ich habe in den Archiven eine zeitgenössische Zeitschrift entdeckt, die auf der ersten Seite eine Rubrik namens ›Unsere Märtyrer‹ abzudrucken pflegte, und in einer Ausgabe habe ich Jaimes Namen entdeckt: Gallardo Martorell.«

»Ich danke dir unendlich, Jesús. Du bist der beste Fremdenführer, den ich kenne.«

Zum Zeichen des Danks legte Anaïs ihre Handflächen aneinander. Jesús' Wangen liefen rosig an, und er fühlte sich durch das Kompliment sichtlich geschmeichelt. Aber er hatte noch mehr zu erzählen: »Jaime war Mitglied des Arbeiterkomitees der Eisenbahn und gehörte der republikanischen Partei ›*Esquerra republicana balear*‹ an, also der ›republikanischen Linken der Balearen‹.«

»Also der Opposition gegen das neue Regime.«

»Genau. Und die Umstände seines Todes sind äußerst seltsam. Angeblich soll er sich mit einem Elektrokabel erhängt haben.«

»Ziemlich makaber.«

»Aber das Verwirrendste ist, dass er laut den Akten der Vater einer gewissen María Luisa ist, die im August 1936 geboren wurde ...«

»Unmöglich. Magdalena war an ihrem Hochzeitstag nicht im achten Monat schwanger ...«

»Das Mädchen ist in ein Waisenhaus gekommen. Aber ich habe in den Archiven keine Spur von ihr gefunden.«

In diesem Moment läuteten die Glocken der Kirche Sant Bartomeu das Ende der Messe ein. Gleich würde der Segen für die Tiere der Bewohner von Sóller beginnen. Kanarienvögel, Distelfinken, Hunde, Katzen, Schweine, Hühner und Esel warteten geduldig an der Seite ihrer Besitzer auf den geistlichen Zuspruch.

11. Kapitel

Sóller 1937

Die Bombenalarme ertönten immer häufiger. Oft hinderte das durchdringende Jaulen der Sirenen mich daran, meine Ensaïmadas rechtzeitig fertigzustellen. Dann schaltete ich den Ofen ab, versteckte mich im Keller der Konditorei und wartete betend darauf, dass die Flugzeuge vorbeiflogen. Zahlreiche italienische Soldaten, die der sogenannten Aviazione Legionaria angehörten, hatten in Sóller Quartier bezogen. Oft marschierten sie, die Arme zum Himmel gereckt, zusammen mit den Falangisten über die Plaza de la Constitución. Die Einwohner hissten auf den Balkonen Flaggen zu Ehren der »Nationalen Sache«. Auf dem Markt begegnete ich gebeugten Frauen in Umschlagtüchern und langen schwarzen Kleidern. Sie gingen unsicheren Schritts, waren abgemagert und wirkten sehr schwach. Republikaner und Nationalisten bombardierten und massakrierten einander gleichermaßen. Dieser Bruderkrieg dauerte nun schon viele Monate. Ich hatte ja keine Ahnung, dass er nur der Anfang der langen Diktatur des »Caudillo« sein würde.

Oft hörte man von politischen Morden, die vom Militär begangen wurden. Die Brutalität und Grausamkeit der nationalistischen Unterdrückung nahmen in unserem Land kein Ende.

»Man muss diese Horden von Banditen und Wilden zur Räson bringen, die das spanische Volk auf ein so trauriges Niveau herabgezogen haben!«, ereiferten sich Francos Sympathisanten.

Wenn ich sie mit ihren Trommeln vor meinem Fenster hörte, zitterte ich vor Grauen. Der Terror des Conde Rossi, der für die Säuberungen auf der Insel verantwortlich war, wurde sogar durch den Erzbischof von Palma gebilligt, der die Flugzeuge der Nationalisten segnete.

Hatten die Katholiken den Verstand verloren? Wie konnten religiöse Menschen solche Abscheulichkeiten gutheißen? Ich war entsetzt. Draußen war der Geruch nach Blut immer stärker wahrzunehmen. Ganze Familien wurden abgeschlachtet, und ihre Leichen lagen kreuz und quer in ihren Häusern. Milizionäre wurden aus nächster Nähe erschossen. Der Tod lauerte an jeder Straßenecke. Oft fragte ich mich, wann ich an die Reihe kommen würde. Manchmal dachte ich sogar darüber nach, ob dieses Leben noch Sinn hatte. Wozu aufrecht bleiben, wenn andere unter den Kugeln fielen? Doch eine innere Kraft trieb mich an und ließ nicht zu, dass ich in Verzweiflung oder Apathie versank. Ich dachte an Marta und Jaime, die im Himmel über mich wachten.

Eines Abends, als ich ein wenig zu früh die Tür der Konditorei abschloss und mich umdrehte, stieß ich mit dem Absatz gegen einen Stein. Darunter lag, mit Erde bedeckt, ein zusammengefalteter Zettel. Der Anblick gab mir einen Stich ins Herz, denn er erinnerte mich an Jaimes kleine Briefchen. Unsere Rendezvous. Seine liebevollen Worte. Doch diese Nachricht enthielt etwas ganz anderes.

Deine verschlüsselten Botschaften werden dir eines Nachts den Tod bringen.

Ein Entsetzensschauer überlief mich. Jemand wusste von meinem Geheimnis. Aber warum hatte diese Person mich gewarnt? Die Nachricht war in einer abgehackten Schrift verfasst und trug keine Unterschrift, als wolle der Absender oder die Absenderin sich nicht zu erkennen geben.

Ich kehrte zur Finca zurück und zeigte Diego sofort das

Papier. Zum ersten Mal sah ich Furcht in seinem Blick. Ich meinte zu erkennen, dass er blass wurde.

»Du musst fliehen, Magda. Wir sind aufgeflogen«, erklärte er kühl.

Als ich Einwände erheben wollte, schlug er mit der Faust auf den Tisch.

»Du begreifst nicht! Hier geht es um Leben und Tod. Spitzel und Spione sind überall. Bestimmt hat uns jemand denunziert.«

Er sprang so schnell auf, dass sein Stuhl umfiel. Mir begannen die Tränen über die Wangen zu rinnen.

»Aber wer hat mir dann diese Warnung zukommen lassen?«, stotterte ich.

»Ein Verräter der Republik ... der wohl etwas für dich übrighat«, murmelte er.

Ich nahm einen Hauch von Eifersucht in seiner Stimme wahr.

Sofort trat das Bild unseres Freundes Bernat vor mein inneres Auge. Er hatte sich schon lange auf die Seite der Nationalisten geschlagen, kam aber mit Antonella und ihrem Baby immer noch in die Konditorei. Ich wusste, sie missbilligten es, dass ich auf der Finca mit einem fremden Mann zusammenlebte.

»Du musst wieder heiraten, Magda. Um deiner Ehre willen«, erklärten sie mir jedes Mal, wenn sie die Konditorei besuchten.

Die Kirche hatte sich auf ihre Seite gestellt. Auf Francos Seite.

»Und du?«, fragte ich Diego ängstlich.

»Ich muss weiter auf die anderen aufpassen.«

Er meinte die Widerstandskämpfer, die er in den Bergen versteckte.

Ich ließ den Kopf hängen und überlegte, wie es jetzt weitergehen sollte. Was würde aus meinem Freund werden, wenn er auf der Insel blieb? Die Nachrichten in den Zeitungen waren alles andere als beruhigend. Die neuesten Festnahmen von »Feinden der Sache« beherrschten den ganzen Tag über die Gespräche, die immer wieder von dem infernalischen Pfeifen der Bomben unterbrochen wurden.

An diesem Abend lagen dunkle Schatten über der Finca, obwohl die Sonne noch schien und nur langsam blutrot und riesig hinter den Orangenbäumen unterging.

Ich packte eine Leinentasche mit den notwendigsten Sachen. Bei dem Gedanken an meinen bevorstehenden Aufbruch wurde mir das Herz immer schwerer. In ein Täschchen aus Wachstuch steckte ich mein Hochzeitsfoto, ein Stück Briefpapier mit der Adresse der Finca, Martas goldenes Medaillon, eine Gewehrkugel von Diego und meinen Ehering. Andenken an Menschen, die ich auf der Insel geliebt hatte. Doch ich konnte mein Heft nicht finden, in dem ich seit meiner Begegnung mit Jaime meine glücklichen Erinnerungen festgehalten hatte.

Diego flehte mich an, schneller zu machen. Er hatte bereits alles vorbereitet. »Beeil dich, Magda, wir werden erwartet!«

Ich musste mein Heft zurücklassen. Schnell nahm ich meine Tasche, rannte die Treppe hinunter und schloss zum letzten Mal die Tür der Finca. Ich musste unbedingt fliehen, es war Zeit, mich selbst zu retten. Zum letzten Mal betrachtete ich die Orangenplantage, die sich bis zum Horizont erstreckte. In die letzten Lichtstrahlen des Tages getaucht lag die Finca da. Ich musste diesen Zufluchtsort, dieses behagliche Nest in seiner wunderschönen Umgebung, und meine Konditorei verlassen.

Diego und ich brachen gemessenen Schritts auf, um keinen Verdacht zu erregen. Wortlos sahen wir einander an. Nur nicht schwach werden, nicht umkehren. Hektisch zerrte Diego mich weiter, damit ich überlebte. Durch die Berge folgte ich ihm zu einer kleinen Bucht. Inzwischen herrschte stockfinstere Nacht. Eine gute Stunde lang gingen wir über einen steinigen, fast zugewucherten Weg. Glücklicherweise kannte ich die kleinsten Gewächse und die geringsten Erhebungen dieses Landes, das ich von klein auf mit meinem Vater durchstreift hatte. Kein Hindernis entging mir auf dem Weg, und die Angst trieb mich voran. Wir kletterten Steigungen hinauf und hinunter, krochen auf dem Boden und wichen Ästen aus. Mit einem Mal rutschte mir mein Umschlagtuch vom Hals und blieb im Unterholz hängen, aber ich konnte nicht zurückgehen, um es zu holen. Ich wollte am Leben bleiben, koste es, was es wolle, um weiter Widerstand zu leisten. Auf keinen Fall durfte ich auf einem Stein, auf einer Wurzel ausrutschen; nichts durfte passieren, was uns am Vorankommen hindern würde.

Aus der Ferne hörten wir die Flugzeuge. Das dumpfe Motorengeräusch schien näher zu kommen. Ich musste die Nerven behalten. Die Nacht war mild, denn die Baumstämme gaben einen Teil der Wärme, die sie über den Tag in der glühenden Sonne gespeichert hatten, wieder ab. Um uns herum schwebten die Düfte des Waldes, die durch die Nacht verstärkt wurden, und der Kieferduft half mir wie ein Balsam, Luft zu bekommen.

Weiter und weiter lief ich und entfernte mich immer schneller vom Tal der Orangen. Bald erreichte ich den Wald, der an der Küste wuchs. Ich musste ihn einmal durchqueren. Endlich spürte ich, wie Kiesel leise unter meinen Schritten knirschten.

Obwohl es tiefe Nacht war, erkannten wir den Umriss des Fluchtboots. Diego half mir beim Einsteigen.

»Es geht nach Frankreich, Magda«, erklärte er mir ernst.

Nach diesen Worten umarmte er mich fest. Ich spürte, dass er alles für mich opferte, vielleicht sogar sein Leben. Er hatte sich geschworen, mit aller Kraft zur Rettung unserer Republik beizutragen.

Am Strand ging alles sehr schnell. Das Boot besaß keine Ankerkette, um nicht das leiseste Geräusch zu erzeugen, sondern nur ein dickes Tau, das der Schlepper losmachte, worauf das Boot auf das Wasser zuglitt und in die Wogen eintauchte. Wir entfernten uns vom Ufer und wichen dabei den Felsen aus. Die Minuten schienen sich zu Jahrhunderten zu dehnen. Die Ruder tauchten lautlos ins Wasser. Man hätte meinen können, sie wollten mich in meinem Unglück, auf meiner Flucht, unterstützen und mir keine Angst einjagen.

»Ich starte den Motor erst weiter draußen, um keine Aufmerksamkeit zu erregen«, erklärte uns der Kapitän des Boots.

Wir waren ungefähr zehn Personen an Bord, Männer und Frauen, die bei der Vorstellung, vom Feind gefangen zu werden, vor Angst zitterten. Dank des mechanischen Geschicks des Bootsführers erwachte der Motor leise schnurrend zum Leben. Ich zog ein paar Orangen, die ich zusammengesucht hatte, und Ensaïmadas aus der Tasche, die ich meinen Reisegefährten anbot, und sah im Dunkel, wie ihre Augen begierig leuchteten. Sie verschlangen meine Vorräte, und ich fragte mich, wie lange sie sich nicht mehr satt gegessen hatten.

Auf dem Grund meiner Tasche entdeckte ich einen Brief, der an mich gerichtet war.

Magdalena,
dass du dich meiner angenommen hast, grenzt an ein Wunder.
Wie hätte ich mir vorstellen können, dass eine so schöne Zukunft vor mir liegen würde.
Wie hätte ich ahnen können, dass mein Leben sich zum Glück wenden würde?
Wie könnte ich die Wärme deiner Hand in meiner vergessen?
Wie das leichte Schwingen deines Haars und deine vor Aufregung aufgerissenen Augen?

Dein unendliches Vertrauen, Magdalena, hat mich zutiefst berührt.
In dieser Sekunde ist wahrscheinlich meine Liebe zu dir entstanden.
Ich war wie ins Herz getroffen.
Du wirst immer an meiner Seite sein.
Diego

Ich drückte den Brief an mein Herz. Wie war es möglich, dass ich davon nichts geahnt hatte? Diego hatte meine Trauer um Jaime respektiert und seine Gefühle nie zum Ausdruck gebracht. Und dabei hatte er mich immer beschützt …

Das Boot wurde durchgerüttelt, ich hielt mich an der Reling fest, und der Brief entglitt meiner Hand. Ich sah zu, wie er im Wind wirbelte und dann in der Dunkelheit entschwand.

Die Überfahrt war schwer. Ich ließ meinen Blick in die Ferne schweifen, doch ich sah nur das dunkle Meer und das Schwarz der Nacht. Der Bootsrumpf pflügte durch düsteres kaltes Wasser, und die Wogen leckten an der Reling. Angesichts dieser dunkelblauen Unendlichkeit und des Abenteuers, das ich ganz allein bestehen musste, kam ich mir furchtbar klein vor. Diese Reise war kein Tor zur Fantasie und zur Hoffnung, sondern ein Weg ins Ungewisse. Ich hatte mein ganzes Leben hinter mir gelassen und keine Vorstellung davon, was mich erwartete. Ich musste mich der Realität stellen.

Nach langen Stunden auf See wurden die Wolken am Nachthimmel immer bedrohlicher. Der Wind peitschte die Wellen höher. Die Böen wurden stärker. Die Gischt klatschte immer heftiger gegen das hölzerne Boot. Voller Angst dachte ich daran, dass das Meer die Wut der Menschen widerzuspiegeln schien. Unbarmherzig ging das Unwetter über uns nieder. Eine dicke schwarze Wolke lag vor uns wie Rauch am Horizont und breitete sich über unseren Köpfen aus.

Das Boot hob und senkte sich wie die Berge der Tramuntana und erbebte. Wir wurden herumgeworfen, während die stürmischen Wogen unseren Kahn hin und her schleuderten.

»Festhalten!«, brüllte der Schlepper.

Ich klammerte mich an die Reling und hatte das Gefühl, der Sturm würde niemals aufhören. Mal um Mal wurde das Boot erschüttert. Die Wellen schlugen dumpf und laut gegen den Rumpf, der ihrer Kraft immer noch widerstand. Bis auf die Haut durchnässt kämpften wir gegen die entfesselten Elemente. Oft klatschten die Wellen uns mitten ins Gesicht.

Bald reagierte der Motor, der voll Wasser gelaufen war, nicht mehr, und der Kapitän hielt das Steuerruder fest, so gut er konnte. Panik überkam mich. So wollte ich nicht sterben. Ich spürte die unnachgiebigen Einschläge der Wogen. Der Lärm war ohrenbetäubend, das Boot neigte sich gefährlich und füllte sich nach und nach mit Wasser. Unbewusst begann ich laut zur Muttergottes zu beten. Das Boot schien auf Wellenkämmen davonzufliegen, stürzte dann in das darauf folgende Tal und traf hart auf die Wasseroberfläche. Der Kapitän wurde herumgeworfen wie ein Strohhalm und schluckte einen Schwall nach dem anderen von dem Wasser, das ihm die Sicht versperrte. Allein stellte er sich diesem riesigen, weiten, aufgewühlten Meer. Dann wurde ich ohnmächtig.

Noch am selben Abend drangen die Falangisten auf leisen Sohlen in die Finca Ca'n Taronja ein, wo sich, wie man ihnen gemeldet hatte, »Maulwürfe« aufhalten sollten. Diego hörte ein Geräusch und warf eine der Granaten, die er in dem Kellergewölbe auf der Orangenplantage lagerte. Er hatte gewusst, dass sie früher oder später kommen würden … und war froh, für Magdalenas rechtzeitige Flucht gesorgt zu haben. Ein Soldat fuhr hoch und schien einen Moment in der Luft zu schweben, während ein anderer mit aller Kraft eine entsicherte Granate schleuderte. Diego ging zu Boden, versuchte aufzustehen, konnte aber sein Bein nicht bewegen. Sie waren einfach zu viele.

Sie erwürgten die Widerstandskämpfer mit Ketten, wie Tiere. Diegos letzter Gedanke galt Magdalena, die in diesem Moment über das Mittelmeer fuhr. Dann wurde es schwarz um ihn. Totenstille in seiner zerschmetterten Brust und seinem gebrochenen Herzen. Ein Blutstropfen rann über seine Lippen.

12. Kapitel

Llet d'ametlla – Mandelmilch

Mandeln über Nacht in Wasser einlegen, damit sie weicher werden. In einem Mörser zerstoßen, bis man eine sehr glatte Masse erhält. In einem Topf werden die Mandeln mit Zucker gemischt. Wasser, Zimt und Zitronenabrieb hinzugeben. Kräftig zum Kochen bringen, dann die Hitze so weit wie möglich herunterdrehen und drei Stunden köcheln lassen. Die Mandelmilch durch ein sauberes feines Tuch filtern. Heiß zu einem Stück Coca-dolça-Kuchen [oder einem anderen einfachen Rührkuchen] servieren.

Mallorca, Februar 2017

Anaïs ging in den Gärten von Alfàbia spazieren, die nicht weit von Sóller entfernt lagen. Miquel hatte sich seit drei Tagen nicht mehr bei ihr gemeldet. Vielleicht wollte er nach dem Sant-Antoni-Fest auf Distanz gehen … Sie begriff nicht, warum sie so besessen von diesem Mann war. Schließlich hatte er sich, zumindest zu Beginn, nicht besonders hilfsbereit verhalten … Ein Teil von ihr wünschte sich, er würde sie anrufen, doch ein anderer fürchtete sich vor Komplikationen.

Im Moment ist in meinem Leben wirklich kein Platz für einen Mann, redete sie sich ein. Gedankenverloren schlenderte Anaïs durch die untere Ebene der Gärten, die mit ihren tropischen Pflanzen und dem kleinen, von Wasserrosen bedeckten See eine exotische Atmosphäre ausstrahlte, auf die Pergola und die Wasserspiele zu. Bei jedem ihrer Schritte wippte ihr Pferdeschwanz. Sie setzte sich auf eine Steinbank in der Sonne, umgeben von dem Plätschern der Springbrunnen und dem Quaken von Fröschen. Hier, inmitten dieses üppig grünen Pflanzenwuchses, versuchte sie, alle Spuren, die Magdalena hinterlassen hatte, zusammenzutragen. Sie warf einen Blick auf ihr Handy und scrollte durch die Fotos aus dem Album, das sie *Magdalena* genannt hatte: das schwarz-weiße Hochzeitsfoto, das sie im Hotel entdeckt hatte, die Gedenktafel mit Jaimes Namen am Bahnhof von Sóller, das Tor der Finca, die Initialen *M & J* auf der Unterseite der Teller … Sie zoomte das letzte Foto heran und erkannte, dass ihr ein Detail entgangen war. Dort war auch eine Blume eingraviert, eine Schmucklilie. Die gleiche wie auf dem goldenen Medaillon.

»Was diese Blume wohl symbolisiert?«, fragte sie sich verblüfft.

Sie hatte nicht einmal bemerkt, dass sie laut gesprochen hatte. Der vorbeigehende Gärtner warf ihr einen strengen Blick zu.

Vielleicht hat er ja Angst, ich könnte die Frösche erschrecken, dachte sie amüsiert.

Sie verließ die friedliche Oase, ging eine von Platanen gesäumte Allee entlang, die zum Haupteingang führte, und kehrte ins Zentrum von Sóller zurück. Dort tauchte sie in die tiefen, geheimnisvollen Straßen ein und hatte das Gefühl, die Seele ihrer Urgroßmutter wiederzufinden.

Was für Geheimnisse verbirgst du vor mir, Magdalena? dachte Anaïs seufzend.

Sie setzte sich auf die Terrasse eines Cafés. Am Nebentisch hockten ein paar alte Mallorquiner fröhlich vor ihren Gläsern mit Herbes. Gelegentlich diskutierten sie mit ihren Tischnachbarn. Mutig grüßte Anaïs sie mit einem leichten Nicken. Sofort wurde sie in die Tischrunde aufgenommen. Die alten Herren fühlten sich sichtlich geschmeichelt, in Gesellschaft einer hübschen jungen Frau zu sein, und Anaïs schenkte ihnen ihr schönstes Lächeln. Einer von ihnen war ein ehemaliger Maurer. Sein Pullover spannte über seinem runden Bauch.

»Ich habe einen außerordentlichen Sinn für Geometrie. Mit einem einzigen Blick sehe ich, wo jeder Stein sitzen muss«, prahlte er. »Ich verstehe die Sprache der Steine.«

Obwohl seine Augen teilweise von buschigen Brauen verborgen wurden, blitzten sie schelmisch.

»Besser als die der Frauen!«, erwiderte ein zweiter Mann unter lautem Gelächter, das seinen zahnlosen Kiefer enthüllte und in einen Hustenanfall umschlug.

»Was führt Sie auf unsere Insel, Señorita?«

»Im Grunde … bin ich auf der Suche nach meinen Wurzeln.«

Anaïs erzählte der Runde von ihren Abenteuern. Sie war froh, sich auf Spanisch flüssig ausdrücken zu können, ohne nach Wörtern suchen zu müssen. Dabei hatte sie vor wenigen Monaten erst ein paar Brocken beherrscht.

»Der Krieg hat auch uns nicht verschont«, knurrte der Maurer, und sein Blick verhärtete sich.

Er kippte den Rest Likör in seinem Glas auf einmal hinunter, als müsse er um Fassung ringen.

»Ihre Urgroßmutter hat recht daran getan, nach Frankreich zu gehen … Ich selbst bin an meinem sechzehnten Geburtstag in die Armee eingetreten … Aber Gott hat mich nicht geholt! Ich warte immer noch darauf, mit siebenundneunzig Jahren.«

Er lachte nervös und sprach dann weiter: »Damals war ich noch naiv und hielt General Franco für den rechtmäßigen Machthaber in unserer Nation.«

Die anderen alten Herren schlugen die Augen nieder. Schweigen trat ein.

»Ich bin mit den nationalistischen Soldaten ausgerückt, um die Feinde überall in den Dörfern, auf den Gütern und in den Feldern zu jagen. Wir haben die Rojos, die Roten, verfolgt und sie abgeschlachtet«, erklärte er mit vor Emotionen zittriger Stimme.

Anaïs verstand jedes seiner Worte problemlos, und ihr fiel wieder ein, dass er damals Spanisch gesprochen haben musste, da das Mallorquinische unter Franco verboten gewesen war.

Sichtlich aufgewühlt war der Alte für einen Augenblick verstummt.

»Es war die Hölle. Wir haben verbissen gekämpft, wie vom Wahnsinn getrieben. Niemand kommt aus einem Krieg mit sauberen Händen heraus, verstehen Sie?«

Behutsam nahm Anaïs die Hand des Mannes, dessen Lippen bei seinen letzten Worten gezittert hatten. Jetzt wirkte er so gebrechlich. Gerührt und verlegen, weil sie die alten Herren aufgewühlt hatte, bestellte sie eine neue Runde, um die Spannung zu lösen, die am Tisch aufgekommen war.

»Auf die Freiheit und den wiedergefundenen Frieden!«, riefen sie im Chor und stießen an.

Bevor sie von dem Likör mit diesem speziellen Geschmack tranken, sogen sie genüsslich seinen Duft ein. Dann leerten sie ihre Gläser bis auf den letzten Tropfen. Ein behagliches Lächeln trat auf ihre faltigen Lippen.

»Noch eine Runde!«, rief der zahnlose Alte energisch.

Anaïs versuchte, höflich abzulehnen, doch er bedeutete dem Kellner, noch einmal dieselbe Menge zu bringen. Sie wollte unbedingt vermeiden, noch einmal denselben Fehler wie beim Sant-Antoni-Fest zu begehen, und Kopfschmerzen hatte sie ohnehin schon.

Der Kellner brachte einen kleinen Teller mit Schinken und grünen Oliven.

»Tapas, Señorita!«, erklärte er. »Der Legende zufolge hat eines Tages ein Gastwirt eine Scheibe Schinken auf die Gläser gelegt, damit keine Fliegen hineinfallen. Und die Tapas waren geboren. *Tapa* bedeutet nämlich ›Deckel‹.«

Dann stellte er die randvoll gefüllten Gläser vor sie auf den Tisch. In diesem Moment tauchte wie herbeigezaubert Miquel auf. Er trug ein dickes, gefüttertes Sweatshirt mit Kapuze, das sehr bequem aussah, hatte sich rasiert und wirkte jünger als sonst.

»Wen haben wir denn da? Die beste Partie der Gegend, den Gott der Orangen. Der Mann hat goldene Hände … und ist immer noch Junggeselle.« Der alte Maurer zwinkerte Anaïs zu, die sofort rot anlief.

Als Miquel sie zur Begrüßung umarmte, schlug ihr Herz schneller. Sie sog seinen Geruch nach würzigem Rasierschaum ein. Wo hatte sie bloß ihren Verstand gelassen? Sie fühlte sich wie hypnotisiert von diesem Mann, doch das durfte sie sich auf keinen Fall anmerken lassen.

In dem Moment, in dem der Kellner auftauchte, schnappte Miquel sich Anaïs' Glas und rümpfte missbilligend die Nase.

Er muss verstanden haben, dass ich nichts mehr trinken wollte, dachte sie und warf ihm einen verschwörerischen Blick zu.

Miquel reagierte mit einem Lächeln, das sie dankbar erwiderte.

Dann verabschiedeten sie sich von den alten Herren und gingen in Richtung Hotel. Anaïs schilderte ihm ihr Gespräch mit den Bewohnern der Stadt.

»Der Bürgerkrieg ist für viele alte Menschen immer noch ein Tabuthema, verstehst du«, meinte er.

»Aber der Alkohol lockert jedem die Zunge!«

Das brachte ihn dazu, kurz aufzulachen.

»Wohl wahr. Du bist der lebende Beweis dafür.«

Sie errötete und dachte wieder an das Sant-Antoni-Fest. In diesem Moment wusste sie vor Verlegenheit nicht, wohin mit sich. Miquel lächelte ihr zu.

»Du weißt aber schon, dass ich dich nur ein wenig aufziehe?« Er klopfte ihr freundschaftlich auf die Schulter und wechselte das Thema. »Was den Bürgerkrieg angeht, musst du wissen, dass es sehr lange gedauert hat, bis die Menschen ihn verarbeitet hatten. Erst 2007 hat die spanische Regierung beschlossen, die republikanischen Opfer, die Gegner Francos, zu rehabilitieren. Manche Leute haben dem Staat daraufhin vorgeworfen, unnötig die Wunden der Vergangenheit wieder aufzureißen.«

»Bestimmt hat meine Familie es mir deshalb immer vorenthalten. Das war eine turbulente Zeit voller Denunzierung, Racheakte und Verhaftungen. Es gab Rebellinnen wie Magdalena und andere, die resigniert haben … Sie muss viel Mut aufgebracht haben, um sich wieder ein Leben aufzubauen und nach der brutalen Verheerung ihrer Insel auf die Beine zu kommen.«

Kurz schwieg Anaïs, dann schlugen ihre Gedanken eine andere Richtung ein, und sie erzählte Miquel davon, dass sie auf dem Geschirr der Finca die gleiche Schmucklilie entdeckt hatte, die auch das Medaillon zierte.

Miquel war überzeugt davon, das Motiv schon einmal irgendwo gesehen zu haben, und versprach ihr, danach zu suchen.

Als Anaïs am nächsten Tag ihre Koffer schloss, dachte sie daran, wie Miquel reagiert hatte, als sie ihm mitteilte, sie würde nach Paris zurückfliegen. Er hatte sehr enttäuscht ausgesehen.

»Jetzt schon?«, hatte er gefragt.

Doch Anaïs musste nach diesem zauberhaften Intermezzo ihr normales Leben wieder aufnehmen. Das Café de l'Ensaïmada brauchte seine Chefin. Ihr Posteingang quoll über. Schon jetzt wusste sie, dass zu Hause ein Berg Arbeit auf sie wartete.

Jesús hupte hektisch und rief: »Auf zum Flughafen!«

Er wirkte äußerst gut gelaunt. Hätte Anaïs sich unauffällig verhalten wollen, hätte sie schon verloren gehabt. In der Empfangshalle des Hotels sahen die anderen Gäste sie an, als hätte sie ihre Ruhe gestört.

Sie stieg in den Wagen, begrüßte Jesús und legte den Sicherheitsgurt an. Wenig später zog vor ihrem Fenster die Landschaft vorbei, über die sich, begünstigt von dem milden mediterranen Winter, weiße Mandelblüten ausbreiteten wie ein Hochzeitsschleier. Sie schlugen die Straße ein, die in Serpentinen ins Gebirge aufstieg und von immergrünen Orangen- und knorrigen Olivenbäumen gesäumt wurde. Die dicken Stämme der Olivenbäume, ihre bizarren Formen und ihr silbriges Laub zogen Anaïs' Blick auf sich. Sie wirkten verworren, genau wie dieser Krieg, dessen dunkle Zeiten man ihr geschildert hatte. Am Horizont ließen stillgelegte Windmühlen traurig die Flügel hängen. Sie verließ die Insel, obwohl noch viele Rätsel ungelöst waren. Aber sie war nicht mehr dieselbe wie bei ihrer Ankunft. Ihr Blickwinkel hatte sich verändert. Sie empfand keine Fremdheit mehr, sondern hatte das Gefühl, zu ihren Wurzeln zurückgekehrt zu sein, einen Zufluchtsort gefunden zu haben. Die Reise war eine Gelegenheit gewesen, sich selbst wiederzufinden und zugleich den Spuren ihrer Urgroßmutter zu folgen. Unter diesem wolkenlosen Himmel, in diesem milden Klima, inmitten der üppigen Natur und der paradiesischen Landschaften fühlte sie sich tief in ihrer Seele bewegt.

»Ich habe eine Überraschung!«, erklärte ihr Chauffeur ihr plötzlich und strahlte vor Stolz.

Er reichte ihr einen Ordner mit diversen Fotokopien. Anaïs sah auf mit schwarzer Tinte von Hand beschriebene Seiten hinunter. An einigen Stellen wirkte die Schrift breiter, als wäre die Tinte vor dem Trocknen verlaufen.

»Ich habe stundenlang im Nationalarchiv gestöbert. Dann habe ich ein Heft gefunden, das Magdalena gehört haben muss. Viel Spaß beim Lesen!«

Im Rückspiegel zwinkerte er ihr zu.

»Laut dem Register lag es gut versteckt im Keller einer Orangenplantage und hat so der Witterung standgehalten«, setzte er hinzu und legte einen anderen Gang ein.

Anaïs traute ihren Augen nicht. Dieses Heft enthielt Magdalenas Geschichte, ihr Leben auf der Insel. Würde sie darin Antworten auf ihre Fragen finden?

Vollkommen überwältigt wusste sie nicht, wie sie ihm danken sollte.

»Sie sind ein wahrer Segen, Jesús. Ihre Eltern haben Ihren Vornamen gut gewählt. *El Messi*?«

»Wie Lionel Messi, der Spieler bei Barcelona?«, gab er zurück und verzog belustigt das Gesicht.

Wie hieß noch »Messias« auf Spanisch?

»Mesías!«, verbesserte sich Anaïs, und sie lachten gemeinsam.

Im Flugzeug schlug Anaïs den Ordner auf, den Jesús ihr gegeben hatte. Die Ecken der Blätter wirkten sehr abgegriffen, fast zerfetzt. Das Heft musste wieder und wieder gelesen worden sein. Schon die ersten Seiten entfesselten eine faszinierende Geschichte – sie erweckten die Vergangenheit förmlich zum Leben. Die Geschichte des Tals der Orangen zu Magdalenas Zeit nahm Gestalt an. Kurz hob Anaïs den Blick von dem Papier, stützte den Kopf in die Hände und dachte einen Moment nach. Dann vertiefte sie sich mit klopfendem Herzen in das Tagebuch ihrer Urgroßmutter.

Vor dem runden Seitenfenster des Flugzeugs erstreckte sich das tiefblaue Mittelmeer, so weit das Auge reichte.

13. Kapitel

Marseille 1937

Nach und nach kam ich wieder zu mir. Das Meer hatte sich beruhigt, und am Horizont flogen Möwen. Das Boot war eben gegen die ersten Felsen gestoßen. Wie durch ein Wunder kamen wir heil und gesund an Land. Der Schlepper half mir, so gut er konnte, mit einem letzten Aufbäumen meines Überlebenswillens auf die glitschigen Kiesel zu springen. Ich stand wieder auf festem Boden. Aber wir hatten keinen Anker geworfen, sondern waren in der Bucht von Malmousque angespült worden. Durch einen glücklichen Zufall stand in der Nähe eine verlassene Fischerhütte, in der wir Unterschlupf suchten, bis unsere salzverkrustete Kleidung getrocknet war. Meine Reisetasche hatte nichts abbekommen, ein weiteres Wunder. Ich breitete meine kargen Besitztümer auf dem heißen Sand aus und drückte die Andenken, die zusammen mit mir das Mittelmeer überquert hatten, fest ans Herz. Vor meinem inneren Auge sah ich immer noch das gewaltig tobende Meer, die schwarzen Wogen und das hin und her schaukelnde Boot.

Nachdem ich mich über eine Stunde ausgeruht hatte, begab ich mich auf Empfehlung meiner Reisegefährten zum Hafenviertel von Marseille.

»Dort wirst du Gleichgesinnte finden«, hatten sie gemeint. »Exilanten wie uns.«

Dann gingen sie ihrer Wege. Manche trafen sich mit Familienmitgliedern, und einige reisten in andere französische Städte weiter.

Am Hafen angekommen fand ich mich umgeben von riesigen Speicherhäusern und mit Kisten verstopften Straßen.

In Cafés saßen Massen von Hafenarbeitern, und Matrosen aus aller Herren Länder trugen eigenartige Kopfbedeckungen zur Schau. Ich begegnete Taxis, die auf bestimmten Strecken pendelten und bei jeder Fuhre einige Spanier mitnahmen, wahrscheinlich Republikaner. Neugierig musterte ich eine Gruppe junger Männer, die auf dicken Wolldecken saßen. Trotz ihrer entspannten Haltung machten sie den Eindruck, schwere Zeiten, vielleicht sogar Kämpfe hinter sich zu haben. Vielleicht, weil ich langsam einherschlenderte, forderten sie mich auf, mich zu ihnen zu setzen. Ich lehnte ihre freundliche Einladung ab. Doch wir alle fühlten uns durch das gleiche Schicksal vereint. Jetzt musste ich eine Unterkunft für die erste Nacht finden. Glücklicherweise bot mir eine gastfreundliche Frau ein winziges Zimmer an – ohne jeglichen Komfort, aber ausreichend für eine Nacht. Schließlich konnte ich nicht im Freien schlafen. Auf einem wackligen Bett sank ich zusammen. Ich versuchte, mir dieses neue Land vorzustellen. Ich musste einfach hoffen, dass ich mir hier ein neues Leben aufbauen konnte. Die Erschöpfung drückte mich nieder, und als es am Himmel hell zu werden begann, schlummerte ich ein.

Am nächsten Morgen hatte ich gerade das gemietete Zimmer verlassen, als ich von der Sonne geblendet über einen schief stehenden Pflasterstein auf dem Bürgersteig stolperte. Instinktiv klammerte ich mich am nächstbesten Halt fest – einem sehr großen Mann. Ich hatte keine Zeit, ihn oder seinen Anzug anzusehen, an dem ich mich festhielt, obwohl mir nach der unruhigen Nacht fast die Kräfte versagten. Mir fielen nur seine auf Hochglanz polierten Schuhe auf. Ich hob den Kopf und beschattete meine Augen mit der Hand, um ihn erkennen zu können. Er lächelte mir zu und bot mir seinen Arm an. Mein abgespanntes Gesicht musste ihn verblüfft haben, genau wie der Umstand, dass ich ihm praktisch vor die Füße gefallen war. Ich trug ein abgeschabtes, löchriges Kleid, und mein Haar war verfilzt. Normalerweise war ich daran gewöhnt, meinen Palmito zu tragen, einen breitkrempigen, mit bunten Bändern geschmückten Strohhut, um mich vor der grellen mallorquinischen Sonne zu schützen …

Ich hatte vor, mich so rasch wie möglich über Stellenangebote zu informieren, zumal ich einige Grundkenntnisse des Französischen besaß. Doch ich war gerade erst in dieser unbekannten, furchtbar großen und lebhaften Stadt angekommen, und mir erschien mein Vorhaben fast unmöglich. Ich durfte keine Zeit verlieren. Dennoch begann ich ein Gespräch, sei es nur, um mich bei ihm zu bedanken.

Um mir Vertrauen einzuflößen, räumte er freimütig ein, dass er verblüfft, aber auch froh sei, mich getroffen zu haben, und stellte sich vor, um mich zu beruhigen. Ich errötete. Es kam mir unschicklich vor, mit dem ersten Mann zu sprechen, über den ich gestolpert war.

»Madame, mein Name ist Rubolini, ich bin der Besitzer des Hôtel du Port. Wir brauchen fähiges Personal, das in der Lage ist, sich um das Haus zu kümmern. Falls Sie also …«

Mir war mehr als bewusst, dass ich Hilfe brauchen könnte, und ich stürzte mich auf die Gelegenheit.

»Was für eine Art von Beschäftigung?«, unterbrach ich ihn ungeschickt und in schlechtem Französisch.

In Sóller hatte ich ein paar Brocken Französisch gelernt, und meine Reisegefährten hatten sich damit amüsiert, mich Wörter nachsprechen zu lassen, und sich so die Zeit vertrieben. Allerdings fiel es mir schwer, das »U« auszusprechen, und ich musste dabei unschön den Mund verziehen.

»Kommen Sie, wir fragen Fanny, unsere Hausdame.«

Ich ging mit ihm, und er rieb sich die Hände und verbarg seine Zufriedenheit nicht. Ich kannte mich mit den hiesigen Gebräuchen nicht aus, mit den gesellschaftlichen oder persönlichen Umgangsformen auf dieser Seite des Mittelmeeres, aber ich fand diese Geste sehr rätselhaft. Es war so heiß wie in Sóller, und die Luft war trocken, ohne einen Windhauch oder einen Ausläufer des Mistrals.

Als ich das Luxushotel betrat, stockte mir der Atem. Wir gingen durch eine prächtige schmiedeeiserne Tür, deren Flachrelief eine Sonne darstellte, die über dem Meer stand. In dem weitläufigen Foyer funkelten tausend Lichter. Ein schöner Treppenaufgang mit reich geschmücktem Geländer verband die vier Etagen. Noch nie hatte ich so etwas Schönes gesehen.

»Meine bescheidene Hütte«, erklärte Monsieur Rubolini amüsiert.

Seine Augen blitzten wie der kristallbehängte Kronleuchter, der über meinem Kopf hing.

»Wir wollen hören, ob Fanny Ihnen ein interessantes Angebot unterbreiten kann.«

Er führte mich hinter die Empfangstheke aus geschnitztem Holz und übergab mich einer alten Dame, die ein dunkles Kleid mit einem weißen Kragen trug und darüber eine Schürze aus blauem Damast, der Farbe des Hotels.

»Eine neue Rekrutin, Fanny. Sie werden sicher eine Aufgabe für sie finden, danke.«

Darauf entfernte er sich sogleich, nahm einen grauen Filzhut, der mit einem schwarzen Band geschmückt war, von einem Garderobenständer und steckte sich eine Zigarre zwischen die Lippen. Dann verschwand er und ließ eine duftende Rauchwolke zurück.

»Noch so ein Aschenputtel, das er verwandeln will«, hörte ich Fanny murren.

Sie warf mir einen herablassenden Blick zu. Beschämt klopfte ich den Staub von meinem zerlumpten Kleid.

Unwillig führte die Hausdame mich durch die Zimmer der wohlhabenden Gäste. Die mit Kreisen und Spiralen geschmückten schmiedeeisernen Balkongitter erinnerten mich an Meereswogen. In der Ferne verschwamm der blaue Ozean fast mit dem Himmel.

»Sie werden die Zimmer putzen und aufräumen, ebenso die öffentlichen Bereiche auf den Etagen, und saubere Wäsche und Handtücher nachlegen.«

Während sie die zahlreichen Arbeiten aufzählte, die zu erledigen waren, und mir die Verhaltensvorschriften erklärte, bewunderte ich weiter die mit Stuckarbeiten in floralen Motiven umrahmten Fenster.

»Und vergessen Sie nie die goldene Regel: diskret bleiben. Sprechen Sie vor allem nie die Gäste an, ohne dazu aufgefordert worden zu sein.«

Ich nickte.

Als sie am Ende ihres Monologs angekommen war, führte sie mich in die oberste Etage. Dort war der Dachboden in kleine Zimmer für das Personal unterteilt worden.

»Sie wohnen mit Babette zusammen, einer Serviererin.«

Die Kammer war winzig und nur mit einem Stockbett möbliert. Durch ein kleines Fenster fiel ein einziger Sonnenstrahl herein. Doch von dort oben hatte man einen überwältigenden Ausblick auf das Meer. Als die Hausdame gegangen war, streckte ich mich auf dem unteren Bett aus, drückte meine Stofftasche an mich und dankte der Muttergottes für meine Rettung.

Innerhalb weniger Tage begriff ich, dass ich meine Freundlichkeit, Höflichkeit, Leistung und Schnelligkeit unter Beweis stellen musste. Denn einfach war die Aufgabe nicht. Ich arbeitete grundsätzlich im Stehen, trug schwere Lasten wie die schmutzige Wäsche einer ganzen Etage, und alles in flottem Tempo. Die Zimmermädchen, Büglerinnen und Serviererinnen waren freundlich zu mir, lehrten mich jeden Tag ein paar neue Wörter und verbesserten meine Grammatikfehler. Babette stammte aus einem kleinen Dorf in der Provence mit nur ein paar Dutzend Einwohnern und träumte von großen Städten wie Marseille. Genau wie ich war sie entzückt von der Schönheit der Stadt. Wenn wir das Hotel verließen, liefen wir durch die belebten Geschäftsstraßen. Die vor Menschen wimmelnde Stadt spiegelte das Leben dieses starken, überschwänglichen Volks wider. Ich konnte immer noch nicht glauben, dass das Getöse des Bürgerkriegs das fröhliche Leben auf meiner Insel ausgelöscht hatte. Manchmal weinte ich still vor mich hin, doch glücklicherweise ließ die Arbeit nicht zu, dass ich über die Grausamkeiten nachgrübelte, die meine Landsleute erlebten.

Eines Abends hörte ich am Fenster, wie aus der großen Stadt Lärm aufstieg.

»Zieh dich an, wir gehen tanzen!«, rief Babette und warf ein dunkelblaues Kleid mit weißen Punkten auf mein Bett.

Ich besaß nicht wirklich eine Garderobe. Um die Wahrheit zu sagen, zog ich es vor, meinen mageren Lohn zu sparen, statt ihn in Kleidung zu stecken. Das von Babette geliehene, grob genähte Kleid kam mir vor wie ein Prinzessinnengewand. Wie lange hatte ich kein festliches Kleid mehr getragen?

Ich dankte ihr herzlich. Dann lief ich mit den anderen Mädchen aus dem Hotel zur Place aux Huiles, wo Musiker schon fröhlich sangen. Die Sonne stand noch über dem Horizont, und die Menschenmengen waren am Nationalfeiertag, an dem die blau-weiß-roten Fahnen im Wind flatterten, in fröhlicher Stimmung. Girlanden aus grünen Zweigen und Papierlaternen hingen in den Straßen. Den Fahrrädern nach zu urteilen, die sich auf den Gehwegen türmten, war die Menge sehr zahlreich. Diese Stadt, in der ohnehin eine fröhliche Atmosphäre herrschte, wirkte an diesem Abend wie von einem Freudentaumel ergriffen. Gruppen aus jungen Männern und Frauen und Paare tanzten zum Rhythmus der Musik. Aus allen Ecken drangen schallendes Gelächter, Lieder und Pfiffe und brachten die Hunde zum Kläffen. Die Katzen, die dem ganzen Getöse gegenüber gleichgültig waren, hatten sich in die ruhigeren Hinterhöfe der Nachbarschaft geflüchtet. Bars und Cafés waren überfüllt. Die ganze Stadt pulsierte im Licht der letzten Sonnenstrahlen, welche die Gesichter und die bunten Kleider hervorhoben. Babette tanzte mit einem jungen Mann, und ich lächelte angesichts dieser aufblühenden Romanze.

Zu Fuß machte sich unsere erschöpfte Truppe schließlich am Hafen entlang auf den Rückweg. In den Straßen war es nach und nach dunkel geworden, und wir gingen schneller. In der Ferne nahmen wir einen glitzernden Lichtpunkt wahr, der wie ein vom Himmel gefallener Stern wirkte – das Feuer des Leuchtturms von Planier.

14. Kapitel

Granada d'albergínies – Gestürzter Auberginenauflauf

Auberginen würfeln und ungefähr eine Viertelstunde in Salzwasser einweichen. Zwiebeln schälen, hacken und dann zusammen mit einer Prise Salz in einem Löffel heißem Öl anschwitzen. Entkernte und klein gewürfelte Paprikaschoten dazugeben, dann das Hackfleisch mitbraten. Die Auberginen in das Ragout geben und alles auf kleiner Flamme köcheln lassen. Eier und Milch aufschlagen, den Topf vom Herd nehmen und die Mischung unter das Gemüse und das Fleisch heben. In eine Form füllen und vierzig Minuten im Ofen backen. Ein wenig abkühlen lassen und dann stürzen. Mit Tomatensoße servieren.

Paris, März 2017

Die Glaskuppel, die den Eingang zur Metro-Station Saint-Lazare überspannte, ähnelte einer Schneekugel. Die Passanten wimmelten umher wie Ameisen, stürzten sich in den Schlund der Metro und stießen einander auf der Rolltreppe an. Gewaltige Verkehrsadern durchzogen das Herz der Hauptstadt, ganz anders als die steinigen, wüstenhaften Pfade von Mallorca. Dieser ganze Aufruhr, diese krankhafte Hetze waren Anaïs ein Gräuel. Ein paar Sekunden lang blieb sie reglos stehen. Früher wäre ihr gar nicht aufgefallen, wie all die Menschen an ihren Smartphones klebten, auf ihren Nachbarn schimpften, der langsamer ging als sie, und auf den Bürgersteigen den Tauben und dem Obdachlosen auswichen, der sich am Lüftungsgitter wärmte … Alles kam ihr jetzt so nichtssagend vor. In dieser trübseligen Routine hatten die Menschen ihr Lächeln verloren und die Vögel ihre Farben. Anaïs hatte sich sogar geweigert, zu einer Party zu gehen, die Mona in der allerneuesten angesagten Location arrangiert hatte, einer Dachterrasse mit einem »einzigartigen« Blick über die Pariser Zinkdächer, wie Mona es angepriesen hatte. Doch nichts konnte das Meer übertreffen, wie Anaïs es im Hafen von Sóller am Horizont bewundert hatte …

»Du bist endlich wieder zu Hause, genieß es!«, hatte Mona sie sanft gemahnt.

Die Wahrheit war, dass Anaïs nicht mehr richtig wusste, wo sie zu Hause war. Und dabei hatte sie fest vorgehabt, einfach das Leben, das sie vor ihrer Reise auf die Balearen geführt hatte, wieder aufzunehmen …

Mit einem Mal zog die Skulptur *L'Heure de tous*, die den Bahnhofsvorplatz beherrschte, Anaïs' Blick auf sich. Vor ihr thronte eine Art Säule, die sich aus in Bronze gefassten Ziffernblättern zusammensetzte. Hier maß man die Zeit, während sie auf Mallorca langsam verlief, eher im Rhythmus einer Sonnenuhr. Sie dachte an Miquel.

Er würde sich hier nicht wohlfühlen, überlegte sie lächelnd. Womit er wohl gerade beschäftigt war? Arbeitete er auf der Orangenplantage, oder warb er bei den Behörden für sein Herkunftssiegel?

Zu Fuß schlenderte sie weiter. Unterwegs passierte sie einen Blumenladen, der den kleinen Platz des Viertels mit seinem Duft erfüllte. Ein Mann verließ mit einem Lächeln auf den Lippen das Geschäft – seine Wangen waren genauso rot wie der Rosenstrauß, den er trug. Der süße, zarte Duft von Jasmin versetzte Anaïs in die mallorquinischen Felder zurück, die sich, so weit man sehen konnte, über die rötlichen Hügel erstreckten. Sie schloss die Augen und träumte von türkisblauem Himmel, lapislazuliblauem Meer und smaragdgrünen Bergen. Überall sah sie die Gipfel der Serra de Tramuntana und ihre grauen, öden Abhänge. Mallorca fühlte sich nach

Urlaub an. Nach genüsslichem Müßiggang. Nach dem Wasser von Springbrunnen, auf die man hinter der Biegung einer Gasse stößt wie auf einen verborgenen Schatz. Anaïs mochte die Augen noch nicht aufschlagen und dachte an die sonnenbeschienenen Bruchsteinmauern, hinter denen sich die Orangenbäume unter der Last ihrer Früchte bogen. Doch statt des Dufts der Orangenblüten atmete sie Abgase und Asphaltgeruch ein, und plötzlich wurde ihr übel. Um sie herum hupten Autos inmitten von unaufhörlichem Lärm. Zu ihren Füßen reckte sich eine Kletterpflanze nach einer Mauer, als versuche die Natur kläglich, sich ihr Recht auf die Stadt zurückzuholen. Nervös spielte Anaïs an einem Knopf ihrer Bluse herum und machte sich dann eilig auf den Weg.

Sie war mit ihrer Freundin Camila im Café de Fiorella verabredet, einem kleinen iberischen Lokal mit nur fünfzehn Plätzen. Aus der Küche drang eine Flamenco-Melodie, und Anaïs war erstaunt, bei dem Klang eine gewisse Nostalgie zu empfinden. Camila hatte den Tisch im hinteren Bereich des Cafés reserviert, der einen Blick auf die aktuelle Ausstellung bot, damit sie bequem essen und dabei die Bilder betrachten konnten. Nach einer langen Umarmung erzählte Anaïs ihr von ihrer Reise nach Mallorca und der Entdeckung des geheimen Tagebuchs.

»Dann war deine Urgroßmutter also mit Jaime verheiratet, wusste aber nicht, dass er eine Tochter hatte.« Camila führte einen Löffel Gazpacho zum Mund und sah Anaïs dabei weiter an.

»Ja, sie spricht kein einziges Mal davon. Merkwürdig, denn sie schien sehr verliebt in ihn zu sein … Ich verstehe auch nicht, warum er ihr dieses Kind hätte verschweigen sollen.«

»Damals im Bürgerkrieg hat man Kinder manchmal weggegeben, um sie zu schützen. Es gab auch Zwangsadoptionen. Alles ist möglich.«

Anaïs stach in die Tintenfischstreifen, die auf einem Bett aus Kartoffeln serviert wurden und mit Paprika bestäubt waren. Nachdenklich sprach sie weiter: »María Luisa kam ein paar Tage vor Jaimes Selbstmord ins Waisenhaus … Ich wünsche mir so sehr, das Geheimnis um die Flucht meiner Urgroßmutter zu lüften. Es ist, als hätten sich ihre Erinnerungen über die Jahre verschlungen wie Bänder, die ich nicht entwirren kann.«

»Du bist heute aber poetisch, Anaïs!«, zog Camila sie auf.

Mein Gott, ich werde schon wie Miquel, dachte Anaïs.

»Diese Insel ist wie ein blühender Orangenbaum. Bezaubernd, entzückend«, flüsterte sie übertrieben theatralisch.

Beide mussten herzlich lachen. Seit Anaïs nach Paris zurückgekehrt war, hatte sie sich verändert.

»Ich bin niedergeschlagen, so wie man sich nach einem langen Urlaub fühlt«, gestand sie ihrer Freundin. »Ich bin es überdrüssig, ständig Schlange zu stehen und die Metro-Stationen auswendig zu wissen. Ist es zu glauben, dass ich die Haltestellen besser kenne als die Sehenswürdigkeiten? Und dann diese Frauenstimme: ›Vorsicht beim Aussteigen. *Please mind the gap …*‹ Sie treibt mich in den Wahnsinn! Und die unendlichen Gänge am Bahnhof Châtelet, spricht davon mal jemand? Die Leute, die einen auf der Rolltreppe anstoßen, wenn man links steht. Wo steht denn geschrieben, dass man sich rechts halten muss? Und dieser Gestank nach faulen Eiern, der ständig durch die Gänge zieht. Wusstest du eigentlich, dass die Luft in der Metro stärker verschmutzt ist als die auf der Straße?«

Camila gluckste.

»Aber wenn du schimpfst, klingst du wie eine richtige Pariserin!«

»Da hast du wohl nicht unrecht.«

Camila kam ein Zitat des bekannten Sprachlehrers Norbert Kalfon in den Sinn: »Eine Sprache zu unterrichten bedeutet, jemandem eine Reise vorzuschlagen. Sie zu lernen bedeutet, dass man sie antritt.« Ihre Freundin war das perfekte Beispiel dafür. Ihr Herz wohnte jetzt auf Mallorca, und dieser Miquel hatte bestimmt auch etwas damit zu tun. Doch Camila hütete sich, Zweifel bezüglich der Suche nach Magdalenas Vergangenheit anzumelden, denn sie wollte Anaïs nicht die Hoffnung nehmen. Allerdings erschien es ihr utopisch, an Informationen über dieses Kind zu kommen, besonders aus der Zeit des Bürgerkriegs.

Der Wasserkessel pfiff. Anaïs ging in die Küche, wobei ihre Hausschuhe auf dem Holzboden leise raschelten. Draußen prasselte heftiger Regen auf den Asphalt von Paris und trommelte gegen die Fensterscheiben. Vor dem Haus tanzte ein Ballett aus Scheibenwischern, Ampellichtern und grellen Scheinwerfern. Die Straßenlaternen spiegelten sich in den dunklen Pfützen. Der düstere Abend ließ ahnen, dass das schlechte Wetter von Dauer sein würde. Anaïs gab zwei Löffel losen Bergamotte-Tee in ihre Porzellankanne, die sie auf dem Flohmarkt in Saint-Ouen entdeckt hatte, legte sich auf ihr Ledersofa und schlug dann ein Buch auf, mit dessen Lektüre sie auf Mallorca begonnen hatte. Zwischen den Seiten steckte noch Sand, der über das Papier rieselte wie eine flüchtige Erinnerung an Sóller.

Ihr Blick blieb an dem Canterano hängen, der reich mit Einlegearbeiten geschmückten Kommode mit drei Schubladen, die Magdalena ihr hinterlassen hatte. Sie hatte ihrer Urenkelin gern erzählt, wie Papi François ihr das Möbelstück aus Mahagoni geschenkt hatte, das von ihrer Heimatinsel stammte. Er hatte es per Schiff importiert. Als Anaïs klein war, hatte sie sich gefragt, ob das Möbelstück auch dem großen blauen Wal begegnet war. Pinocchio hatte sich verschlucken lassen, als er mit Geppetto auf dem Meer unterwegs war. Und er war auch aus Holz gewesen … Lächelnd dachte sie über die flüchtige Erinnerung nach. Damals hatte sie dem Canterano übernatürliche, beinahe magische Kräfte zugeschrieben. In ihrer Fantasie hatte die Kommode schwere Prüfungen überstanden und war wie durch ein Wunder gerettet worden. *Wie Magdalena.*

Das Möbelstück war ein regelrechter Zeitzeuge der traditionellen mallorquinischen Kultur, an der Magdalena sehr gehangen hatte. In ihm ruhten, mit Bändchen verschnürt, stapelweise gestärkte Laken, Tischtücher und bunt bestickte Servietten. Ähnlich wie in einer Aussteuertruhe, die – um neue Stücke ergänzt – feierlich von der Großmutter auf die Mutter und dann von der Mutter auf die Tochter weitergegeben wird. Anaïs stellte sich vor, wie Magdalena dort die gebügelte Wäsche einräumte und einen Nähkorb daraufstellte.

Dann trank Anaïs einen Schluck von ihrem Tee, wobei sie sich leicht die Zunge verbrannte. Sie stellte die Tasse auf die Kommode, wobei sie darauf achtgab, keinen Wasserring zu hinterlassen, und zog an den Griffen des Canterano. Sofort kam ihr ein Geruch nach Mottenkugeln entgegen. Als sie ein Laken auseinanderschlug, entdeckte sie ein Stück Pappe. Es war eine alte Postkarte, die das Noailles-Viertel in Marseille zeigte. Die Tinte war mit der Zeit verblasst, doch die Unterschrift war deutlich zu lesen: Sie stammte von einer gewissen Babette. Anaïs' Herz hämmerte. Sie hatte ein neues Indiz gefunden. Ein angenehmes Gefühl stieg in ihr auf. Es war, als hätte man etwas in einer alten Handtasche wiederentdeckt. Man wühlte durch ein Seitentäschchen und fand eine Haarspange, einen Lippenstift, eine alte Eintrittskarte für ein Museum … Und dieses Mal eine Postkarte in einem alten Möbelstück.

Mühsam gelang es Anaïs, ein paar Passagen des Textes zu entziffern. Danach hatte Babette Magdalena ein mit Mimosen besticktes Taschentuch geschenkt, das immer noch in der Kommode lag.

Magdalena muss die Karte zusammen damit hineingelegt haben, überlegte Anaïs enthusiastisch.

Sie las weiter. Anscheinend hatten die beiden Frauen zusammen im Hôtel du Port in Marseille gearbeitet. Ein ganz neues Bild von ihrer Urgroßmutter, die in Anaïs' Erinnerung wohlhabend gewesen war und im schicken 16. Arrondissement gelebt hatte.

15. Kapitel

Marseille 1937

Jedes Mal, wenn ich zur Decke aufsah, bewunderte ich die Stuck-Ornamente. Sie erinnerten mich an die Dekoration auf einer Hochzeitstorte, lauter Schnörkel und Blumen aus Zucker. Das Hotel war ein wahrer Palast.

Nach und nach gewöhnte ich mich an dieses neue Leben. Monsieur Rubolini, der Hotelbesitzer, arrangierte häufig große Empfänge, und wir halfen dabei, die Blumenkörbe harmonisch anzuordnen. Die Gäste traten in einen Saal, der elegant mit verschlungenen Girlanden geschmückt war. In dieser glänzenden Atmosphäre amüsierte sich die Elite von Marseille. Wir standen wie kleine Mäuse am Rand dieser eleganten Gesellschaft, in der nur Menschen, die derselben Welt entstammten, miteinander umgingen. Monsieur Rubolini sorgte immer dafür, dass sein Empfang der prächtigste war, und umgab sich mit hochrangigen Gästen. Ich fragte mich, ob diese Leute von Geburt an einer Elite angehörten und ihr Vermögen geerbt hatten oder ob sie Neureiche waren. Die Männer demonstrierten ihren Reichtum, während die Frauen in der Gesellschaft durch ihren raffinierten Geschmack und ihre Eleganz auffielen. Die mutigsten legten es durch ihren Gang darauf an, dass ihre weiblichen Formen unter ihren Kleidern kokett erbebten. Die eine nestelte an der Spitze, mit der ihr schwarzes Seidenoberteil abgesetzt war, eine andere verströmte ein leichtes, zartes Parfüm. Bänder, Blumen und Schleifen schmückten Dekolletés, die oft tief reichten. Alle wollten mit ihren schimmernden nackten Schultern und ihrer schmalen Taille bezaubern, die durch ein ganz leichtes Korsett unterstützt wurde. Letzteres war zum großen Leidwesen der Frauenrechtlerinnen in Form eines Hüftgürtels wieder in

Mode gekommen, um den Bauch flach erscheinen zu lassen. Die Frauen legten sich das Haar in Wellen oder Locken oder färbten es wie Filmstars. Diese Männer in ihren schwarzen Smokings und die Damen in ihren raschelnden Abendroben standen auf der Sonnenseite des Lebens. Zu dieser Zeit befand sich im Übrigen Coco Chanel auf dem Höhepunkt ihres Ruhms.

Auch an diesem Abend bewunderte ich staunend die extravagante Garderobe der Hotelgäste. Das war etwas ganz anderes als die mallorquinischen Spitzentücher, die Rebozillos, die bis zur Mitte des Rückens reichten, das schwarze Mieder, das meine Mutter mit langen Nadeln feststeckte, oder die Strümpfe der Männer, die bis zu den Knien reichten. Zu Hause auf Mallorca schmückten sich auf dem Land die Frauen mit Mantillas und langen Halsketten mit goldenen Kreuzen, während unsere Männer breite Pumphosen aus gestreiften, auf der Insel gewebten Stoffen trugen. Kurz traten mir Jaime, Diego und Marta vor die Augen, und Erinnerungen überwältigten mich. Da spürte ich, wie eine Hand meinen Oberschenkel streifte. Monsieur Rubolini lächelte mir zu und verschwand dann, um andere Gäste zu begrüßen. Ich erkannte ihn an seinen schwarz-weißen Lacklederschuhen. Hatte er das mit Absicht getan, oder hatte ich es mir nur eingebildet?

Diese Galerie schöner Frauen wirkte ein wenig aufreizend, verwirrte die Männer und erweckte ihre Begierde. Das Rascheln der Kleider und der perlende Champagner schienen sie in Aufruhr zu versetzen. Ich wusste, dass meine Wangen ein wenig rot angelaufen waren. Bei dem Gedanken, dass so etwas wie eben noch einmal vorkommen könnte, überlief mich ein Schauer, und ich verließ hastig den Raum. Hinter mir glitzerte der Kronleuchter aus vergoldetem Silber und warf gedämpfte leuchtende Reflexe, die sich ständig in Bewegung befanden, an die Wände.

In den folgenden Tagen beschloss ich, mit dem Rest meines mageren Lohns Ensaïmadas für meine Kolleginnen zu backen. In einer Fußgängerzone entdeckte ich einen Feinkostladen, dessen Front von der Sonne gebleicht war, und sah das leicht abgeschabte Schild: *Mallorquinische Köstlichkeiten. Spanische Spezialitäten. Feinkost aus Marseille.* Am Eingang stapelten sich hölzerne Kisten mit Konservendosen auf dem Gehweg. Neugierig geworden, trat ich in den Laden.

Die Wände waren hinter den Wein- und Likörflaschen nicht mehr zu erkennen, und neben Kisten mit Orangen, Pampelmusen und Tomaten stand eine Waage aus Metall. Als ich die Tür öffnete, war ich wie verzaubert. Eine unendliche Palette aus warmen Farbtönen verlieh dem schummerigen Halbdunkel ein seltsames Licht. Die Orangenkisten steuerten leuchtende Akzente bei, und man hatte das Gefühl, in ein intimes, geschütztes Refugium vorzudringen. Meine Gefühle überwältigten mich.

»Heimweh?«, sprach mich die Besitzerin auf Mallorquinisch an und reichte mir ein Papiertaschentuch.

Ich lächelte ihr zu, und wir unterhielten uns in schnellem Tempo, wie in der guten alten Zeit. Sie vertraute mir an, ihre Großeltern seien ausgewandert und hätten dieses erlesene Geschäft in der Hoffnung gegründet, reich zu werden. Der Handel florierte, aber nicht so stark, wie sie es sich gewünscht hätten. Doch sie war glücklich, in Frankreich zu leben, und unterhielt eine Korrespondenz mit den Familienmitgliedern, die auf der Insel zurückgeblieben waren. Zumindest hatte sie das bis zum Beginn des Bürgerkriegs getan. Sie ließ mich von allen mallorquinischen Spezialitäten kosten. Ich biss in Feigen und streichelte die pockennarbige Haut von Orangen, und als ich ging, nahm ich Schmalz, Nüsse und eine wunderschöne Blechdose mit, die eine Auswahl von Süßigkeiten barg. Der Feinkostladen wurde zu meinem liebsten Aufenthaltsort.

In der Personalküche im Untergeschoss begann ich, den Teig zu kneten, und plauderte dabei mit Babette. Sie traf sich immer noch mit dem jungen Mann, den sie am 14. Juli kennengelernt hatte, und strahlte vor Glück. Ich beneidete sie um ihre Unschuld und warnte sie vor den Dämonen, von denen Männer oft besessen waren.

»Du bist viel zu ernst, Magda!«, schimpfte sie und pustete auf ein kleines Mehlhäufchen.

An diesem Abend waren die Ensaïmadas ein großer Erfolg bei den Mädchen, die mich anflehten, häufiger zu kochen. Als ich in meine Kammer zurückkehrte, schrieb ich in einem billigen Heft, das ich in einem Schreibwarenladen gekauft hatte, das Rezept für die Ensaïmadas auf. Langsam kehrten meine Erinnerungen an die Küche meiner Mutter zurück. Daher kritzelte ich weiter Rezepte auf die Seiten und ließ meine Gedanken schweifen. So schrieb ich ein Gericht von meiner Insel nach dem anderen auf: mallorquinisches Ratatouille, Jungfernkrapfen, Rochen in Marinade, Mandelmilch, Auberginenauflauf … Kurz hob ich die Feder, die ausgetrocknet war, vom Papier. Ich tunkte sie in das Tintenfass und schüttelte sie kurz darüber ab, damit ein Tropfen, der daran hing, abfiel und ich keine Kleckse machte. Ich dachte an den Hafen von Sóller und hörte aus der Bucht das leise Plätschern, mit dem die Wellen auf den Kieselstrand trafen. Vielleicht hatte mich das Kratzen der Feder auf dem Papier daran erinnert.

Dann räumte ich die Andenken, die mir noch geblieben waren, in die Blechbüchse aus dem Feinkostladen. Glücklicherweise war bei der stürmischen Überfahrt nicht alles verloren gegangen. Meine Stofftasche hatte dem Zorn des Meeres Widerstand geleistet. Behutsam legte ich Martas goldenes Medaillon, Diegos Gewehrkugel, die mich an seinen Widerstandskampf erinnerte, das Foto von meiner Hochzeit mit Jaime und das Briefpapier mit der Adresse der Finca hinein, das ich nach meiner Ankunft in Marseille lange in der Sonne hatte trocknen lassen. Sie symbolisierten mein verlorenes Paradies. Ich drückte einen Kuss auf die Büchse mit meinen Andenken und versteckte sie hinter einer kleinen Klappe in der Zwischendecke, wo wir auch unsere Ersparnisse aufbewahrten.

In diesem Moment tauchte Fanny an meiner Tür auf.

»Monsieur Rubolini will Sie sehen«, fauchte die Hausdame unfreundlich.

Ich begann zu zittern. Hatte er vor, mich zu entlassen? Was für einen Fehler hatte ich begangen? Ein schlecht gebügeltes Laken, ein versehentlich vergessenes Handtuch?

Besorgt begab ich mich zum Büro des Direktors.

Sofort schloss er die Tür hinter mir und musterte mich von oben, denn er war sehr groß. Er trat auf mich zu.

»Wissen Sie, warum Sie hier sind?«

»Ihretwegen. Ich bin Ihnen auch sehr dankbar, Monsieur.«

Da lächelte er und warf mir einen durchdringenden Blick zu wie ein Raubtier, das seine leichte Beute anvisierte. Er sprach lauter, damit ich ihn auch richtig verstand.

»Genau, und daher sind Sie mir etwas schuldig, also …«

Aus dem Munde des Mannes, der mir zu Beginn wohlwollend erschienen war, klangen diese Worte seltsam. Er versuchte, meinen Rock hochzuheben, und ich hinderte ihn mit einer schnellen Bewegung daran.

»Sie widersetzen sich mir? Sehen Sie sich doch an, Sie sind ohne mich ein Nichts.«

Seine Augen wirkten gerötet. Angesichts seiner beleidigenden Worte versuchte ich, meine Würde und meine Beherrschung zu wahren, obwohl mir das Herz in der Brust hämmerte. Ich musste flüchten, koste es, was es wolle. Ich schob mich an der Wand entlang und versuchte, ihn abzulenken, indem ich die Gemälde an der Wand pries. Ich wusste ja, wie gern er sich schmeicheln ließ.

»Ihr Akzent erregt mich, Magdalena.«

Bei diesen Worten trieb mich mein Überlebensinstinkt an die Tür, die ich blitzschnell entriegelte, denn er hatte den Schlüssel stecken gelassen. Ich versuchte davonzulaufen, doch er hielt mich auf dem Gang brutal an den Armen fest.

»Ich hasse es, wenn Frauen sich mir widersetzen. Passen Sie auf sich auf«, flüsterte er mir mit seiner tiefen Stimme und weingeschwängertem Atem ins Ohr.

Meine Kehle war wie zugeschnürt, und ich hatte mit einem Mal das Gefühl zu ersticken. Seine Stimme klang kalt, und er beobachtete mich scharf und durchdringend, vielleicht sogar rachsüchtig. In diesem Moment ging der Mann von der Rezeption im Flur an uns vorbei und grüßte. Ich stieß einen Seufzer der Erleichterung aus. Im Stillen dankte ich ihm dafür, dass er mich, ohne es zu ahnen, gerettet hatte. Monsieur Rubolini musste meinen Arm, den er fest gepackt hielt, loslassen. Ich biss die Zähne zusammen, um nicht in Tränen auszubrechen. Der blaue Fleck, den ich mehr schlecht als recht verstecken konnte, war anschließend noch tagelang zu sehen. Merkwürdigerweise empfand ich eine Art Scham. Dieser Mann hatte mir mit wenigen Worten so viele Illusionen geraubt, und ich wusste genau, dass er es früher oder später wieder versuchen würde.

Ich ging auf mein kleines Zimmer zurück und stützte mich auf den Rahmen des offenen Fensters. Babette war nicht da, weil sie heute Abend servieren musste. Die Wände des Raumes waren so feucht, dass die Nässe alles durchdrang. Ich griff nach meinem Heft, das ich unter dem Bett aufbewahrte. *De mis soledades veng* …, schrieb ich hinein. Aus meiner Einsamkeit komme ich …

Ich hatte das Gefühl, allein auf der Welt zu sein.

Ich betrachtete die Straße, die voller Schatten und trüber Lichter war, vielleicht wegen der Tränen, die meinen Blick verschwimmen ließen. Meine Wangen waren feucht. Ich sah in die einst phönizische Stadt hinaus, die so lebendig war.

Stellte mir Männer vor, die Karten spielten; junge Burschen, die zwischen den Tischen der Cafés hindurchgingen und einander dabei anrempelten. Ich hörte Lärm und Rufe von unten aufsteigen. In der Ferne wirkte das Meer wie ein marineblaues Satinband, das schwach vom Abendlicht beschienen wurde. Das Dunkel war laut, und unten warfen hell erleuchtete Fenster gelbliche Reflexe. Am Ende der Straße, an einer Kreuzung, stand eine hohe elektrische Laterne mit einem riesigen Lichtkegel. Ich wusste, dass an dieser Ecke eine Muttergottes aus bemaltem Gips über diese mühselige Welt wachte, und betete zu ihr.

Heilige Muttergottes, ich will nicht wieder an die düsteren Bilder denken, die mein Leben verschlungen haben, und ich will mich diesem Tyrannen in Marseille nicht unterwerfen. Bitte sei so gnädig, und mache, dass ich einen Schlussstrich unter diese Leidenszeit ziehen und mich wieder an das Schöne erinnern kann …

Noch ahnte ich nicht, dass sie mich erhören würde.

16. Kapitel

Ensalada de taronja – Orangensalat

Die Orangen sauber schälen und in feine Scheiben schneiden. Auf einen Teller legen. Mit Salz, gemahlenem Pfeffer und feinem weißem Zucker bestreuen. Frische Minzblätter hacken und die Orangenscheiben damit bestreuen. Mit reichlich Olivenöl begießen und gut gekühlt essen.

Sóller, April 2017

Unter der Dusche stieg Miquel der Seifengeruch in die Nase, und mit einem Mal sah er Anaïs vor sich. Eine verwirrende Sekunde lang meinte er, ihr Parfüm zu riechen. Er kniff die Augen fest zusammen und fuhr sich durch das widerspenstige Haar. Dann stieg er aus der Dusche, trocknete sich ab und schlang sich ein Handtuch um die Hüften.

»Noch ein paar Trainings, dann sind wir gut auf den nächsten Wettkampf vorbereitet«, rief Javier aus, dessen Wangen nach dem Laufen rosig wirkten.

Miquel legte ihm zustimmend die Hand auf die Schulter.

Sie hatten am frühen Morgen zusammen trainiert und waren durch das Tal gejoggt. Um diese Uhrzeit wirkte die Landschaft friedlich. Die Natur erwachte erst langsam. Sie waren auch schon Wildtieren begegnet, doch heute Morgen hatte bei ihrem Anblick nur eine Ziege gemeckert.

»Hast du etwas von deiner kleinen Französin gehört?«

Miquel gefiel der Ton seines Freundes nicht, ebenso wie der Umstand, dass er Anaïs nie beim Vornamen nannte. Er seufzte und antwortete kurz angebunden: »Klar, und ich helfe ihr weiter bei ihren Nachforschungen. Hast du etwas dagegen?«, setzte er hinzu und starrte Javier aufgebracht an.

»Oha, da habe ich wohl einen wunden Punkt getroffen …«, zog sein Freund ihn mit überlegender Miene auf. »Aber wenn du einen Rat hören willst, lass dich nicht in die Falle locken, mein Alter! Hinter ihrem hübschen Gesicht verbirgt sie bestimmt etwas vor dir … Bei der Arbeit ist meine oberste Regel, mich nie vom Äußeren täuschen zu lassen. Hoffentlich hält sie dich nicht zum Narren!«

Während Javier sich die Hose zuknöpfte und seine Sachen in die Sporttasche packte, kochte Miquel innerlich. Er konnte einfach nicht aufhören, an Anaïs zu denken, und explodierte.

»Warum siehst du immer alles negativ? Kein Wunder, dass deine Frau nicht mehr so fröhlich ist wie früher. Hast du dich schon einmal gefragt, ob sie noch glücklich mit dir ist? Du musst ja dermaßen langweilig sein. Du machst dir Sorgen um alles und jeden!«

Die Worte brachen aus ihm heraus, ohne dass er sich beherrschen konnte. Zum allerersten Mal stritten die beiden Jugendfreunde sich wegen einer Frau.

»Hoffentlich ist sie es wirklich wert!«, waren die letzten Worte, die Javier an ihn richtete. Dann hörte Miquel, wie die Tür zugeknallt wurde und der Wagen seines Freundes mit quietschenden Reifen startete.

Miquel stützte den Kopf in die Hände und sah sich im Badezimmerspiegel an. Wassertropfen rannen aus seinem Haar und fielen auf seine nackte Brust. Er klopfte sich kräftig auf die Wangen. Es tat ihm leid, so hart zu seinem Freund gewesen zu sein. Was für eine Laus war ihm da über die Leber gelaufen?

»Herrgott, reiß dich zusammen!«, sagte er sich.

Bei der Vorstellung, Anaïs besser kennenzulernen, empfand Miquel eine Mischung aus einer Art Aufregung und Furcht. Als er jetzt an die junge Frau dachte, an ihre schmale

Taille, die geradezu darum flehte, umarmt zu werden, überschlug sich seine Fantasie. Er kannte noch nicht alle Einzelheiten ihres Gesichts, versuchte aber, es sich genauer vorzustellen. Ihre Augen mit der von Goldflecken durchsetzten Iris faszinierten ihn, und die schillernden Reflexe in ihrem Haar erstaunten ihn immer wieder. Doch am anziehendsten hatten ihre Neugier und ihr wacher Geist auf ihn gewirkt. Sie wollte den Namen der Blumen wissen, die sie entdeckte, den Ursprung von Bräuchen auf der Insel, die Übersetzung von Wörtern auf Mallorquinisch, die Zutaten der Gerichte, von denen sie jeden Bissen genoss … Als sie sich kennenlernten, hatte er sich so ungeschickt angestellt, und jetzt tat es ihm leid, sich ihr gegenüber so kühl gegeben zu haben. Ob Anaïs ihm deswegen noch böse war?

In diesem Moment wurde ihm klar, dass er darauf brannte, mit ihr zu sprechen, aber nicht wagte, sie anzurufen, weil er fürchtete, ihr lästig zu sein. Sie wirkte so anziehend und zugleich so unabhängig … Miquel war fasziniert von dem starken Charakter dieser jungen Frau, die auf der Suche nach der Geschichte ihrer Urgroßmutter war. Anaïs hatte gelernt, ihr Leben zu führen, ein blühendes Unternehmen zu leiten, zu wachsen. Ihre Leidenschaft für ihren Beruf schien ihr Leben zu beherrschen … Aber vielleicht sehnte sie sich auch einfach nach Freiheit. Er kannte sie noch so wenig …

Vom Balkon aus musterte Anaïs die Orange-Nuancen am Horizont. Sie war in der Morgendämmerung aufgestanden und betrachtete jetzt im ersten Tageslicht die Wogen des Meeres, die gegen die Felsen krachten. Die ganze Nacht über hatten sie Ängste und Fragen geplagt. War es die richtige Entscheidung gewesen, noch einmal nach Marseille zu fahren? Würden die Tage, die sie im Café de l'Ensaïmada fehlte, dem Geschäft schaden? Wohin würde diese Identitätssuche sie noch führen?

Doch jetzt, umweht von der Meeresbrise, fühlte sie sich friedlicher. Der Wind fuhr durch ihr Haar. Kräftig sog sie die Luft eines neuen Tages ein und bewunderte den ersten Sonnenstrahl, der durch eine watteartige Wolke fiel. Der rosig überhauchte Horizont wirkte auf Anaïs wie ein Gemälde, das sich ständig erneuerte. Kein Detail entging ihr: ein Segelboot, das über das Meer glitt; eine Möwe, die vom Deich aufflog, oder ein Amateurtaucher in seinem steifen Anzug. Solche Augenblicke im Leben hätte sie am liebsten für immer festgehalten. Doch während sie ihren Gedanken nachhing, holte das Klingeln ihres Telefons sie abrupt in die Wirklichkeit zurück. Sie nahm den Anruf an. Kurz darauf stürzte sie eilig aus dem Apartment, das sie über Airbnb gemietet hatte, winkte ein Taxi heran und fuhr zum Viertel Roucas-Blanc, das auf einem Hügel lag und von kleinen, blumengeschmückten Häusern geprägt war, die auf den steilen Felsen thronten. Zu dieser frühen Stunde brauchte sie nicht lange, um zum Treffpunkt zu gelangen, an dem sie mit dem Bauleiter des Hôtel du Port verabredet war. Sie hatte den Mann kurz vor ihrer Ankunft mithilfe der Visitenkarte, die Paco, der Bauarbeiter, ihr gegeben hatte, kontaktiert.

Nun stieg sie die treppenförmig angelegte Straße zu der neuen Baustelle hinauf, auf der sie sich treffen wollten – einer überladenen Villa, in Auftrag gegeben von einem reichen Finanzier, der nur einmal im Jahr nach Marseille kam. Neben einem riesigen Loch, das später den Infinity-Pool beherbergen würde, lagen Marmorplatten.

»Noch so ein unsinniger maßloser Kasten«, seufzte der Bauleiter. »Meine Männer kommen bald. Kann ich Ihnen solange einen Kaffee anbieten?«

Anaïs nahm ohne zu zögern an. Sie fühlte sich noch ein wenig schläfrig, und das Koffein würde sie aufmuntern. Sie setzten sich auf die aufgestapelten Marmorplatten, sahen aufs Meer hinaus und genossen den ruhigen Moment.

»Danke, dass Sie sich mit mir treffen«, sagte sie und trank genüsslich ihren ersten Schluck Kaffee.

»Wissen Sie, Ihre Geschichte hat in der Lokalpresse große Wellen geschlagen.« Er sprach mit dem melodischen Akzent des Südens.

»Wie ist denn der Stand Ihrer Recherchen?«

Anaïs erzählte ihm in allen Einzelheiten von ihren Fortschritten und sprach schließlich den Grund an, aus dem sie noch einmal nach Marseille gekommen war.

»Meine Urgroßmutter Magdalena soll ab 1937, nachdem sie ihre Heimat verlassen hatte, im Hôtel du Port gearbeitet haben und war mit einer gewissen Babette befreundet. Aber ich habe keine Ahnung, was sie dort getan hat …«

»Ich sehe die Aufzeichnungen für Sie durch«, unterbrach er sie.

Er schien genauso gespannt zu sein wie sie.

In diesem Moment schlug Anaïs' Herz schneller. Sie wartete nicht gern. Der Bauleiter lächelte ihr zu und holte eine alte Ledertasche.

»Ich dachte mir schon so etwas und habe Fotokopien mitgebracht. Hier steht tatsächlich der Name einer gewissen Babette. Sie war von 1937 bis 1938 als Serviererin im Hotel beschäftigt …«

Anaïs dankte ihm, blätterte dann das Register durch und notierte sich den Namen »Castel«. Dann verabschiedete sie sich vom Bauleiter. Aus der Ferne winkte er ihr noch einmal zu.

»Viel Glück bei Ihren Nachforschungen, und halten Sie mich auf dem Laufenden!«

Schnell lief die junge Frau durch die klare salzige Seeluft zur Kennedy-Uferstraße hinunter. Dort angekommen, schlug ihr das Herz bis zum Hals. Sie hatte eine neue Spur, den Namen Babette Castel! Magdalenas Freundin.

Am Horizont glitzerte das Meer. Das Sonnenlicht brach sich in der von den Wellen aufgewirbelten Gischt. Überall auf der Promenade roch es nach Jod. Rein um des Vergnügens willen las Anaïs die Speisekarten der Restaurants, die am Ufer lagen. Bouillabaisse, gegrillter, heute Morgen frisch gefangener Fisch … Im Frühling verlief das Leben in Marseille in einem entspannten Rhythmus. In lärmenden Cafés mit Boule-Bahnen gingen die Einwohner ihrer Lieblingsbeschäftigung nach. Eine seltsame Schwingung lag in der Luft wie das Vibrieren einer Erinnerung, die nicht nur der Vergangenheit angehört. Marseille lachte, sang, diskutierte und schwatzte ohne Unterlass. Auf Caféterrassen wurde fröhlich geplaudert. Die einst von den Phöniziern gegründete Stadt hatte nicht vergessen, dass sie die Tochter vieler Generationen von Einwanderern aus der ganzen Welt war, ohne die sie nur ein Stück Land ohne Seele gewesen wäre. In schwierigen Zeiten war sie ein Leuchtfeuer gewesen.

Was Magdalena hier wohl vorgefunden hat, und welche ihrer Träume haben sich erfüllt? überlegte Anaïs. *Sicherheit, Freiheit, Liebe? Was mag sie empfunden haben, als sie zum ersten Mal den Fuß in ein ihr unbekanntes Land setzte?*

Aus der Ferne hörte Anaïs das Hupen der Kreuzfahrtschiffe, und die Wellen schlugen plätschernd an die Felsen. In der Nähe des kleinen Fischerhafens Vallon des Auffes entdeckte sie ein majestätisches Bauwerk, das hoch über dem Meer aufragte. Als sie näher heranging, erwies es sich als gewaltiger Bogen, der von einem Halbmond und einem Stern gekrönt wurde. Unter dem Bogen reckte eine Bronzestatue die Arme gen Himmel. Anaïs ging auf das Denkmal zu, von dem aus man einen atemberaubenden Blick auf den Hafen von Marseille hatte. Da fielen ihr die Namen und Daten zahlreicher Feldzüge aus dem Ersten Weltkrieg auf, die in die Seiten des Bogens eingelassen waren. *Zum Andenken an die Soldaten, die sich geopfert haben.*

Wie war es nur möglich, dass die Menschen lieber die Hölle wählten als die Vernunft und sich zum Töten entschlossen?

Sofort dachte sie an die Widerstandskämpfer, die im Kampf ihr Leben gelassen hatten, und an all die Frauen – Ehefrauen, Mütter, Schwestern –, die sie nie wiedersehen würden.

Anaïs ging weiter an der Uferstraße entlang. Ihr Haar wippte im Wind und in dem Rhythmus ihrer Schritte, die sie immer stärker beschleunigte. Sie hatte es eilig, mehr über diese Babette herauszufinden. Da bemerkte sie auf einer Bank unterhalb der Straße ein junges Paar, das sich vor dem Hintergrund des Mittelmeers unbeschwert umarmte. Merkwürdigerweise dachte sie in diesem Moment an Miquel. Fehlte er ihr etwa? Ihr wurde klar, dass sie diesen Augenblick gern mit ihm geteilt hätte.

Im Archiv des Départements trat Anaïs nervös auf die Frau am Empfang zu. Diese schien unter der Theke zu lesen oder sich die Fingernägel zu lackieren. Über ihr hing eine knisternde Neonröhre. Das Klappern von Anaïs' Absätzen schallte durch die Halle. Die junge Frau am Empfang hob den Kopf und schob schnell ein paar Papiere zusammen. Sie gab Anaïs einige Auskünfte und begleitete sie dann in den Archivsaal.

»Sie können sich dort setzen. Es sind drei Bände.«

Anaïs strich über die glatte Oberfläche des ersten Bandes und begann mit ihrer Recherche. Nach zwei ergebnislosen Stunden wurden ihr die Augen müde, und ihr Sehvermögen ließ nach. Die langen Zeilen auf den Seiten schienen sich zu überkreuzen. Sie beschloss, eine Pause einzulegen. Draußen setzte sie sich auf eine Bank und sah auf dem Handy nach ihren Mails.

Seit ihrer Rückkehr nach Frankreich hatte Anaïs sich wieder angewöhnt, ihr E-Mail-Postfach zu überprüfen, allerdings nur für den Fall, dass es bei der Arbeit ein dringendes Problem gab. Durch den fehlenden Empfang auf Mallorca hatte sie das Gefühl gehabt, im Augenblick zu leben, es war ein regelrechter »digital detox«, der sich als wohltuend erwiesen hatte. Doch jetzt hatte sie gut daran getan, ihren Posteingang zu öffnen, denn Miquels Name wurde ihr angezeigt.

> Wir haben das Siegel, die geschützte Herkunftsbezeichnung! Von jetzt an gelten die Orangen aus Sóller als Früchte von besonderer Qualität. Wann kommst du, um das mit uns zu feiern? Ich hoffe, du kommst mit deinen Recherchen in Marseille gut voran.
> PS: Du bist auf der Finca willkommen, wann immer du willst.

Anaïs' Herz hämmerte. Miquel, der so stolz auf seine Orangen war, überraschte sie immer wieder mit der Kühnheit und Begeisterung, die er in all seine Projekte steckte. Alles erweckte seine Aufmerksamkeit und Neugier, und er war ständig hellwach. Und jetzt hatte sich seine unermüdliche Arbeit auf Ca'n Taronja endlich ausgezahlt! Leise lächelnd las sie immer wieder die letzte Zeile. Eine Einladung auf die Finca. Um ehrlich zu sein, hätte sie die am liebsten sofort angenommen. Bei dem bloßen Gedanken überkam sie eine große Freude. Miquel hatte sie nicht gleichgültig gelassen.

Ich benehme mich wie ein junges Mädchen vor dem ersten Rendezvous, schalt sie sich sofort und ein wenig beschämt. Schließlich war seine Nachricht freundlich und herzlich, aber das hieß überhaupt nichts …

Als sie sich im Archiv wieder an die Arbeit machte, fühlte sie sich aufgemuntert und frisch motiviert. Nach einer Stunde eintöniger Recherche entdeckte sie endlich *Babette Castel* als Mädchennamen einer Frau, die später geheiratet hatte. Sie notierte sich die Adresse der Familie, bedankte sich bei der Frau am Empfang, die sich inzwischen hinter ihrem Computer die Nägel feilte, und ging.

Knapp eine Stunde später schritt Anaïs über den heißen Asphalt der Straßen von Marseille. Ihre Haut sog die Sonne auf, als wäre sie in einem gigantischen Solarium. Zwischen den Häusern waren Leinen gespannt, auf denen Wäsche in allen Farben trocknete, Schatten auf die baufälligen Häuserfronten warf und ein wenig Abkühlung für die gebräunten Touristen schuf. Anaïs' fiel ein Mann auf, der die zwischen zwei Rollen verlaufende Wäscheleine auf sich zuzog, um an seine Unterhosen zu kommen. Bei dem Anblick musste sie lächeln. Als sie das Noailles-Viertel erreichte, klingelte sie an der Tür eines kleinen Hauses. Eine junge Frau mit einem Baby auf dem Arm öffnete. Anaïs hielt ihr Babettes Postkarte hin.

»Entschuldigen Sie die Störung, aber ich bin auf der Suche nach einer Babette, die hier einmal gelebt haben soll …«, begann sie schüchtern.

Sie mochte das Gefühl nicht, sich in das Privatleben anderer zu drängen. Doch die Frau wirkte entgegenkommend und flößte ihr gleich Vertrauen ein. Sie lächelte strahlend.

»Babette, so hieß die Urgroßmutter meines Mannes. Und es ist der zweite Vorname unserer Tochter.« Sie küsste die Pausbacken des Kindes. »Kommen Sie doch herein. Mein Mann kommt gleich von der Arbeit. Er wird Ihnen mehr sagen können.«

Anaïs dankte ihr herzlich. Sie war es nicht gewohnt, von Fremden so gastfreundlich empfangen zu werden. In Paris schlossen die Nachbarn auf ihrer Etage die Tür grundsätzlich doppelt ab, und sie wagte nicht einmal, sie um Salz oder Öl zu bitten, wenn diese ihr ausgegangen waren.

»Ich habe ganz vergessen, mich vorzustellen. Ich bin Anaïs.«

»Lucie«, gab die junge Frau munter zurück. »Und das ist Félicie«, fuhr sie fort und streichelte dem Kind zärtlich über die Wange. Dann ging sie in die Küche und summte dabei vor sich hin.

Alles an dieser Frau verkörperte Mutterliebe. Insgeheim träumte Anaïs von diesem einzigartigen, unzerstörbaren Band zwischen Mutter und Kind. Tief im Inneren spürte sie, dass sie bereit für diesen Schritt war.

Aber zuerst muss man einen potenziellen Vater dafür finden, dachte sie und seufzte.

Als Lucie ins Wohnzimmer zurückkam, bot sie ihr Plätzchen und Limonade an, die Anaïs jedoch höflich ablehnte. Sie war viel zu nervös, um etwas herunterzubekommen.

Das Haus der jungen Frau war hübsch, wenn auch ein wenig unordentlich. Vor den Fenstern flatterte Wäsche, und auf dem Boden lag Spielzeug verstreut. Doch das einfach möblierte Esszimmer wirkte einladend. Anaïs spielte ein wenig mit dem kleinen Mädchen, das leise vor sich hin plapperte, während seine Mutter den dünnen weißen Vorhang zurückzog und zerstreut die Falten zurechtstrich. Nachdem die beiden Frauen sich eine halbe Stunde unterhalten hatten, kam Lucies Mann nach Hause. Er hob das Kind hoch und ließ es im Kreis fliegen, bis es laut lachte. Dann begrüßte er seine Frau und Anaïs.

»Meine Urgroßmutter Babette hat den ersten Jungen geheiratet, der sie am 14. Juli, am Nationalfeiertag, zum Tanzen aufgefordert hat«, erzählte Thibault. »Ich erinnere mich noch daran, wie ihre Augen gestrahlt haben, wenn sie uns davon erzählt hat, wie sie sich auf den ersten Blick verliebt hat. Die beiden haben später zusammen dieses Haus gekauft.«

»Was für ein Glücksfall, dass ich Sie Jahrzehnte später gefunden habe!«, meinte Anaïs entzückt.

»Allerdings. Ich habe nämlich meinem Bruder seinen Anteil des Erbes abgekauft. Ich hing zu sehr an diesem Haus und meinen Kindheitserinnerungen daran. Mein Bruder hat eine Amerikanerin geheiratet und ist weggezogen, aber er kommt uns noch ab und zu besuchen.«

»Hat Babette Ihnen von einer gewissen Magdalena erzählt?«

Thibault runzelte die Stirn. Der Name sagte ihm nichts. Seine Urgroßmutter hatte nur selten über ihre Jahre im Hôtel du Port gesprochen.

»Aber warten Sie«, rief er mit einem Mal aus und sprang von seinem Platz auf. »Wir haben ihre Sachen auf dem Speicher gelagert. Als sie von uns ging, hatte ich nicht das Herz, all ihre Papiere wegzuwerfen. Und als dann Félicie kam ... hatten wir keine Zeit mehr.«

Er zuckte mit den Schultern, als müsse er sich entschuldigen.

»Dann geht doch nach oben«, schlug Lucie vor. »Dort sollten sich doch ein paar Antworten auf Ihre Fragen finden lassen.«

Der Dachboden des Hauses diente offensichtlich als Rumpelkammer.

Angesichts der Elektrokabel, die aus der Wand ragen, dachte Anaïs lächelnd, ist der junge Vater wohl kein guter Heimwerker. Der Raum war düster und fensterlos. Mit einer Taschenlampe bewaffnet entzifferte Thibault die ungelenken Beschriftungen der Umzugskisten und wischte ab und zu den Staub von einem Etikett. Anaïs fühlte sich ein wenig verlegen, weil sie in die Privatsphäre der Familie eindrang, doch sie half ihm.

Weihnachtsdekorationen, Schallplatten ... In allen vier Ecken des Raums stapelten sich Boxen. Das schien weniger einfach zu werden, als sie es sich vorgestellt hatte ... Doch endlich, nach langen Minuten, hörte sie Thibault rufen: »Da ist er ja, der berühmte Karton. Wusste ich doch, dass er sich hier versteckt!«

Mit ausgestreckten Armen trug er die Kiste vor sich her wie eine Trophäe und sah aus wie ein kleiner Junge bei einer Schatzsuche. Anaïs musterte den Aufkleber, auf dem »Babette Behördenunterlagen 1/2« stand.

»Oh Mist, dann fehlt noch einer …«, knurrte Thibault und kratzte sich am Kinn.

Seine fast kindliche Begeisterung war verflogen. Er versprach Anaïs, in den nächsten Tagen noch einmal gründlicher zu suchen.

»Ist schließlich ein guter Vorwand, um einmal ordentlich auszumisten.«

Anaïs nickte leicht. Sie wollte die Freundlichkeit ihres Gastgebers nicht ausnutzen. Und mehr noch, sie hatte keine Zeit, länger zu bleiben, denn ihr Zug nach Paris ging in weniger als zwei Stunden. Sie hatte ihre Reise abkürzen müssen, da der Mitarbeiter, der sie im Café vertrat, in der Metro gestolpert war und sich das Handgelenk gebrochen hatte.

»Genau das, was ein Bäcker nicht gebrauchen kann!«, hatte sie ihm mit ironischem Unterton geantwortet, um die Situation zu entdramatisieren.

Sie musste also so schnell wie möglich wieder zu ihrem Team, um den Personalmangel auszugleichen. Außerdem fehlte ihr die Arbeit im Café de l'Ensaïmada. Schließlich war sie es gewohnt, jeden Tag ihr Gebäck herzustellen; den Teig zu kneten, die Bleche in den Ofen zu schieben und dabei auf die Uhr zu sehen, es mit Puderzucker zu bestäuben … Sie hatte es eilig, ihren gewohnten Alltag wieder aufzunehmen.

Auf dem Wohnzimmertisch hatte Lucie alle Papiere ausgebreitet, die sie in Babettes Karton gefunden hatten. Es waren so viele, dass von der Tischdecke nichts mehr zu erkennen war.

»Was für ein Papierkrieg!«, rief sie aus.

Anaïs zog zustimmend die Augenbrauen hoch und begann, die losen Blätter durchzusehen. Rechnungen, Steuerbescheide, Werbeprospekte … Würde sie in diesem Durcheinander etwas finden, was ihre Urgroßmutter betraf? Ihr kamen schon Zweifel, als sie auf ein verschlissenes Band stieß, das ein kleines Bündel gefalteter Seiten zusammenhielt. Sie löste es behutsam, um nichts zu zerreißen. Sofort wurde ihr Blick auf die neun Buchstaben gelenkt, die oben auf der Seite standen. *MAGDALENA.*

»Ihr Briefwechsel mit Babette«, flüsterte Anaïs gerührt.

Diese Entdeckung würde ihr bestimmt helfen, die Puzzlestücke zu finden, die in der Geschichte ihrer Urgroßmutter noch fehlten. Was für eine Verbindung hatte zwischen den Freundinnen bestanden? Hatten sie sich in ihren Briefen einander anvertraut?

»Ich habe eine Spur gefunden!«, erklärte sie, nachdem sie sich von ihrer Überraschung erholt hatte.

»Nehmen Sie Babettes Papiere ruhig mit. Natürlich nur die, die Sie interessieren!«, schlug Thibault vor. »Sie brauchen sie dringender als wir.«

Anaïs bedankte sich bei dem Marseiller Ehepaar und tauschte das Päckchen Briefe gegen ihre Visitenkarte. Als sie zurück zu ihrer Bleibe ging, um ihren Koffer zu holen, konnte sie nur daran denken, sie so schnell wie möglich zu lesen. Und doch weckte die neue Entdeckung auch Befürchtungen in ihr.

Sobald sie im Zug nach Paris saß, zog Anaïs das kleine Papierbündel hervor und faltete die Seiten auseinander. Die Korrespondenz zwischen Babette und Magdalena vervollständigte die Lebensgeschichte ihrer Urgroßmutter und erzählte von allem, was sie erlebt hatte – Heiterem und Ernstem, Glück und Schmerz.

17. Kapitel

Marseille 1937

Dieses Mal waren die Tische mit weißem Damast, Silber und Porzellan gedeckt und üppig mit Vorspeisen und Obst bestückt. Unruhig sah ich hin und her. Vor allem wollte ich bei diesem Empfang nicht Monsieur Rubolinis Blick begegnen. Ich hatte aus der Ferne gesehen, wie er einige Frauen umarmte und ihnen, ihrem leisen Lächeln nach zu urteilen, Komplimente machte. Er schien regelrecht auf der Jagd nach Menschen zu sein, die er ködern konnte, um seinem Ego zu schmeicheln.

Auf den makellosen Tischtüchern standen in goldgeschmückten Kühlern unerschwinglich teure Flaschen mit den edelsten Weinen. Bei diesem ausschweifenden Festessen, in diesem lauten Stimmengewirr aufgeregter Gäste, musste ich an die Soldaten auf meiner Insel denken, die keine Rationen mehr bekamen, und vor allem an die hungrigen Kinder. Mir war übel. Dieser Mann, der wie ein Pfau stolzierte, ekelte mich an. Er liebte es, sich Frauen untertan zu machen, und hatte meine Hilflosigkeit ausgenutzt, als er mich gleich nach meiner Ankunft in Marseille aufgelesen hatte. Ich war leichte Beute und konnte mich nicht wehren. Ich fühlte mich niedergeschlagen, war besorgt, aber auch angewidert.

Meine Arbeit im Hotel hatte jeden Sinn verloren und war in meinen Augen nichts weiter als eine absurde Fron. Aufgaben, die ich früher vorschriftsmäßig ausgeführt hatte, erledigte ich jetzt mit sehr viel weniger Eifer. Jeden Tag stellte ich mich dieser Situation mit dem wenigen an Mut, das ich noch besaß, und fragte mich dabei, wie lange dieses perverse Spielchen noch dauern würde und wann er wieder versuchen würde, mir zu nahe zu kommen, oder mich auf die Straße setzte. Die Tage vergingen in einer dumpfen, düsteren Stimmung.

Wenn mir die Sorgen zu viel wurden und ich vor lauter Grübeln zu ersticken meinte, ging ich ans Meer. Ich wollte mir Abstand von den lauten Schritten und knarrenden Türen im Hotel verschaffen. Doch ich fand selten Erleichterung, so sehr quälten mich meine Gedanken, und oft weinte ich heimlich.

Wenn der Mistral wehte, türmten sich hohe Wellen auf. Weiter draußen wurde das Mittelmeer dann dunkelblau, fast violett, und trug weiße Schaumkronen. Die Windstöße schüttelten die Vögel durch und rissen sie fort, sodass sie knapp über dem Wasser dahinschossen. Aber auf der anderen Seite, sagte ich mir, um mich aufzumuntern, sollte ich mir ein Beispiel an den tobenden Elementen nehmen und genauso stark wie sie sein und niemals aufgeben. *Ich bin schließlich Widerstandskämpferin.*

Das Kochen für meine Kolleginnen schenkte mir immer ein wenig Frieden. Eines Abends backte ich Ensaïmadas und parfümierte sie mit Orangenblütenwasser.

»Was ist das für ein köstlicher Duft?«, erkundigte sich jemand in freundlichem Ton.

Als ich die Männerstimme hörte, fuhr ich zusammen. Durch die kleine Hintertür war ein Hotelgast hereingekommen. Innerlich seufzte ich erleichtert auf. Nicht Monsieur Rubolini.

»Kann ich Ihnen helfen, Monsieur?«

Ich blies eine Haarsträhne fort, die mir in die Stirn hing. Das hatte ich mir angewöhnt, wenn ich mein weißes Häubchen trug. Er antwortete nicht gleich. Ungläubig sah ich ihm in die Augen. Was hatte ein so gut gekleideter feiner Herr um diese späte Stunde in der Küche der Zimmermädchen zu suchen? Er schien meine Gedanken gelesen zu haben.

»Diese Empfänge langweilen mich zu Tode. Ich bin in den Hotelfluren spazieren gegangen, und dann habe ich den appetitlichen Duft Ihres Gebäcks gerochen.«

Er ließ den Ofen, in dem die Ensaïmadas backten, nicht aus den Augen.

Mit einem Mal löste sich mein schweres Haar und fiel mir über die Schultern. Sofort steckte ich es beschämt wieder hoch. Mir fiel die Ermahnung unserer Hausdame ein: *Sprich niemals einen Hotelgast an.* Ach, zur Hölle mit ihren Ratschlägen!

»Um die Wahrheit zu sagen … Sie sind nicht für unsere Gäste bestimmt«, erklärte ich und räusperte mich.

Ich sah seinen enttäuschten Blick und besann mich eines Besseren.

»Na schön, ich kann einmal eine Ausnahme machen.«

Er lächelte mir zu, doch trotz seiner charmanten Miene fiel mir auf, dass Schatten um seine Mundwinkel lagen. Daraufhin erklärte ich ihm mit großem Elan, woher diese Spezialität stammte und wie ich sie zubereitete.

»Die mallorquinische Küche steckt voller Gegensätze und Dinge, die scheinbar nicht zueinanderpassen. Süß und sauer, knusprig und weich, zuckrig und salzig, heiß und kalt … Dieses Rezept ist ein Teil der Geschichte der Insel.«

Es verblüffte mich, wie unbefangen ich mit diesem Fremden sprach. Ich zog eine erste Fuhre des Gebäcks aus dem Ofen, von der eine Dampfwolke aufstieg, und begann, die goldbraunen Ensaïmadas mit Puderzucker zu bestreuen. Ein angenehmer süßer Duft breitete sich in der Küche aus. Als sie abgekühlt waren, hielt ich ihm ein Gebäckstück hin, das er dankbar entgegennahm. Mit vollem Mund schloss er die Augen, um es zu genießen. Diese Gelegenheit nutzte ich, um ihn genauer zu betrachten. Er war noch ziemlich jung und hatte dunkles Haar, das er mit Brillantine nach hinten gekämmt trug. Er sah mich aus großen grauen Augen an.

»Marseille hat eine neue Bäckerin!«

Er hob mich hoch, sodass der feine Stoff meines Umschlagtuchs flog. Ein paar Sekunden lang war ich verwirrt.

»Ich verstehe nicht«, stotterte ich.

Zum Abschied drückte er mir energisch die Hand und legte seine dann auf meine Schulter. Ich spürte, wie die leichte Wärme seiner Berührung den Stoff meiner Bluse durchdrang. Mein Herz schlug schneller.

»Bis sehr bald, Mademoiselle …«

Er wartete darauf, dass ich ihm meinen Namen sagte.

»Magdalena«, antwortete ich schließlich. »Und Sie sind Monsieur …?«

»Nennen Sie mich François.«

Er verwirrte mich.

Noch wusste ich nicht, dass dieser Mann der Vorsitzende der Handwerks- und Handelskammer der Stadt Marseille war und der Duft der Orangenblüte das erste Band zwischen uns, aus dem unsere Liebe entstehen sollte. Wir hatten spontan aufeinander reagiert und uns vom ersten Moment an verbunden gefühlt.

Am nächsten Tag schickte Fanny, die Hausdame, mich in Monsieur Rubolinis Büro. Augenblicklich gefror mir das Blut in den Adern. Bei der Vorstellung, ihm gegenübertreten zu müssen, überkam mich schreckliche Angst. Wenn er noch einmal versuchte, mich anzurühren, würde ich schreien und aus dem Fenster in der ersten Etage springen. Während ich noch Pläne zu meiner Verteidigung schmiedete, erblickte ich in dem langen düsteren Gang zwei Gestalten: Monsieur Rubolini … und François, dessen Familiennamen ich nicht kannte. Das Herz schlug mir zum Zerspringen. Ungezwungen bat François mich, sie ins Büro des Direktors zu begleiten, bot mir einen Platz an und warf mir einen beruhigenden Blick zu. Obwohl ich normalerweise sehr gelassen war, fühlte ich mich jetzt ungewöhnlich aufgewühlt und war ein wenig besorgt.

Doch als ich den Raum wenige Minuten später verließ, war mir so leicht zumute, als flöge meine Seele mit dem Wind.

François hatte mich beim Hotel ausgelöst, indem er Monsieur Rubolini eine Summe gezahlt hatte, die mir exorbitant vorkam. Meine Ensaïmadas hatten ihn begeistert, und er wollte unbedingt eine Konditorei eröffnen, um das gastronomische Angebot der Stadt zu erweitern. Ich war von meinen Gefühlen überwältigt und spürte widerstreitende Emotionen in mir. Auf der einen Seite kam ich mir wie eine gewöhnliche Ware vor, die zwischen zwei Männern, die auf mich boten, hin- und hergeschoben wird. Einer hatte den Zuschlag erhalten, und ich hatte den Besitzer gewechselt. Andererseits fühlte ich mich befreit: François hatte mich aus den Klauen dieses Gauners gerettet. Bestimmt missbrauchte Rubolini auch andere weibliche Hotelangestellte. Allein bei dem Gedanken wurde mir übel. Wir Frauen sprachen nie darüber, weil wir Angst hatten, unsere Arbeit zu verlieren. Und im Hotel hatten die Wände Ohren …

Mir blieb also gar nichts anderes übrig, als mit François zu gehen – ich hatte keine Familie mehr, keinen Heimathafen. Ich hatte nichts mehr zu verlieren. In seinen Augen las ich ein gewisses Wohlwollen, und ich vertraute auf diese erste, instinktive Reaktion. Gleich nach dem Gespräch mit Rubolini lud François mich ein, auf der Terrasse eines Cafés ein Glas mit ihm zu trinken. Er kniff die Augen zusammen, um sich vor dem grellen Sonnenschein zu schützen, und strahlte über das ganze Gesicht. Wir einigten uns darauf, uns nach drinnen zu setzen, da draußen drückende Hitze herrschte.

»Bei uns sagt man, das Leben sei wie das Meer«, erklärte er. »Es rollt heran, zieht sich zurück und kehrt wieder ans Ufer zurück. Um nicht zu ertrinken, muss man den Rhythmus der Gezeiten respektieren.«

Mit dieser Bemerkung begann ein langes Gespräch, das mehrere Stunden dauerte. Merkwürdig, es kam mir vor, als hätte ich ihn schon immer gekannt.

»Mir gefallen Ihr sonniges Gemüt, Ihre Offenheit und Ihre

kommunikative, fröhliche Art. Doch ich nehme in Ihrem Blick auch eine gewisse Melancholie wahr.«

Er sah mir tief in die Augen. Ich verblüffte mich selbst, indem ich ihm nach und nach meine Geschichte erzählte, was ihm einen noch deutlicheren Eindruck von meiner unglücklichen Lage verschaffte.

»Ich habe in einer grünen Oase gelebt. Stellen Sie sich ein Land vor, in dem sich Orangenbäume erstrecken, so weit das Auge reicht. Sie sind so schwer mit Früchten beladen, dass sie sich ein wenig zum Boden neigen.«

Ich holte tief Luft und dachte nostalgisch an die Sommer meiner Kindheit auf der Finca zurück. Erinnerungen an meine Mutter zogen an mir vorüber. Ein Bild von Oliven- und Orangenbäumen, die sich im Wind wiegten, trat vor mein inneres Auge. Und ich sah an François' Blick, dass er mich gleich verstand.

»Als ich Sie zum letzten Mal gesehen habe, trugen Sie einen Ehering am Finger. Wenn ich mich nicht irre, sind Sie verheiratet.«

Kurz zögerte ich und errötete. Keine Ahnung, warum, doch nach meinem ersten Zusammentreffen mit diesem Mann hatte ich meinen Ring abgenommen und in die Blechdose gelegt.

»Jaime, mein Mann, ist tot. Der Bürgerkrieg hat ihn um den Verstand gebracht.«

Über die näheren Umstände schwieg ich mich aus.

»Etliche meiner Freunde haben ebenfalls ihr Leben verloren«, fuhr ich fort. »Die neue Regierung hatte das Ziel, die Opposition vollständig zu zerschlagen. Sie tat alles, um den Widerstand zu vernichten. Eine skrupellose Brutalität, die jeden Tag schlimmer wurde, Angst, Tod … Menschen verschwanden von einem Tag auf den anderen spurlos.«

Ich vertraute mich François an, als wolle ich mich von einer unerträglichen Last befreien, von all den Gedanken, die mich quälten, und allen Albträumen. Auch er öffnete sich mir. Ihn belastete der Tod seiner Frau.

»Sie war empfindsam, zu zart … So hat sie die Krankheit nicht überlebt.«

Während wir weitersprachen, erfuhr ich, dass er ebenso entsetzt wie ich über Monsieur Rubolinis Verhalten gegenüber seinen weiblichen Angestellten war.

»Sein Benehmen Frauen gegenüber ist schändlich«, erklärte ich und versuchte, meinen Zorn zu beherrschen.

François fand, ich solle sofort aus dem Hotel ausziehen. Um jeden Preis musste ich mich vor der Bedrohung durch ihn schützen. So konnte ich fliehen, dank diesem Mann, der mir wie durch ein Wunder über den Weg gelaufen war.

Noch am selben Abend verließ ich überstürzt das Hôtel du Port, umarmte meine Babette und versprach, ihr regelmäßig zu schreiben. Als ich durch den Haupteingang trat, ging mir auf, dass ich meine Blechdose mit all meinen Erinnerungen an Mallorca und meinem Rezeptheft in der Zwischendecke vergessen hatte. Aber es war zu spät, ich konnte nicht mehr umkehren. Ich ließ meine Vergangenheit hinter mir.

Ich dankte der guten Muttergottes dafür, meine Gebete erhört zu haben. An diesem Abend standen Milliarden Sterne am Firmament. Der Mistral hatte alle Wolken vom Himmel gefegt.

18. Kapitel

Sípia amb ceba – Tintenfisch mit Zwiebeln

Die Tintenfische waschen, trocken tupfen und die Haut abziehen. Den Tintensack und den Knorpel entfernen. Die Köpfe in Streifen schneiden und die Arme hacken. Zwiebeln schälen, in sehr feine Ringe schneiden und den Knoblauch zerkleinern. Tomaten mit kochendem Wasser übergießen, schälen und mit der Hand ausdrücken, um Flüssigkeit und Kerne zu entfernen. In einem Topf Olivenöl heiß werden lassen und darin den Tintenfisch, den Knoblauch und ein Lorbeerblatt anschwitzen. Abdecken und bei sehr schwacher Hitze eine Viertelstunde garen. Tomaten, Paprika und Zwiebeln hinzugeben. Wenn die Tintenfischstücke weich sind, fügt man die Rosinen und Pinienkerne hinzu. In eine Servierschüssel füllen und mit ein wenig Petersilie bestreuen.

Sóller, Mai 2017

Anaïs hatte sich am Flughafen ein Auto gemietet. So konnte sie sich einfacher auf der Insel fortbewegen. Sie hatte Jesús zwar mitgeteilt, dass sie kommen würde, aber sie wollte ihm nicht jeden Tag zur Last fallen und sich im Taxi von einem Dorf zum anderen fahren lassen. Dieses Mal hatte sie ein volles Programm. Sie wollte unbedingt Rocío, die alte Dame aus dem Club der Rosen, und María, Camilas Freundin, besuchen und ihnen von ihren neuesten Entdeckungen berichten. Wie würden sie darauf reagieren, dass Magdalena in Marseille noch einmal eine neue Liebe gefunden hatte? Anaïs hoffte, dass diese Nachricht Balsam für die Seele der alten Frau sein würde, die den Krieg erlebt hatte. Die Einzelheiten über die

Belästigung, die ihre Urgroßmutter in Monsieur Rubolinis Hotel erlebt hatte, in dem sie gearbeitet und ihre Keksdose mit Erinnerungen versteckt hatte, würde Anaïs allerdings für sich behalten …

Aber zuerst wollte sie Miquel wiedersehen. Seit der Landung zappelte sie schon vor Ungeduld.

Sie fuhr zur Finca. Der Motor brummte unter der Haube, während Anaïs die Insel durchquerte. Schließlich erblickte sie Sóller, das wie ein Balkon zum Mittelmeer wirkte und von Oliven- und Orangenbäumen eingerahmt wurde. Die Bergflanken waren von horizontalen, wie Narben wirkenden, schlangenförmigen Linien durchzogen: Terrassen aus Trockenmauern, die aus diesem kargen Land einen einzigen Obst- und Gemüsegarten gemacht hatten.

Hinter einer Kurve erstreckte sich die Finca vor dem Hintergrund dieser Landschaft. Bei der Vorstellung, mit Miquel an ihrer Seite einige Tage auf dem Gut zu verbringen, spürte Anaïs, wie ihr Herz schneller schlug. Innerlich zitterte sie. Als sie vor dem Tor ankam, erwartete Miquel sie mit einem Lächeln auf den Lippen. Er trug ein T-Shirt mit Knopfleiste, das seine Schulter- und Brustmuskeln erahnen ließ. Anaïs errötete und wandte sofort den Blick ab. Sie parkte ihren Wagen auf einem Nebenweg im Schatten einer Palme, die sich nach vorn neigte, sodass ihre Wedel, die wie ein hübsches Federbüschel wirkten, die Sonne abwehrten. Miquel öffnete das Tor und streckte Anaïs die Hand entgegen.

»Noch einmal willkommen«, flüsterte er ihr zu und küsste sie zaghaft auf die Wange.

Anaïs beglückwünschte ihn zu dem Qualitätssiegel für seine Orangen und überreichte ihm eine Schachtel Macarons, die sie aus Paris mitgebracht hatte. Sie hatte sehr darauf geachtet, sie nicht zu zerdrücken, was nicht einfach gewesen war.

»Dein Garten ist aber aufgeblüht!«

Eine ziemlich alberne Bemerkung, dachte sie sofort. Der

Umstand, dass sie nach zwei Monaten wieder allein mit Miquel auf der Finca war, machte sie nervös. Doch Miquel schien das Kompliment zu erfreuen.

»Die letzten Winterregen haben die Erde aufgelockert, und das hat den Pflanzenwuchs gefördert. Hier sagt man, der Mai sei der Monat der Farbe, der Liebe, der Musik und des Lächelns.«

Seine Feinfühligkeit rührte sie. Er schlug vor, ihr Gepäck hinauf in das Gästezimmer zu bringen. Dort angekommen fielen ihr die mit Spitzen abgesetzten Baumwollkissen auf, von denen eine ganze Reihe auf dem gehäkelten Überwurf des Betts lag. Sie schufen eine nostalgische Atmosphäre, die an vergangene Zeiten erinnerte.

»Ich lasse dich allein, damit du dich einrichten kannst. Ich fahre in die Stadt. Du hast ja meine Nummer, nur für den Fall …«

Anaïs nickte und bedankte sich bei ihm.

Als sie ein wenig später in die Küche hinunterging, bemerkte sie dicke gelbe Zwiebelzöpfe, die zum Trocknen aufgehängt waren und wie eine schwere bernsteinfarbene Girlande wirkten. Sie öffnete die Tür zum Garten. Die Vögel zwitscherten. In der Ferne zeichneten sich die Felsgipfel scharf vor einem strahlenden Himmel ab. Rund um das Haus wuchs eine Kaktushecke, deren Glieder so miteinander verschlungen waren, dass sie es vor dem Wind schützten wie eine Mauer. Die Palme, die Anaïs' Wagen beschattete, neigte sich von ganz allein, ohne dass eine launische Brise ihre Wedel störte.

Am Nachmittag unternahm Anaïs einen Ausflug zum zentralen Platz von Sóller. Auf dem Rand des Springbrunnens saß María und wartete geduldig auf sie. Um diese Tageszeit brannte die Sonne sengend vom Himmel. Sobald sie Anaïs sah, umarmte sie sie herzlich, als würden sie sich schon seit Ewigkeiten kennen.

»Wie geht's dir?«

Anaïs öffnete den Mund, um zu antworten, doch María schnitt ihr sofort das Wort ab.

»Wie man hört, logierst du beim Besitzer der Finca!«

Ihr verschwörerisches Zwinkern machte Anaïs klar, dass Camila geplaudert hatte. Unter Frauen verbreitete sich Klatsch so schnell!

»Ja, aber du brauchst gar keine Spekulationen anzustellen«, gab sie zurück und verdrehte die Augen.

»Ich spekuliere nicht, das war eine Feststellung ... und du strahlst so«, erwiderte María lachend.

Dann sprachen die beiden jungen Frauen von Magdalena, und Anaïs erzählte María die Fortsetzung ihrer Geschichte.

»Das ist ja ein richtiger Roman!«, meinte María begeistert. »Mit deinen Nachforschungen kommst du noch auf die erste Seite des *Diario de Mallorca* ... das ist unsere Lokalzeitung.«

»Aber einige Rätsel muss ich noch lösen ...«, seufzte Anaïs.

»Ich bin mir sicher, Miquel wird dir helfen«, zog María sie auf und warf dabei einen Blick auf ihre Uhr. »Verflixt, ich muss leider los. Ich habe gar nicht bemerkt, wie schnell die Zeit vergangen ist«, erklärte sie ihr. »Ich werde bei meiner Familie in Bunyola erwartet. Bis ganz bald, meine Schöne!«

Nachdem Anaïs ihrer neuen Freundin nachgewinkt hatte, trat sie in einen hübschen Laden für Wohnaccessoires, eines dieser Geschäfte, die man nie mit leeren Händen verlässt. Sie kaufte eine Tischdecke, die aus alten Gardinen und Unterröcken genäht war – ein hübsches Stück, das leicht in ihren Koffer passen würde. Anaïs liebte antike Textilien, alte Stoffe und Stücke aus der Vergangenheit, die eine Seele hatten. Sie stellte sich schon vor, wie sie die Decke auf den Esstisch ihres Apartments in Paris legte und ihrer Wohnung damit eine sanfte, romantische Stimmung verlieh, die sie zu einem behaglichen Zufluchtsort vor der Hektik der Außenwelt machte.

Dann ging Anaïs an den Straßenbahnschienen entlang zum

Bahnhof. Der Anblick der Gleise lud sie zu einer Reise in die Vergangenheit ein. Sie setzte sich auf die Brüstung, die den Bahnsteig umgab, und ließ die Beine über dem stillgelegten Gleis baumeln. Wie hatte ihre Urgroßmutter nur das Geheimnis ihres Lebens in Sóller bewahren können? Warum hatte sie nie etwas über ihre Vergangenheit erzählt? In diesem Moment fehlte Magdalena ihr sehr. Sie hätte alles darum gegeben zu sehen, wie sie hier vor Jahrzehnten an diesem Ort gelebt hatte. Sie meinte zu hören, wie die Türen der Holzwaggons zugeschlagen wurden, und das Leben, wie es hier in Sóller in den 1930ern gewesen war, lief wie ein Schwarz-Weiß-Film vor ihr ab.

Wieder auf der Finca angekommen, wollte Anaïs einen Rundgang durch den Garten unternehmen, um von der Anhöhe der Orangenplantage aus die Landschaft zu bewundern. Sie rückte ihren Hut gerade, den der Wind auf ihren offenen Haaren verschoben hatte. Die Sonne brannte immer noch. Anaïs lehnte sich an einen glatten Baumstamm und gönnte sich eine kleine Pause, um frische Kraft zu sammeln. Da sah sie die Gartenhütte, beschloss hinüberzugehen und stieß neugierig die Tür auf. Im Inneren lehnten neben einer verrosteten Schubkarre Gartenwerkzeuge an einer Steinwand. Die Regenstiefel, die Miquel ihr geliehen hatte, standen unter einem von Spinnweben überzogenen Regal. Darüber hing eine alte Flinte wie eine Trophäe. Anaïs nahm sie vorsichtig herunter und ging auf das Eingangstor der Finca zu.

»Willst du mich umbringen?«

Sie fuhr zusammen, als sie Miquel sah, der ihr entgegenkam.

»Wenn, dann wird nichts daraus. Es ist nämlich nicht geladen. Pass aber trotzdem auf damit, es ist eine altes Relikt, und ich hänge sehr daran.«

Sein Lächeln ließ ein Netz winziger Fältchen um seine Augen erscheinen.

»Wie hast du es gefunden?«, erkundigte sich Anaïs.

»Ein Traktor hat es freigelegt, als ich vor zwei Jahren neue Orangenbäume gepflanzt habe. Es stammt aus dem Bürgerkrieg.«

Miquel erinnerte sich noch, wie er die Flinte unter einem Haufen aus Erde, Unkraut und trockener, zerbröckelter Rinde entdeckt hatte, aus dem der unbeschädigte Kolben des Gewehrs geragt hatte.

»In Magdalenas Blechdose war eine Gewehrkugel ...«

Wortlos ging sie voran zu ihrem Zimmer und bedeutete Miquel, ihr zu folgen. Sie legte die Bluse beiseite, die sie auf ihrem Koffer ausgebreitet hatte, und zog ein Beutelchen hervor, in dem sie die Kugel bewahrte. Rasch lud Miquel das Gewehr mit der Munition.

»Das exakt passende Kaliber ... Sehen wir nach, ob sie identisch mit den Kugeln ist, die noch in dem Gewehr steckten, als ich es gefunden habe.«

Anaïs lief hinter Miquel zurück in den Eingangsbereich des Hauses. Dort zog er die Schublade eines Schranks auf, der offenbar dazu diente, allerhand Krimskrams unterzubringen. Er hob Papiere hoch und zog zwischen Büroklammern und gebrauchten Batterien eine Gewehrkugel hervor. Sie verglichen sie mit der von Anaïs und stellten fest, dass sie absolut identisch waren.

»Das Gewehr muss Diego gehört haben«, flüsterte Anaïs und erzählte Miquel dann alles, was sie herausgefunden hatte.

Am Nachmittag des nächsten Tages war Anaïs auf einer schmalen Straße zu einem etwas entlegenen Ort an der Küste unterwegs. An einigen Stellen war die Fahrbahn so eng, dass zwei Busse kaum aneinander vorbeikamen. Als ein Fahrer sie mit einem Hupkonzert überholte, brach Anaïs der kalte Schweiß aus.

Wahrscheinlich ist er weniger an der Schönheit der Landschaft interessiert als ich, dachte sie.

Im Schatten von blühendem Oleander fuhr sie an Mauern vorbei, hinter denen überbordende Gärten lagen, und dann erblickte Anaïs zwischen den Kiefern das ferne Meer, das so kobaltblau war, dass es in der Sonne glitzerte. In den Tälern versteckten sich einige verschlafene Kapellen.

Anaïs parkte und schlug einen Weg ein, der in Serpentinen zwischen den Felsen aufwärts führte. Dann ging sie auf einem kleinen, von Kiefern gesäumten Pfad weiter, der einen Ausblick auf das Mittelmeer bot. Hundert Meter unter ihr schien das Meer zu beben. Mit dem Wind wechselte es die Farbe von Türkisblau zu Smaragdgrün. Anaïs war wie verzaubert angesichts dieser regelrecht überirdischen Schönheit, denn das Blau des Himmels floss mit der Farbe des Meeres zusammen, das nur durch das Kielwasser der Boote gestört wurde. Miquel hatte sich an dieser Stelle, die sie noch nicht kannte, mit ihr verabredet. Er hatte sie nicht begleiten können, da er einen geschäftlichen Termin am anderen Ende der Insel gehabt hatte.

Wir treffen uns am Anfang des Wanderwegs, hatte er ihr per SMS geschrieben. Dort wartete sie, an einen Baumstamm gelehnt, als er zwei Minuten später strahlend aus dem Wäldchen trat.

»Wir gehen nach Cala Tuent, einer kleinen Bucht, die von der sommerlichen Touristenmeute verschont bleibt. Hoffentlich bist du schwindelfrei«, zog er sie auf. »Dieses Mal, so ohne hochhackige Schuhe, siehst du beinahe aus wie eine Einheimische.«

Beleidigt schlug Anaïs ihm leicht gegen die Schulter. »Pass bloß auf, ich besitze jede Menge verborgene Talente.«

»Da bin ich mir ganz sicher, Señorita!«

Nachdem sie eine knappe Viertelstunde lang hinuntergestiegen waren, erreichten sie eine weitere Baumgruppe, die so schattig war, dass sie die Sonnenstrahlen linderte, aber Miquel und Anaïs trotzdem nicht den Blick auf die Bucht versperrte. Die Terrassengärten erstreckten sich bis zum blauen Meer hinunter. Die Brise der See trug zarte blumige Düfte heran. Weiter unten war die türkisblaue Bucht von schroffen Felswänden umgeben. Das Wasser lief in die Bucht und benetzte die Kieselsteine und Felsen, während sich die Sonne im leicht bewegten Meer spiegelte. Die Aussicht, in diesem warmen, vollkommen klaren Wasser zu schwimmen, beflügelte Anaïs, der mittlerweile die Füße schmerzten. Miquel führte sie auf einen letzten Maultierpfad, der bei Wanderern sehr beliebt zu sein schien, und sie erreichten die Cala, die Bucht. Miquel strahlte geradezu von innen heraus. Er rieb sich die Hände, um seine fröhliche Stimmung zum Ausdruck zu bringen. Von ihrer ersten Begegnung an hatte Anaïs diese fast kindliche Geste bemerkt und gemocht. Sie stand in völligem Gegensatz zu der ernsten Miene, die er aufsetzte, wenn er sich Gedanken über seine mit Hochdruck geführten Geschäfte machte. Ein paar seiner Charakterzüge kannte sie schon. Er war spontan, aber Anaïs fragte sich, ob er ein Mann war, der viele Frauen hatte und sich ständig ins Abenteuer stürzte, oder jemand, der von seinem Wesen her zu Fleiß, Mäßigung und Treue neigte. Tief im Inneren wünschte sie sich, Letzteres wäre der Fall.

»Gehst du mit mir tauchen?«, fragte er und warf ihr die Maske und den Schnorchel zu.

»Ist das ein Vorschlag oder ein Befehl?«

»Ich glaube, viel anderes bleibt dir nicht übrig. Du wirst schon sehen, unter Wasser ist es herrlich.«

Er blinzelte ihr zu und zog sein T-Shirt aus. Zum ersten Mal sah Anaïs ihn mit nacktem Oberkörper. Sie versuchte, seine definierten Muskeln nicht allzu sehr anzustarren. Doch sein Spiegelbild leuchtete ihr auf der Wasseroberfläche entgegen. Seine Bauchmuskeln wirkten wie gemeißelt. Zum Glück kaschierte ihre Sonnenbrille ihren etwas zu neugierigen Blick, besonders auf seinen straffen Hintern. Bei dem Gedanken musste sie ein Grinsen unterdrücken. Eilig knöpfte sie ihr Kleid auf und ließ es über die Hüften hinuntergleiten, sodass ihr Badeanzug zum Vorschein kam. Währenddessen ließ Miquel sie keine Sekunde lang aus den Augen.

Gemeinsam traten sie in das türkisblaue Wasser und glitten über die glatten Kiesel. Das Meer erfrischte ihre heiße Haut. In der Ferne sahen sie Boote, die in der kleinen Felsbucht festgemacht waren und auf dem blauen Wasser sanft hin und her schaukelten. Die Meereswogen schillerten in der Sonne, und über allem wehte der Tramontana und blähte die weißen Segel der Boote. Eine herrliche Postkarten-Idylle.

»Optimal zum Tauchen! Das Wasser ist ja kristallklar«, meinte Anaïs begeistert und ließ das Nass zwischen ihren Fingern hindurchlaufen.

»Ja, das liegt an einer Wasserpflanze, dem Neptungras. Sie ist der Grund für die Sauberkeit und die Qualität unseres Meerwassers und stellt das größte Ökosystem des Mittelmeers dar.«

Miquel bedeutete ihr, den Schnorchel aufzusetzen und ihm unter Wasser zu folgen. Das Riff wimmelte von kleinen Fischen, die zwischen den algenbewachsenen Felsen und den kleinen Korallen schwammen, und das Blau des Himmels spiegelte sich in dem klaren Wasser. Miquels Bein streifte Anaïs' Schenkel, und ein Schauer durchfuhr sie. Mit einem Mal nahm er ihre Hand und deutete nach rechts. Ein kleiner Tintenfisch hing an einer Felswand. Sie hatte noch nie einen gesehen, jedenfalls keinen lebendigen.

Als sie den Kopf aus dem Wasser streckte, kniff sie, geblendet von dem grellen mediterranen Licht, die Augen zusammen.

»Htsch … ss … dschh … gff?«

Miquel hatte vergessen, den Schnorchel aus dem Mund zu nehmen und eine unverständliche Frage genuschelt. Anaïs schüttelte sich vor Lachen. Er nahm seine ganze Tauchausrüstung ab und warf seine dunkle Mähne mit einer Kopfbewegung zur Seite, die sie ziemlich sexy fand.

»Entschuldigung. Hat es dir gefallen?«

»Das war überwältigend, danke sehr.«

Vom Meer aus konnten sie die malerischen Dörfer der Serra de Tramuntana sehen, die sich an die Hänge des Gebirges klammerten. Wilde Olivenbäume hielten sich an Felswänden fest, die so rissig waren, dass in ihren Spalten Zwergpalmen wuchsen. Weich fielen die Hügel zum Meer hin ab.

Nach ihrem Tauchgang streckten sich Anaïs und Miquel nun nebeneinander auf ihren Strandtüchern aus, und Anaïs beobachtete, wie das Wasser aus Miquels dunklem lockigem Haar tropfte. Wortlos genossen sie diesen ruhigen Moment, der aus der Zeit gefallen zu sein schien. Die riesigen Bauprojekte und der Massentourismus, die Miquel so hasste, waren der Bucht und ihrer Naturschönheit bisher erspart geblieben. Hier hing noch ein Zauber über der atemberaubenden Landschaft zwischen Meer und Gebirge, die wie durch ein Wunder bis heute unberührt war. In der Ferne ragten hellbraune und weiße Felsformationen aus dem Meer, an denen sich die Wellen brachen. Anaïs sammelte ein paar Kieselsteine auf, die hier und da in kleinen gleichmäßigen Häufchen lagen und eine leicht raue Oberfläche besaßen. Manche gefielen ihr wegen ihrer flachen Form, die angenehm in der Hand lag. Diese ließ sie über die Wasseroberfläche springen.

»Beim nächsten Mal nehme ich dich mit in eine von der Erosion geschaffene Meeresgrotte«, sagte Miquel plötzlich. »Tauchst du gern ohne Sauerstoff?«

»Eher nicht. Ich habe Angst vor dem Ersticken!«

»Keine Sorge, ich reanimiere dich schon.«

Sie lachte auf, und dann stellte sie sich vor, wie Miquel sie von Mund zu Mund beatmete. Hier, am Strand, empfand sie die Sehnsucht danach, ihn zu umarmen und zu küssen, immer stärker. Die Luft zwischen ihnen war wie erotisch aufgeladen, und Anaïs' Fantasie überschlug sich. Sie träumte davon, dass er sie in seine Arme ziehen würde. Ihr Blut floss schneller, ihr Herz pochte. In all ihre Empfindungen mischte sich etwas noch nie Dagewesenes. Als sie den Kopf wandte, sah sie, dass er sie anschaute und den Blick auf ihre Lippen richtete. Doch in dem Moment, indem sich sein Gesicht dem ihren näherte, jaulte in der Ferne eine Sirene auf.

Die beiden hoben die Köpfe. In einem Boot stand ein Mann und winkte.

»Das ist Javier. Ist es denn schon sechs? Ich habe gar nicht bemerkt, wie die Zeit verflogen ist. Er bringt uns zum Hafen zurück.«

Seit ihrem Streit hatten sich Javier und Miquel bei einem Glas Wein wieder versöhnt. Ihre Freundschaft war so stark, dass es gar nicht infrage kam, nie wieder miteinander zu reden. Nachdem sie sich beiderseitig mit Entschuldigungen überboten hatten, hatten sie den Abend mit einigen selbst gesungenen mallorquinischen Liedern ausklingen lassen.

»Dies ist wirklich eine Insel, auf der die Sonne länger scheint …«, meinte Anaïs träumerisch. »Und mein Auto?«

»Keine Sorge, das holen wir morgen.«

Sie nickte, sammelte ihre Sachen ein und verfluchte dabei diesen Mann, der sie um den ersten Kuss von Miquel gebracht hatte.

Zu allem Überfluss feierten sie am selben Abend noch mit Javier und anderen Freunden aus der Gegend die Verleihung des Qualitätssiegels für die Orangen aus Sóller. Schade, heute steht keine Romantik auf dem Programm, dachte Anaïs.

Miquel hatte im Garten der Finca ein Feuer angezündet und grillte Fisch und Garnelen. In den Bäumen hingen Lichterketten. Die Gerüche von Holz, Meeresfrüchten, Salz und feuchtem Stein hingen in der Luft. Vor einigen Steinen standen Kerzen, deren Licht sich in das des Feuers mischte.

»Diese Insel ist wirklich schön, nicht wahr?«, fragte einer der Freunde stolz.

Anaïs nickte und ließ die Eiswürfel in ihrem Tinto de verano kreisen, einer Art Sangría, die Miquel mit Scheiben von

Zitrusfrüchten zubereitet hatte. Am Horizont sank die Sonne und übergoss die Orangenplantage mit rötlichem Licht.

»Damit die Insel einem schenkt, was man von ihr erwartet, muss man sich ihr nähern und lauschen und fühlen, sie berühren, alles ansehen, ohne der Sache überdrüssig zu werden«, erklärte Miquel und strich mit der Handfläche über eine Orange.

Er wollte auf dieser Insel, die es fertiggebracht hatte, ihren uralten Charakter und das Erbe unterschiedlicher Kulturen zu erhalten, die Natur in ihrem ursprünglichen Zustand bewahren.

»Seit Jahren kämpfen wir dafür, dass es so bleibt. Und die UNESCO hat die Serra de Tramuntana zum Welterbe der Menschheit erklärt. Darauf sind wir sehr stolz!«, rief Javier und hob sein Glas.

Die kleine Gruppe anwesender Gäste tat es ihm nach und ließ die Gläser harmonisch aneinanderklingen. Hinter ihnen lag ein dicht mit Efeu bewachsener Säulengang, dessen üppiges Grün die Terrasse abkühlte. Es war dunkel geworden, und die Nacht war erfüllt von einem Geruch nach Erde und dem Zitronen- und Orangenduft, der von den Bäumen aufstieg. Die Lampen warfen gelbliche Lichtkreise, die die Gesichter der Tischgesellschaft beleuchteten.

Am Horizont erahnte Anaïs die dunklen Gipfel der Serra de Tramuntana. Die Emotionen des Tages gingen ihr noch immer im Kopf herum. Hatte sie nur geträumt, dass er sie in dieser Bucht hatte küssen wollen? Sie hatte schon die wachsende Vertrautheit zwischen ihnen gespürt, aber weiterzugehen … Während die Gäste sich unter den Bäumen, deren Kronen sich elegant miteinander verschlangen, ihren Tellern widmeten, sahen Anaïs und Miquel einander lange in die Augen.

Als alle gegangen waren, streckte sich Anaïs mit einem weichen Kissen unter dem Kopf auf einem Liegestuhl aus. In der ruhigen, heiteren Nacht wirkte das Gut wie ein friedlicher

Hafen. Der Erbauer des Steinhauses musste geglaubt haben, es sei für die Ewigkeit errichtet. Jetzt hing ein Geruch nach Citronella und Kerzenwachs über dem Garten. Miquel küsste sie auf die Stirn und zog sich dann zurück. Anaïs verbrachte noch längere Zeit auf der Terrasse und überließ sich dem Behagen der angenehmen Wärme. Entzückt betrachtete sie den Sternenhimmel, lauschte den Geräuschen der Nacht – dem unaufhörlichen Quietschen der Feldmäuse, den Glöckchen der Esel und Maultiere, welche die Nacht auf der Weide verbrachten, dem Ruf einer Eule, dem Summen einer Biene – und ließ ihrer Fantasie freien Lauf. Hatte Magdalena all das in ihrer Jugend auch gehört? Sie, die später so viele dunkle Nächte erlebt hatte …

Anaïs verbrachte lange Zeit zwischen Schlafen und Wachen – ihr Schlummer kam und ging wie das ferne Rascheln des Windes in den Bäumen. Dann surrte eine Stechmücke an ihrem Ohr vorbei. Sie schlug danach und beschloss, zurück ins Haus zu gehen. Während sie im Halbdunkel durch den Garten lief, erblickte sie Glühwürmchen. Sie hatte diese kleinen leuchtenden Insekten noch nie gesehen.

Im Haus schlich sie auf leisen Sohlen zurück zu ihrem Zimmer und passierte Miquels Tür. Darunter fiel ein Lichtschein nach draußen. Anscheinend konnte er auch nicht schlafen.

19. Kapitel

Marseille 1938

Der angenehme süße Duft des Gebäcks zog auf die Straße hinaus. Ich strich zärtlich über meinen runden Bauch und leckte dabei Teig von meinem Holzlöffel. Dann steckte ich mir ein paar bezaubernde sternförmige Orangenblüten in das lange Haar. Im Lagerraum türmten sich Mehlsäcke und Schmalz, die wir bei dem mallorquinischen Feinkostladen bestellten. Die Backöfen befanden sich im Erdgeschoss. François trat durch die Tür des Café de l'Ensaïmada und küsste mich auf die Stirn. Es war so früh, dass ich noch keine Kundschaft bediente. Er hatte ein elegantes Äußeres, war groß und muskulös und zudem außerordentlich liebenswürdig. Wenige Monate nach der Eröffnung der Konditorei, in die er alle seine beruflichen und privaten Hoffnungen steckte, hatte er um meine Hand angehalten. Die Hochzeit war ganz anders verlaufen als meine erste mit Jaime. Da wir beide verwitwet waren, hatten wir die Zeremonie so einfach wie möglich gehalten. Doch wir waren glücklich miteinander. Wie er mir später gestand, hatten ihn meine jugendliche Kraft und Frische gerührt, die ich mir erhalten hatte, obwohl ich schon so viel ertragen musste, und er bewunderte meinen Mut und meinen starken Charakter. Zudem hatte er akzeptiert, dass ich vor ihm schon einmal verheiratet gewesen war. In Marseille wusste außer ihm niemand etwas Genaues über meine Vergangenheit. In der Presse wurde häufig über den spanischen Bürgerkrieg berichtet, und man bedachte mich mit mitfühlenden, sogar tröstenden Bemerkungen. Doch ich hielt mich nie bei den schmerzlichen Erinnerungen auf, und niemand wagte, mir Fragen zu dem Thema zu stellen. Ich hatte einen Schlussstrich unter mein altes Leben gezogen und baute mir nach und nach ein neues auf.

Wir hatten erfolgreich dafür gesorgt, dass Monsieur Rubolini die Leitung des Hôtel du Port verlor. Die Anwälte, Freunde von François, hatten den Prozess gegen ihn gewonnen – zahlreiche weibliche Angestellte hatten Klage erhoben. Allerdings war er nicht zu einer Gefängnisstrafe verurteilt, sondern nur seiner Stellung enthoben worden. Die Entscheidung des Richters lag mir immer noch schwer im Magen. Ganz offensichtlich war er nicht unparteiisch gewesen. Ich dachte an die jungen Frauen wie mich, die ihm naiv in die Falle gegangen waren. Er hatte es sich zur Gewohnheit gemacht, sie direkt am Alten Hafen oder in den Armenvierteln aufzulesen. Zumindest hatten wir die Frauen gerettet, die nach uns kamen, und das war schon ein kleiner Sieg.

Auch in der Konditorei lernte François sehr schnell meine Eigenschaften zu schätzen, sowohl beim Bedienen der Kunden als auch bei der Führung des Geschäfts. Ich schrieb die Rechnungen und war für die Außendarstellung zuständig. Man musste sich der Herausforderung durch die Konkurrenz stellen. In der Konditorei hatte ich eine ehrliche Arbeit gefunden, durch die sich meine Hoffnung auf ein neues Leben erfüllen konnte. Unser Kind, das in meinem Leib heranwuchs, war ein leuchtendes Symbol für diese Wiedergeburt. Inzwischen gab ich Orangenblütenhonig an mein Gebäck. Er war leicht, frisch und schmeckte nach Frühling, Hoffnung und Erneuerung. Die Kunden überschlugen sich mit Lob und gratulierten mir ständig. Es war ein Wunder, das wiedergefunden zu haben, für das ich mich in meinem Leben am leidenschaftlichsten begeisterte: die Ensaïmadas. François schenkte mir ein wunderbares, echtes und strahlendes Glück. Ich lebte in der Vergangenheit, der Gegenwart und der Zukunft zugleich. Die Gegenwart spielte sich vor meinen Augen ab, doch die Vergangenheit war durch die schweren Verletzungen, die sie mir zugefügt hatte, nicht ausgelöscht; und meine Zukunft sah immer heller aus.

An diesem Tag setzte ich einen breitkrempigen Hut aus durchbrochenem Stroh auf, um einen Spaziergang in die Stadt zu unternehmen. Auf der Place aux Huiles herrschte dichtes Gedränge, und der Mistral dämpfte den grellen Sonnenschein. Ich ging zur malerischen Hauptstraße hinunter, in der es immer lebhaft und angenehm zuging. Dort reihte sich ein Laden an den nächsten, und die Verkäufer priesen lautstark ihre Waren an. Man konnte sogar Käfige sehen, in denen Kaninchen im Kreis hoppelten. Auf diesem Markt gab es wirklich alles. Ich passierte den Laden, der Anglerbedarf anbot und dessen Schaufenster mit Angelhaken, Krabbennetzen und Angelspulen geschmückt war. Ein Stück weiter wiegten sich Bügel mit geblümten Kleidern und bunt gemusterten Blusen elegant im Wind. Die Menschen drängten sich, um ein Schnäppchen zu ergattern. In einer dunklen Ecke küsste sich ein verliebtes Paar. Ein Passant stieß einen Pfiff aus, als er die beiden sah, doch ein Gitarrenspieler, der gegenüber auf dem Gehweg saß, klimperte weiter seine Melodie. An einer Mauer rann aus einem Eisenrohr ein dünner, müder Wasserstrahl, unter dem sich ein kleiner Vogel aufplusterte. Ich erinnerte mich noch daran, wie sich auf den Straßen von Sóller die Karren gedrängt hatten. Sie wurden von den Bauern aus der Umgebung gelenkt und quollen über vor Gemüse und Obst, die die Begierde und der Genuss der Feinschmecker waren. Auch an meinen allmorgendlichen Gang zur Konditorei erinnerte ich mich, wenn die Luft noch frisch war und die Sonnenstrahlen durch das Laub der Platanen fielen.

Mit einem Mal brachte ein Windzug meine Frisur durcheinander. Ein Kind, das aus einer Gasse gerannt kam, hatte mich angestoßen und meinen Traum zerstreut.

Kurz darauf zog ein Stoffgeschäft meine Aufmerksamkeit auf sich, vor allem mit weißen und beigefarbenen Spitzen. Ich unternahm einen kleinen Gang durch die Kurzwarenabteilung und betrachtete die braunen, grünen, grauen oder honiggelben Wollknäuel, die Kissen, in denen Dutzende von Nadeln steckten, Häkelnadeln, Fingerhüte und andere feine Instrumente, um wunderbare nutzlose Kleinigkeiten zu fertigen. An diesem Tag kaufte ich Garn, um das erste Hemdchen für mein Kind zu stricken.

Der Sommer hatte seinen Reiz – er schien die Luft und die Herzen zu wärmen. Ich liebte es, wie die Sonne die Straßen in eine Mischung aus Staub und grellem Licht verwandelte. Ich verließ die Hauptstraße und verlor mich in einem Labyrinth aus kreuz und quer verlaufenden Gassen, wo die Wäscheleinen wie die Takelage der Schiffe im Hafen zwischen den Häusern hingen, als ich ihn erblickte …

Er war wirklich da, ein paar Meter von mir entfernt, mit einer Zigarre zwischen den Lippen. Gemütlich saß er in einem Café und mischte sich in alle Diskussionen ein. Wie es seine Gewohnheit war, zeigte er sich freundlich gegenüber jedermann und spendierte allen Wein und Zigaretten. Mit seinem sympathischen Auftreten gewann er rasch das Vertrauen seiner Gesprächspartner. Er fing meinen Blick auf und verzog spöttisch die Mundwinkel. Dann vollführte er mit einem Finger eine Geste, als schneide er mir die Kehle durch. Vor Schreck fuhr ich zusammen und lief, so schnell es ging, nach Hause. Dabei presste ich das Körbchen mit der Wolle an meinen runden Bauch. Ich spürte, wie mir der Schweiß langsam den Rücken hinunterrann. Furcht überwältigte mich.

Außer Atem und völlig aufgelöst schloss ich die Tür zweimal hinter mir ab. Zufällig war François schon zu Hause und zog mich sofort in seine Arme. Ich schmiegte mich fest an seine Brust und hörte sein Herz schlagen. Es hämmerte nicht so schnell wie meines.

»Rubo… Rubolini.«

Ich konnte den Namen kaum aussprechen, so aufgewühlt war ich noch von dem, was ich gesehen hatte. Nachdem ich mich beruhigt hatte, erzählte ich ihm, was passiert war.

»Er gehört zur Unterwelt von Marseille, Magda …«, erklärte François mir mit müder Stimme. »Ich habe kürzlich davon erfahren, aber ich habe es dir vorenthalten, um dich nicht zu beunruhigen … Mit dem Baby weiß man nie.«

Zärtlich senkte er den Kopf und küsste mich auf die Wange.

»Diese Leute sind sehr gefährlich. Sie folgen ihren eigenen Gesetzen«, warnte er mich.

Da wurde mir erst klar, was Rubolini wirklich im Schilde führte: Er hielt im Hotel oder in Cafés die Ohren offen nach kompromittierenden Aussagen. Er war ein Denunziant. Die Feinde dieses »Milieus« wurden in Marseille gnadenlos niedergemacht. Während die Armen sich schlecht und recht mit einem Stück Brot und einer Ölsardine durchschlugen, stellte Rubolini seinen unrechtmäßig erworbenen Reichtum schamlos zur Schau. Er war ein ehrgeiziger Gauner, der das Gesetz verbog und überzeugt davon war, dass die physische und moralische Vernichtung seiner Gegner die Lösung war – der feste Grundsatz der Marseiller Unterwelt.

Nervös schlang ich eine Haarsträhne um den Finger.

»Wir haben Rubolini wegen seines ungehörigen Verhaltens Frauen gegenüber angezeigt!«, sagte ich zu François. »Bestimmt will er sich rächen. Warum hätte er mir sonst diese bedrohliche Geste gezeigt?«

Bei der Vorstellung überlief es mich kalt.

»Kann schon sein, Magda, aber ich habe Kontakte im Rathaus. Mach dir keine Gedanken …«

Er nahm meine Hand. Doch in seinem Blick nahm ich Zweifel wahr. Ich hatte schon gehört, dass diese »Paten« die Stadt beherrschten. Sie infiltrierten die politischen Kreise und setzten korrupte Beamte ein, um ihre illegalen Geschäfte zu betreiben. Wenn es Nacht wurde, wetteten sie in Barkellern, standen an Spielautomaten und amüsierten sich mit leichten Mädchen. Auf dem Markt sprach man über »Abrechnungen«, um das Verschwinden eines Nachbarn oder Cafébetreibers zu erklären. Diese Kriminellen taten sich zusammen und begingen Verbrechen, um sich zu bereichern oder Macht zu erlangen. Dabei konzentrierten sie sich auf Geschäfte, die hohe Gewinnspannen boten: Glücksspiel, Prostitution, Hotels. Sie gingen strategisch vor, unterstützten sich gegenseitig, kommunizierten verschlüsselt und versuchten, Mitgliedern ihres »Clans«, die in Schwierigkeiten gerieten, unter die Arme zu greifen. Ich konnte immer noch nicht glauben, dass Rubolini diesem Netzwerk angehörte.

An diesem Abend beschlossen wir, einen Spaziergang zu machen, um auf andere Gedanken zu kommen. Die Seeluft fuhr in mein Haar. Hand in Hand gingen wir an der Uferstraße entlang, die vom Vollmond erleuchtet wurde. Am blauschwarzen Himmel funkelten die Sterne. Ich sah auf das Mittelmeer hinaus, dieses Meer, das mich in der Kindheit begleitet, mich im größten Schmerz von sich gestoßen und mir jetzt neues Glück geschenkt hatte. Doch wie lange würde das währen?

Ich spürte eine unbestimmte Furcht tief im Inneren, etwas, was mir Angst einjagte. Als ich den Kopf an François' Schulter legte, spürte ich zum ersten Mal, wie das Baby sich bewegte. Augenblicklich verflogen meine negativen Gedanken. Wir waren in einem gemeinsamen Schicksal vereint und würden bald eine Familie sein. Unsere drei Herzen schlugen im Einklang.

20. Kapitel

Molls amb tomatiga – Rotbarben auf Tomate

Die frischen Fische ausnehmen. Zwiebeln in feine Ringe schneiden. Eine Knoblauchzehe schälen und zerdrücken, dann die Petersilie hacken. Tomatenwürfel ohne Öl anbraten und einmal wenden, um sie von allen Seiten zu rösten. In einem großen Topf die Rotbarben auf beiden Seiten braten. Nebeneinander auf das Bett aus Tomaten und Zwiebeln legen und ein wenig in die Soße drücken, damit sie die Aromen aufnehmen. Salzen und pfeffern. Mit Knoblauch und gehackter Petersilie bestreuen und mit Olivenöl übergießen. Heiß servieren.

Sóller, Mai 2017

Anaïs erwachte vom Tschilpen der Spatzen, die den Garten der Finca bevölkerten. Gestern hatte sie den Club der Rosen aufgesucht, um die alten Damen zu treffen. Diese waren so entzückt gewesen, sie zu sehen, dass sie nicht einmal Karten gespielt hatten.

»Erzählen Sie uns alles, was Sie herausgefunden haben!«, hatte Rocío sie gedrängt.

»Das ist eine lange Geschichte …«

»Wir haben Zeit!«, hatten die Damen im Chor ausgerufen und ihr aufmunternde Blicke zugeworfen.

Also hatte Anaïs mit ihrer langen Erzählung über Magdalena begonnen und dabei besonders ihre Liebesgeschichte mit François ausgemalt, von der die alten Damen nicht genug bekommen konnten.

Anaïs schlug ihre Bettdecke zurück und lächelte bei der

Erinnerung an die Begeisterung der Frauen. Ihre Fröhlichkeit hatte Anaïs das Herz gewärmt.

»Nach dem Elend des Krieges kommen auch wieder frohe Tage«, hatte Rocío geschlossen und verschwörerisch geblinzelt.

Nun kletterte Anaïs endgültig aus dem Bett. Hinter den Fensterläden ihres Zimmers nahm sie ein weiches, orangefarbenes Licht wahr, das zwischen den Bäumen zu tanzen schien. Als sie ihr Fenster öffnete, stellte sie fest, dass die Sonne schon auf die steinernen Fassaden des Hauses fiel. Sie überlegte es sich anders und ließ die Läden halb geschlossen, um die Kühle der vergangenen Nacht zu bewahren. Mit den Sandalen in der Hand, um keinen Lärm zu machen, stieg sie die Treppe hinunter. In der Küche umfing sie der Duft von heißem Kaffee. Miquel war nicht da. Bestimmt arbeitete er seit dem frühen Morgen in den Orangenfeldern. Während sie frühstückte, spürte sie plötzlich, wie ihr jemand leicht auf die Schulter tippte, und war verblüfft.

»Gut geschlafen? Ich habe Orangenbäume beschnitten und mache jetzt Pause. Sollen wir zusammen in die Stadt fahren?«

Anaïs lächelte. Miquels Vorschlag gefiel ihr sehr gut.

Unterwegs bewunderten sie die sich ständig verändernden Farben der Landschaft, ohne ihrer überdrüssig zu werden. Eine schwache Brise ließ Anaïs' Haare wehen. Sóller lag da wie ein Blumenmeer. Üppige fröhliche Blumenkästen mit Geranien hingen vor den Fenstern der Häuser. Langsam stiegen Miquel und Anaïs die mit Grünpflanzen bestandenen Treppen hinauf. Manche Häuser waren mit Azulejos geschmückt – den traditionellen Kacheln –, die Heilige darstellten. Sie luden die Passanten zur Besinnung ein und symbolisierten die Hoffnung auf göttlichen Schutz; auf eine Hand, welche die Insel segnete. Anaïs sprach lautlos ein kurzes Gebet und dachte an ihre Urgroßmutter, die täglich über diese Wege gegangen war und sich bestimmt davor bekreuzigt hatte. An der Kirche hatten einige ältere Frauen Tische vor ihren Haustüren aufgestellt und verkauften ihre selbst gemachten Orangen- und Zitronenmarmeladen. Kurz darauf erreichten Miquel und Anaïs die ersten Geschäftsstraßen. Der leichte Wind ließ die Ladenschilder hin- und herschwingen, die in ihren Scharnieren knarrten. Wie immer herrschte in den Straßen bereits fröhliches Treiben.

Auf dem Markt angekommen, blieben sie gemeinsam vor einem Stand stehen und begannen ein Gespräch mit der Händlerin.

»Es sind wahre Paradiesäpfel. Es gibt Klettertomaten, und andere wachsen am Meer und schmecken leicht salzig. Roma-Tomaten sind süßer und saftiger. Man isst sie im Salat oder hängt sie in der Küche auf, um sie zu trocknen.«

Die Einwohner von Sóller genossen es sichtlich, anderen ihre Region und ihre Schätze schmackhaft zu machen. Schon bei Anaïs' erstem Besuch hatten sie mit dieser Leidenschaft ihr Herz erobert. Und heute liebte sie diesen Ort noch aus anderen Gründen …

Miquel ließ sich von der Verkäuferin überzeugen und kaufte einen Zweig Tomaten, um sie beim Frühstück auf seinem Pa amb oli – Brot mit Olivenöl – zu probieren, das Anaïs immer wieder verblüffte. Dazu röstete er Brotscheiben, gab ein paar Tropfen Olivenöl darauf und rieb sie dann mit einer halben Tomate ab, um sie schließlich in seinen Kaffee zu tunken. Ein typisch mallorquinischer Brauch.

Sie gingen weiter zum Stand des Fischhändlers, der ein traditionelles Fischerlied sang: »*Te conozco bacalao, aunque vengas dizfrazao*« – ich erkenne dich, Stockfisch, auch wenn du dich verkleidest. Anaïs musste lächeln. Die Inselbewohner sprachen Spanisch ebenso gut wie Mallorquinisch und wechselten häufig zwischen den Sprachen. Es kam sogar vor, dass sie mitten im Satz umstiegen, und dann musste Anaïs sich doppelt konzentrieren, um sie zu verstehen …

Eine alte Frau, die eine blau karierte Schürze trug, sprach den Fischverkäufer an: »War der Fang heute gut?« Sie zwinkerte Anaïs zu. »Das ist José, er hat viele Kunden. Er ist der Beste hier, vor allem wegen seiner Krabben! Aber bei seinem anderen Fisch kann er es nicht leiden, wenn man versucht, mit ihm zu handeln!«, setzte sie lachend hinzu.

Anaïs lächelte der alten Dame zu. Sie fühlte sich hier so wohl! Alle Menschen, die sie kennenlernte, öffneten ihr einfach und freundlich die Türen zu ihrer Gemeinschaft. Hier auf dem Markt musterten, beschnüffelten und betasteten die Mallorquiner einträchtig die Obst- und Gemüsepyramiden, betrachteten ausgiebig die Kisten mit Fisch und Meeresfrüchten auf ihrem Bett aus Eis und baten sogar den Metzger um ein Probescheibchen von der hiesigen Salami, die Fuet hieß.

Nicht nur wegen der vielen Obstsorten bot der Markt ein buntes Spektakel. Auch die traditionellen Stoffe trugen dazu bei, die Roba de llengües – »Zungenstoffe« wegen ihrer typischen Farbverläufe – hießen und an Bügeln hingen, die im Wind schaukelten. Auch die typisch mallorquinischen Sandalen wurden feilgeboten, welche die Schnürstiefel von einst ersetzten. Anaïs liebte diese warme Atmosphäre, in der Gespräche mit Fremden gewöhnlich unter lautem Gelächter und kräftigem Händeschütteln endeten. Die Fröhlichkeit dieser bunten Menge steckte Anaïs an.

Nach dem Marktbesuch setzten sie sich in ein Café, in dem ein hochgewachsener, schlaksiger Kellner zwischen den Tischen regelrechte Pirouetten aufführte.

»Welch ein Vergnügen, mit einer wunderschönen Frau Kaffee zu trinken!«, erklärte Miquel charmant.

Anaïs errötete und erwiderte sein Lächeln. Machte er ihr etwa Avancen?

»Und außerdem haben wir schönes Wetter«, meinte sie vorsichtig.

Gott, wie abgedroschen.

Doch das Wetter trug wirklich zum Vergnügen der beiden bei. Dann und wann begegnete sie seinem Blick und stellte fest, dass er sie intensiv ansah. Die Sonne schien hell, doch glücklicherweise wurde die Hitze durch einen leichten Wind vom Meer gedämpft. Schließlich ging Miquel den Wagen holen, um ihre köstlichen Einkäufe zurück zur Finca zu bringen.

Nachdem sie gefrühstückt hatten, streckte Anaïs sich auf einer Liege im Schatten einer Kiefer aus, wo die Zikaden fröhlich zirpten. Mit geschlossenen Augen dachte sie an Magdalena, wie sie in der Küche geheimnisvolle Melodien summte, und schlief schließlich ein. Als sie wieder aufwachte, machte sie sich auf den Weg ins Haus. Sie holte sich in der Küche ein Glas Orangenlimonade und bemerkte einen kleinen Zettel auf dem Wohnzimmertisch. Sie setzte sich auf einen kleinen rustikalen Stuhl aus lasiertem Holz und nahm einen Schluck von ihrem kühlen Getränk. Neugierig kniff sie die Augen zusammen.

Alles Gute zum Geburtstag, meine liebe Anaïs.
Ich hole dich um vier zu einer mallorquinischen Spritztour ab.

Woher hatte er das gewusst? Eilig ging Anaïs duschen. Die aufregende Überraschung versetzte sie in eine angespannte, fröhliche Stimmung, als wäre sie wieder ein junges Mädchen, das sich auf seine erste Verabredung vorbereitet. Miquel verstand es wirklich, sie aus der Fassung zu bringen … Doch zugleich bereitete ihr der Ausflug Sorgen. Wollte Miquel wirklich ohne Sauerstoff tauchen, wie er vorgeschlagen hatte? Darauf hatte sie, ehrlich gesagt, keine Lust. Sie versuchte, diesen Gedanken beiseitezuschieben, und machte sich fertig. Sie nahm sich Zeit, um sich sorgfältig anzukleiden. Wollte sie ihrem Begleiter gefallen oder ihn sogar verführen? Vor dem Spiegel fragte sie sich, was sie zu einem solchen ersten Rendezvous tragen sollte. Miquel schien es nicht zu mögen, wenn Frauen allzu aufgetakelt daherkamen … Schließlich entschied sie sich für ein Kleid, das sie bei einer *troc party* unter Freundinnen aufgetan hatte, einer Kleidertauschbörse, die sie einmal im Monat im Montmartre-Viertel veranstalteten.

Als sie die Außentreppe hinunterging, trug sie nur einen Hauch von Rosa auf ihren vollen Lippen. Die Farbe passte zu ihrem geblümten Kleid, das sich eng um ihre Taille schmiegte und nur knapp bis zum Knie reichte. Das Haar hatte sie oben auf dem Kopf zu einem Knoten zusammengefasst, einem etwas zerzausten *bun*, wie er neuerdings in Mode war. Das Ganze sollte elegant, aber lässig wirken, und sie hoffte, die richtige Wahl getroffen zu haben.

»Du siehst wunderschön aus.«

Anaïs sah, dass Miquel strahlte. Seine Miene wirkte überzeugend. Er nahm ihre Hand, drückte einen Kuss darauf und forderte sie auf, ins Auto zu steigen. Anaïs' Kleid passte perfekt zu ihrer Figur. Es war leicht ausgestellt und betonte ihre sinnlichen Kurven.

»Wir fahren nach Valldemossa, wo dich eine Überraschung erwartet!«

Lächelnd drehte er den Zündschlüssel.

»Woher wusstest du, dass ich Geburtstag habe?«

»Was glaubst du denn? Durch die sozialen Medien weiß ich alles über dich.«

Anaïs errötete bei der Vorstellung, dass er ihre Facebook-Seite angesehen hatte, wo sie zahlreiche Fotos mit ihren Pariser Freundinnen gepostet hatte, die sie im Urlaub oder beim Ausgehen zeigten.

Mit quietschenden Reifen fuhr der Wagen los und wirbelte eine Staubwolke auf. Sehr schnell hatten sie das Tor durchquert und ließen Ca'n Taronja hinter sich.

»Also hast du einfach so in meinem Privatleben herumgestochert!«, empörte sie sich.

»Genau das, und zum Glück, denn du bist eine ganz schöne Geheimniskrämerin. Wolltest du etwa nicht, dass ich weiß, wie alt du bist?«

Sie kroch tiefer in ihren Sitz und strich nervös über ihr Kleid.

»Um dir die Wahrheit zu gestehen, feiere ich nicht besonders gern Geburtstag. Das ist ein wenig kompliziert. Ich spüre dann immer den Drang, mir alles aufzuzählen, was mir nicht gefällt; alles, was ich nicht erreicht habe. Bei jeder Kerze wird mir bewusst, dass die Zeit viel zu schnell vergeht …«

»Und was würdest du dir anders wünschen?«

»Ich weiß nicht … Ich höre mich noch als kleines Mädchen sagen, dass ich mit dreißig drei Kinder und ein Haus mit einem riesigen Garten haben würde, und bis dahin hätte ich auch eine Weltreise gemacht …«

Miquel gluckste.

»Mach dich nicht über mich lustig! Hast du denn nie Träume gehabt?«

»Natürlich, aber eigentlich bin ich vollkommen zufrieden mit meinem Leben. Außerdem haben wir noch das ganze Leben vor uns. Ich meine, nach deinem Plan hast du nur noch zwei Jahre Zeit, um drei Kinder zu bekommen, und das kommt mir ein wenig utopisch vor.«

Sie lachten zusammen.

»Ich wünsche mir auch drei Kinder. Und ein großes Haus mit Garten habe ich schon. Und eine Weltreise … warum nicht?«

Anaïs wurde rot und spürte, wie ihr Herz sich überschlug. Stellte er sich dieses Leben zusammen mit ihr vor, oder war das nur eine ironische Bemerkung? Sie fuhr das Fenster herunter, um ein wenig frische Luft zu bekommen und wieder einen klaren Gedanken zu fassen.

Bald erreichten sie Valldemossa, wo, wie ihr Jesús erzählt hatte, George Sand und Frédéric Chopin den Winter des Jahres 1838 verlebt hatten. Zwischen kleinen Plätzen, schicken Boutiquen und Hippie-Läden, Eisdielen und blumengeschmückten Balkons spazierten Miquel und Anaïs durch die steilen Gassen. Die Stadt, die inzwischen vom Jetset geschätzt wurde, hatte dennoch ihren altmodischen, romantischen Charme bewahrt. Miquel ging mit Anaïs in das Kloster, in dem das Liebespaar gelebt hatte. Rasch führte er sie in einen Raum mit kahlen Wänden, in dem ein herrlicher Flügel stand sowie zwei Sessel, auf denen sie Platz nahmen. Anaïs staunte mit offenem Mund. Miquel hatte eine Überraschung für sie vorbereitet und sich nicht das Geringste anmerken lassen. Sie wollte ihn schon fragen, warum er sich so viel Mühe gemacht hatte, als ein Mann in einem Frack den Raum betrat, sich an den Flügel setzte und die *Préludes* von Chopin anstimmte. Der Pianist spielte so virtuos, dass es einem zu Herzen ging. Anaïs hatte Gänsehaut. Nach diesem Privatkonzert umarmte sie Miquel, um ihm zu danken.

»Freut mich, dass dir das Geschenk gefallen hat. Wusste ich doch, dass du klassische Musik liebst – bei den vielen Seiten, denen du in den sozialen Netzwerken folgst.«

Er zwinkerte ihr zu.

»Unsere nächste Station ist der Hafen von Sóller«, erklärte er ihr. »Heute Abend führe ich dich anlässlich deines Geburtstags zum Essen aus. Magst du Fisch und Garnelen?«

Sie nickte.

»Umso besser, denn das ist unsere Spezialität. Ich kenne da ein Restaurant, in dem die besten Delikatessen frisch aus dem Netz serviert werden.«

Am Hafen angekommen, gingen sie zu Fuß die kleine Straße entlang, die in die Stadt führte und von Küchendüften nach karamellisierten Zwiebeln und Tomaten, duftenden Kräutern und gebratenem Fleisch erfüllt war.

Langsam legte sich die Dunkelheit über die Strandpromenade, wo Passanten noch gemütlich bummelten. Der Wind wehte einem tausend Sandkörnchen in die Augen. Automatisch wischte Anaïs sich vorsichtig die Lider ab. Der dünne Stoff ihres Kleids plusterte sich auf wie ein Soufflé und sank dann langsam wieder auf ihre Beine hinunter. Miquel begrüßte den Restaurantbesitzer herzlich, und sie nahmen an einem Tisch mit Blick auf eine Reihe Fischerboote Platz, die sich auf dem Wasser wiegten. Die Sonne, die schon tief stand, aber immer noch wärmte, warf ihren Schein über das Meer. Im fernen Gebirge lag zwischen den Gipfeln ein anderes, eher rosiges Licht. Die Luft war mild, und eine leichte Meeresbrise liebkoste Anaïs' Haar. Der Wind trug die Düfte von Meer und erblühenden Pflanzen heran, und der Hafen war in einen goldenen Abendschein gehüllt.

Anaïs warf einen Blick auf die Speisekarte, die viele schmackhafte Fischgerichte anbot. Miquel musste sie über die einzelnen Speisen aufklären.

»Der Seeteufel hat einen flachen Kopf und sieht ein wenig einfältig aus.«

Sie lachte schallend.

»Aber sein Fleisch ist fest, weiß, zart und köstlich. Vielleicht wären auch Jonquillos etwas für dich, winzige, fast durchsichtige Fischchen, die frittiert werden …«

»Und was ist Pens de cabru?«, wollte Anaïs wissen.

»Wörtlich bedeutet es Ziegenfüße. Das sind etwas merkwürdig geformte Muscheln, die an Felsen wachsen. Aber Achtung …«, warnte er sie lachend, »beim Essen spritzt eine orangefarbene Flüssigkeit aus ihnen heraus.«

»Dann bleibe ich lieber bei den Klassikern«, meinte Anaïs lachend.

Schließlich wurden Tintenfische und Calamares in ihrer schwarzen Tinte an den Tisch gebracht, zusammen mit rosa Krevetten und Camarones – Garnelen –, einer Spezialität von

Sóller. Hellblaue Laternen, in deren Innerem Kerzenflammen zuckten, beleuchteten ihre Teller. Als Beilage aßen Anaïs und Miquel Pa moreno. Dieses im Holzofen gebackene Brot duftete einzigartig und war so knusprig, wie man es sich nur wünschen konnte. Anaïs hatte sich lange nicht mehr so wohlgefühlt. Die Fackeln, die das Restaurant erhellten, verliehen diesem Abend eine besondere Atmosphäre.

Der Wind ergriff plötzlich Anaïs' Serviette und wehte sie davon. Miquel hob sie vom Boden auf und ließ dabei den Blick ausführlich auf Anaïs' langen Beinen verweilen. Als er ihr die Serviette zurückreichte, strich er ihr leicht über die Hand – eine schüchterne Annäherung. Sie beendeten den Abend mit einem Spaziergang am Meer. Anaïs hatte Miquel überreden müssen, sie zu begleiten. Er empfand einen regelrechten Horror vor den Touristenmassen, die jeden Tag die Strände überschwemmten und durch die lauten Läden zogen. Doch sie setzte ihren Charme ein und schnitt eine bettelnde kindliche Grimasse, bei der er sofort dahinschmolz.

Im Hafen von Sóller folgten die Abende immer demselben Ritual: Die Urlauber aßen Orangeneis und spazierten dann die Uferstraße entlang, um zu plaudern oder sich im Mondschein zu küssen. Oberhalb der Straße lud ein Labyrinth von Gassen zum Flanieren ein. Anaïs kaufte Miquel ein Eis. Sie setzten sich an den Strand und vergruben die Füße im nächtlich kühlen Sand. Wortlos betrachteten sie die Felsen, die in dem schwarz, beinahe ölig wirkenden Meer im Mondschein lagen. Die Fischer, die Seele des Hafens, waren schlafen gegangen. Nur ihre Boote lagen noch auf dem Wasser. Die Lichter der Häuser spiegelten sich im Meer. Aus der Ferne hörten Anaïs und Miquel die Wellen, die ans Ufer der halbmondförmigen Bucht von Sóller schlugen. Irgendwann spürte Anaïs, wie Miquel den Blick auf sie richtete. Er zog ein Kästchen aus der Tasche.

»Herzlichen Glückwunsch zum Geburtstag, Señorita!«

»Das wäre doch nicht …«

Gerührt öffnete sie das Kästchen und erblickte ein Paar mit mallorquinischen Perlen geschmückte Ohrringe.

»Danke. Sie sind wirklich wunderschön.«

»Rühr dich nicht, ich stecke sie dir an«, erbot er sich.

Sie hielt ihm das rechte Ohr hin, und Miquel steckte ihr vorsichtig den Perlenschmuck an. Dann wandte sie den Kopf, und ihre Lippen streiften einander. Miquel küsste sie lange und zärtlich. Ein Schauer lief ihr über den Rücken. Sie ließ sich diesen ersten Kuss, den er ihr stahl, gefallen und fuhr mit der Hand unter sein Hemd, um seine im Mondlicht schimmernde Haut zu streicheln. Er zog sie an sich und küsste sie leidenschaftlicher. Sie spürte seine warmen Lippen auf ihrem Mund. Die Sterne am Himmel schienen zu verschwimmen. Als beide die Köpfe wieder hoben, funkelten ihre Augen. In der Ferne explodierte eine Feuerwerksrakete und stürzte dann ins Meer. Der zweite Ohrring sollte an diesem Abend nicht mehr getragen werden.

Sie küssten sich den ganzen Abend weiter und verbrachten dann auf der Finca die Nacht miteinander. Der Mond war untergegangen, und die Sterne leuchteten an einem blauschwarzen Himmel. Anaïs schmiegte sich an Miquel und schenkte ihm ihre ganze Zärtlichkeit, ihre ganze glühende Zuneigung. Die behutsamen Liebkosungen, mit denen sie begonnen hatten, wurden zu leidenschaftlichen Umarmungen. Miquel fühlte Anaïs' geschmeidigen Körper und suchte erneut ihren weichen Mund. Eine ihrer Haarsträhnen fiel auf seine Schulter, und er spürte, wie sein Begehren wuchs. Er legte die Hand auf ihren Schenkel, sah ihr in die Augen und presste sie sehnsüchtig an sich. Langsam zog er sie aus und bewunderte dabei ihre Kurven. Sein Verlangen wurde noch glühender. Anaïs' lange rotbraune Locken fielen auf ihre Brüste hinab. Er knabberte an den Spitzen, die wie Rosenknospen wirkten, und liebkoste ihre Taille, die perfekte Linie ihrer Hüften. Anaïs erschauerte vor Lust. Wie lange hatte sie schon mit niemandem mehr geschlafen? Viel zu lange. In seiner Umarmung konnte sie sich fallen lassen und gab sich ihm rückhaltlos hin. Sie liebten sich, bis sie nach Luft rangen. Der Duft ihrer Liebesnacht umfing sie bis in die frühen Morgenstunden.

Als Anaïs erwachte, begriff sie nicht gleich. Sie befand sich in einem fremden Zimmer. Doch nach und nach kehrte ihre Erinnerung zurück. Helles Tageslicht fiel durch die Vorhänge. Sie sah zu, wie Miquel neben ihr atmete und sein Brustkorb sich regelmäßig hob und senkte. Sie genoss das köstliche Gefühl seines Körpers an ihrem und reckte sich. Mit leiser Stimme wünschte er ihr einen guten Morgen. In der nächsten Sekunde spürte sie Miquels heiße Lippen auf ihrer Wange. Was für ein verrückter Geburtstag! Eine Hitzewelle durchlief ihren Körper. Anaïs dachte an ihre erste Begegnung mit ihm zurück, als sie ihn ziemlich ungehobelt gefunden hatte. Allein bei dem Gedanken musste sie kichern.

»Warum lachst du?«

An Stelle einer Antwort zog sie ihn an sich und küsste ihn mit ihrer ganzen Leidenschaft. Sie kam sich so leicht vor – ein Gefühl, als beiße man in ein Schaumgebäck. In den letzten Monaten war ihr klar geworden, wie diese Insel und ihre Einwohner, die ihre Heimat so sehr liebten, in einer unruhigen Welt für Kontinuität und Gleichgewicht standen. Sicher, die Inselbewohner blieben gern unter sich, doch sie hatte sich, obwohl sie vom Festland kam, einen Platz unter ihnen erobert. Sie wurde nicht mehr als *foraster*, als Fremde, gesehen. Inzwischen fühlte sie sich zutiefst mit dieser Insel verbunden, die für sie eine Art Zufluchtsort darstellte. Es klingelte, und sie wurde aus ihren Gedanken gerissen. Eilig schloss Anaïs ihren Morgenmantel und rannte die Treppe hinunter.

»Wer ist da?«, rief sie dem unerwarteten Besucher zu, der vor der Tür stand.

»Hier ist der Bote, aber kein Himmelsbote, sondern der von der Post«, hörte sie.

Anaïs schätzte den Humor der Inselbewohner. Der fröhliche Mann überreichte ihr einen Brief aus Marseille. Er stammte von Thibault.

Liebe Anaïs,
nach Ihrem Besuch haben wir unsere »staubigen« Nachforschungen fortgesetzt und noch einen Karton mit weiteren Dokumenten von Babette gefunden, von denen das beiliegende Magdalena betrifft. Ich dachte, es würde Sie interessieren.
PS: Dank Ihnen haben wir auf dem Dachboden ordentlich entrümpelt und jede Menge nutzlosen Kram auf dem Trödelmarkt im Viertel verkauft. Danke, dass Sie uns auf die Idee gebracht haben!

Fieberhaft faltete Anaïs das vergilbte Blatt auseinander und las den alten Zeitungsausschnitt.

21. Kapitel

Marseille 1938

Der *Petit Marseillais* brachte Lokalnachrichten, berichtete jedoch auch über Abrechnungen im Gangstermilieu, Taten, die seit mehreren Monaten das tägliche Brot der Marseiller waren. Doch dieses Mal war es meine Konditorei, die Schlagzeilen machte.

Lokalnachrichten: Tödliche Explosion in einer Konditorei

Das Café de l'Ensaïmada in der Rue des Feuillants wurde am Donnerstagnachmittag gegen sechzehn Uhr durch einen Brand vollständig zerstört. Die Katastrophe geschah, kurz nachdem das Geschäft über Mittag geschlossen wurde. Durch die Explosion zersprangen auch die Fenster der umliegenden Häuser. Nachdem die Feuerwehr sechs Stunden gegen die Flammen gekämpft hatte, gelang es ihr, das Feuer einzudämmen. Die verkohlte Leiche des Angestellten Marcel Gontiero wurde gefunden. Er überlebte die starke Explosion und das Feuer nicht, das sich rasch durch die Räume ausgebreitet hatte. Zufällig waren die Besitzer eine halbe Stunde, bevor die Tragödie geschah, ausgegangen. Die Bilanz ist eindeutig. Das Café de l'Ensaïmada, wo typisches Gebäck von den Balearen angeboten wurde, ist vollständig zerstört. Das Ladenlokal hat enormen Schaden genommen. Das Dach ist teilweise eingestürzt, und die Flammen schlugen bis auf den Bürgersteig. Zurzeit ist die Brandursache noch unklar, sie scheint jedoch krimineller Natur zu sein. Ermittlungen sind eingeleitet.

Als ich die Rauchwolken sah, die aus unserer Straße quollen, hätte ich im Traum nicht daran gedacht, dass unsere Konditorei gerade niederbrannte und der junge Marcel, den ich erst vor ein paar Monaten eingestellt hatte, den Flammen zum Opfer gefallen war. Mein Schmerz war ungeheuerlich, und ich weinte lange Tage meinen Kummer heraus. Der Arzt verschrieb mir Kräutertees gegen Wehen, um das Kind nicht in Gefahr zu bringen. Ich wusste, dass Rubolini hinter diesem Anschlag steckte. Eine Art Warnung. François hatte seinerseits entdeckt, dass er an der Spitze eines illegalen Prostitutionsrings stand und inzwischen Stundenhotels in übel beleumdeten Vierteln führte. Mir wurde schon schlecht, wenn ich nur an diesen Mann dachte.

»Wir gehen nach Paris«, erklärte François mir zwei Wochen später.

Seine Worte kamen mir vor wie ein später Nachhall von Diegos »Es geht nach Frankreich, Magda«. Einmal mehr musste ich fliehen. Rubolini sann auf Rache und hatte einen Boten zu François geschickt, der uns in seinem Namen mit dem Tod gedroht hatte.

Wir nahmen einen Zug, der viel moderner war als der in meinem Heimatort. Die silbrigen Schienen erinnerten mich an Leuchtkäfer, die ein Netz spannen. Die kleineren Gepäckstücke befanden sich schon im Abteil. Doch wir warteten bis zur Abfahrt des Zuges noch ein paar Minuten draußen. Ich saß dicht neben François, und wir hielten uns an den Händen. Ich war im neunten Monat schwanger, und mein Bauch ähnelte einem Luftballon. Doch dank ihm hatten die anderen Fahrgäste uns den Vortritt gelassen, was in dem Chaos am Bahnhof ein immenser Vorteil war.

Auf dem Bahnsteig drängten sich Gepäckwagen und Menschen, die laut und mit starkem Akzent sprachen. Es wurde kräftig gepfiffen. Wenn ein Zug sich langsam in Bewegung setzte, klebten Gesichter an den Fenstern. Ich stellte mir das Leben der Menschen vor, die neben uns saßen und die vielleicht ebenfalls zwangsweise fortgingen, an einen neuen Ort, der ihnen gnädiger sein würde. Oder vielleicht statteten sie nur der Hauptstadt einen Besuch ab. Ich verließ Marseille, ohne ihm nachzutrauern. Stattdessen war ich erleichtert, das Erlebte hinter mir zu lassen. Diese Stadt inspirierte die Menschen zur Liebe, aber auch zum Zorn. Das pochende Herz von Marseille sprach die Sprachen des Exils. Jetzt zog mein Leben vor den Fenstern des Zuges vorbei.

In der Hauptstadt angekommen wohnten wir zunächst bei entfernten Cousins von François. Mein Mann hatte den goldenen Familienschmuck und die Möbel verkauft, damit wir hier neu anfangen konnten. Und das taten wir. Wir mussten unser zerstörtes Leben wiederaufbauen.

Doch 1940 holte uns rasch der Krieg ein. Paris war die erste Stadt, die die Besatzer einnahmen. Alles war rationiert, und es herrschte Hunger. Der Schwarzmarkt war jetzt Sache der Familienmütter. Normalsterbliche versuchten, nach dem berühmten »System D«, wie in *se débrouiller* oder »sich durchschlagen«, über die Runden zu kommen. Ich stand früh auf und stellte mich in die Schlangen, die sich schon lange vor der Öffnung der Läden bildeten. Stillende Mütter wie ich erhielten eine Karte, die uns dazu berechtigte, bevorzugt bedient zu werden.

22. Kapitel

Paris 2001

Schlaf, meine Kleine.
Hör auf die Blumen, die einschlummern
und als goldene Sonnen aufwachen.
Das ist der Traum meiner Kindheit im Tal der Orangen.

Hör auf den Wind, der weht
und die goldenen Früchte abreißt.
Wenn morgens eine Blume voller Hoffnung aufblüht,
dann kommt die Orange und erleuchtet unseren Winter.

Schlaf, schlaf, meine Kleine,
während die Nacht die Sterne verweht,
während das Meer sich mit glitzerndem Gold überzieht,
schlummert das Tal der Orangen friedlich
in meinen Träumen aus alter Zeit.

Madalena summte vor sich hin. Sie stopfte die Decke um das kleine Mädchen fest, strich ihm über das lange Haar und fuhr mit ihrer Einschlafgeschichte fort.

Meine liebe Anaïs,
und so sind wir in dieses schöne Land gekommen, in dem du geboren bist. Dein Urgroßvater François hat rasch eine Stellung bei der französischen Verwaltung gefunden und die Résistance unterstützt. Er war tapfer und heldenhaft, und wir sind beide für die gleichen Freiheitsideale eingetreten. Gemeinsam und mit geteilten Überzeugungen haben wir auf unsere eigene Weise Widerstand geleistet. Wir haben ein erzwungenes Exil und mörderische Kriege

erlebt. Als der Frieden ausgerufen wurde, habe ich wieder begonnen, Ensaïmadas zu backen. Damals war ich zweiunddreißig und hatte ein hübsches kleines Mädchen, das heute deine Großmutter ist. Mein Gott, wie schnell die Zeit vergeht. Wie die Perlen an einem Rosenkranz … Die guten Jahre nach dem Krieg brachten der Konditorei den Erfolg. Die Menschen wollten genießen, sich satt essen. Eines Tages kam eine Journalistin von der Zeitschrift ELLE in meinen Laden und hat einen ganzen Artikel darüber geschrieben, der nicht mit Lob für unser Gebäck sparte. Während der Tage nach dem Erscheinen der Ausgabe sammelten sich Menschenmassen auf den Bürgersteigen vor unserem Geschäft. Wir waren schon morgens ausverkauft, unser Lager leer. So begann der Erfolg des Café de l'Ensaïmada, und es war der Anfang eines großen gastronomischen Familienabenteuers. Ich hoffe, dass auch du, Anaïs, die kulinarische Leidenschaft weiterträgst.

Magdalena strich ihrer Urenkelin übers Haar und küsste sie auf die Stirn. Anaïs war schon lange in Morpheus' Arme gesunken.

23. Kapitel

Flam de taronja – Orangen-Flan

Orangen auspressen und den Saft mit Zucker mischen. Die Eier hinzufügen und behutsam schlagen. In einem Topf mit Zucker und Zitronensaft Karamell zubereiten, indem man ihn vorsichtig erhitzt, ohne zu rühren, bis das Karamell eine schöne goldene Farbe annimmt. Die Form mit dem flüssigen Karamell ausgießen und mit der Mischung aus Orangensaft und Eiern füllen. Ungefähr eine halbe Stunde in einem Wasserbad stocken lassen. Abkühlen lassen und den Flan dann auf eine Servierplatte stürzen.

Sóller, Juli 2017

Die Frauen der Fischer hatten die Muttergottes auf ihrem Sockel von Kopf bis Fuß mit Blumen und Kerzen bedeckt. Ihr Umhang war entstaubt und ihre Krone neu vergoldet worden. Anaïs stellte sich vor, wie Magdalena, die gläubig gewesen war, als Manola, wie man die weiblichen Mitglieder einer Prozession nannte, mit einer von einem hohen Kamm gestützten Mantilla an dieser uralten Tradition teilgenommen hatte.

Zusammen mit Miquel mischte sie sich unter die Menge vor der Kirche und schlängelte sich, so gut sie konnte, hindurch, um an der Messe der Fiesta del Carmen teilzunehmen. Die Nachzügler vergrößerten noch die Menschenmasse, welche die Zeremonie besuchte. Nach dem ersten Gebet verließen die Männer mit der Madonnenstatue auf den Schultern die Kirche. Einige wischten sich mit einer Kopfbewegung die schweißbedeckte Stirn an der Schulter ab, andere weinten.

Alle Gesichter wandten sich voller Bewunderung und Inbrunst der Muttergottes zu. Die Prozession setzte sich auf dem Meer fort und wurde von den traditionellen Gesängen der Seeleute begleitet. Die Fischer hatten sogar ihre Llaüts mit Blumengirlanden und bunten Lichtern geschmückt, um die Liturgie für die Seeleute zu hören. Anaïs ließ sich mit der Menge treiben und schmiegte sich zärtlich an Miquels Arm. Sie dachte an ihre Urgroßmutter, die der liebenden und schützenden Muttergottes auf demselben Weg gefolgt sein musste. An diesem Sommertag war es mild, und ein leichter Wind wehte vom Meer herüber.

Als die Sonne untergegangen war, wurde die Prozession bei Nacht, unter dem sternenübersäten Himmel wieder aufgenommen. Der Hafen von Sóller war ein einziges Lichtermeer. Straßenlaternen, Fackeln und die Fenster der Häuser waren zu diesem Anlass hell erleuchtet. Inmitten der Llaüts trug eine Barke die festlich illuminierte Statue der Muttergottes, die über die Fischer wachte und in ihrer Gnade die Bewohner der Insel beschützte. In der Ferne flatterte in den Gärten makellos weiße Wäsche und schien die Segel im Wind widerzuspiegeln. Anaïs hatte das Gefühl, die Traditionen, die ihre Urgroßmutter miterlebt hatte, in sich aufzusaugen.

Sie gingen über die Hauptstraße zurück, von der lauter, von Kinderlachen erfüllter Lärm aufstieg. Die Eltern plauderten angeregt miteinander. Alte Frauen, die sich auf ihre Fensterbretter stützten, bewunderten das fröhliche Treiben. Hand in Hand kehrten Anaïs und Miquel auf die Finca zurück. Bunte Lampions und Wimpel begleiteten sie auf ihrem Weg. Da vibrierte Miquels Handy in seiner Tasche. Er nahm das Gespräch an und wirkte mit einem Mal sehr bestürzt. Anaïs hörte eine gedämpfte Frauenstimme am anderen Ende der Leitung.

»Meine Cousine Leonor. Unsere Großmutter liegt im Sterben.«

Ihm traten Tränen in die Augen. So hatte Anaïs ihn noch nie gesehen. Am liebsten hätte sie ihn umarmt, um ihn zu beruhigen.

»Ich muss zu ihr. Sie will mich sehen … Tut mir leid.«

»Ich komme mit.«

Anaïs wollte ihn in diesem von Schmerz überwältigten Zustand nicht allein fahren lassen. Doch mit einem Mal zögerte sie. Sie kannte seine Familie nicht, und dies war nicht wirklich der richtige Moment, um ihr vorgestellt zu werden. Aber Miquel nickte.

»Danke.«

Er küsste sie auf die Stirn. Dann stiegen sie in den Wagen und fuhren in Richtung Lluc. Die Straße durch die Serra de Tramuntana verlief in Serpentinen. In der dunklen Nacht sahen sie am Horizont noch die Lichter der Kleinstadt, die sich entfernten.

Catalinas Haus lag im Halbdunkel. Die schweren Damastvorhänge vor den hohen Fenstern waren zugezogen. Auf den Holzmöbeln standen Nippfiguren auf gehäkelten Spitzendeckchen, und daneben lagen Fliegenklatschen. An der Wand hing ein Gemälde, es stellte die Muttergottes mit dem Kind dar. An einigen Stellen wurde das Bild bereits rissig. Ein Geruch nach Kräutertee hing in der Luft. Durch die halb geöffnete Tür traten Miquel und Anaïs ins Schlafzimmer. Alte Frauen saßen um Catalinas Bett und wachten bei ihr. Catalinas Gesichtshaut wirkte dünn und fast durchsichtig. Anaïs bemerkte ihre vom Alter deformierten Finger, die aussahen, als könnten die spröden Knochen bei der kleinsten Bewegung brechen.

Als Catalina Miquel sah, rannen ihr Tränen über die Wangen. Die alten Damen verließen das Zimmer, um sie allein zu lassen. Anaïs blieb in der Tür stehen und wagte nicht, ihre Begegnung zu stören. Seit Miquel sie zuletzt gesehen hatte, hatte sich Catalinas Zustand stark verschlechtert. Mit zitternden Händen streckte sie ihm einen Umschlag entgegen. Miquel setzte sich auf die Bettkante, wischte sich die Tränen ab und faltete das Papier auseinander. Es handelte sich um eine Geburtsurkunde, ausgestellt auf den Namen María Luisa.

»Komm ein wenig näher, *cariño*, mein Lieber. Ich habe lange gezögert, dir dieses Geheimnis anzuvertrauen.«

Neugierig beugte er sich über ihr Gesicht.

»Ich habe meine Eltern nie gekannt, sondern bin im Waisenhaus aufgewachsen. Im Bürgerkrieg wurden viele Häuser verwüstet. Ich war dort versteckt und habe überlebt. Ich habe das Waisenhaus mit zwei Gegenständen verlassen: dem Foto meiner Mutter und einer gepressten Schmucklilie in einem Liebesbrief eines gewissen Jaime ... Meine Adoptiveltern haben mich Catalina genannt, nach der Schutzheiligen von Valldemossa.«

Ein flüchtiges Lächeln huschte über ihre Lippen. Miquel lauschte ihr aufmerksam. Als sie sich nun einen Moment unterbrach, fächelte er ihr Luft zu.

»Später habe ich Nachforschungen nach meiner Herkunft angestellt. Du kannst dir nicht vorstellen, welche Grausamkeiten während des Krieges begangen wurden ...«

Ihre Worte klangen immer stockender, und sie atmete schwer. Miquel bot ihr einen Schluck Wasser an und hielt ihr das Glas an die Lippen. Anaïs war neben ihn getreten und ließ die alte Dame nicht aus den Augen, die sie nicht bemerkt zu haben schien, so stark waren ihre Beschwerden. Anaïs hatte so viele Fragen. Doch im Moment wollte sie nur die Wahrheit erfahren.

»Ich habe herausgefunden, dass Jaime, mein leiblicher Vater, mit einer Bäckerin namens Magdalena verheiratet war.«

Catalina rang nach Luft.

»Du kannst dir vorstellen, wie das damals war: Ich war die Frucht der Schande, ein Fehler, den man bereut ... Woher kanntest du den Namen der Frau, Miquel? Weißt du noch, du hast mich an Heiligabend darauf angesprochen.«

Catalina hatte noch die Kraft gehabt, ihre Geschichte zu Ende zu erzählen. Doch sie wurde zusehends blasser. Matt lag sie in ihren Kissen.

Anaïs streichelte das goldene Medaillon, das sie aus Magdalenas Blechdose genommen hatte und jetzt um den Hals trug. Sie nahm es ab und reichte es Catalina mit vor Rührung feuchten Augen.

»Das ist Anaïs, Tita Catalina, Magdalenas Urenkelin.«

Die beiden Frauen umarmten einander, und ihre Tränen verschmolzen.

»Das Medaillon hat Ihrer Mutter gehört«, flüsterte Anaïs.

Zusammen mit Miquel erzählte sie Catalina alles, was sie in Magdalenas verstecktem Tagebuch entdeckt hatte. Miquel wiederholte die Worte an Catalinas Ohr, um sicherzugehen, dass sie alle Einzelheiten mitbekam.

»Die beiden waren also beste Freundinnen …«

Catalina war wie vom Donner gerührt. Ihre Mutter war eine treue, hingebungsvolle Krankenschwester gewesen, die ihr Leben den Verwundeten gewidmet hatte. Jaimes Liebesbrief nach zu urteilen, hatte sie sich immer geweigert, ihn zu heiraten und eine Familie zu gründen, stattdessen hatte sie ihn auf eine andere Frau aufmerksam gemacht, die ihm eine perfekte Ehefrau sein würde.

Also deswegen ist Marta nicht auf Magdalenas Hochzeitsfotos zu sehen, dachte Anaïs. *Sie war schwanger von ihm.*

Sie hatte Jaime geliebt, doch ihre Berufung war es, den Schwerverletzten und Sterbenden beizustehen. Ihr Kind war nicht geplant gewesen. So hatte sie ihre Tochter allein versorgt, im Krankenhaus, in zahllosen durchwachten Nächten, während sie die Soldaten pflegte, zwischen Tabletts mit Spritzen und Medikamenten, unermüdlich. Niemand außer Jaime hatte von ihrer Existenz gewusst.

»Als Marta erschossen wurde, muss er sich aus Verzweiflung umgebracht haben. Die Falangisten hatten ihm seine große Liebe genommen. Und er hatte nicht den Mut, Magdalena zu beichten, dass er ihr ein Kind verschwiegen hatte.«

Alles passte zusammen. Gemeinsam hatten sie die fehlenden Puzzleteile gefunden. Catalina küsste das goldene Medaillon und gab es Anaïs dann zurück.

»Ich brauche es nicht mehr. Jetzt gehört es Ihnen.«

»Die Schmucklilie«, murmelte Miquel.

Jetzt erinnerte er sich daran, diese Blume auf den Familienfotos von Catalina gesehen zu haben, als er als Kind ihre Alben durchgeblättert hatte. Vor seinem inneren Auge sah er wieder das einzige Foto von Marta, auf dem sie mit ihrer weißen, mit einem dunklen Kreuz geschmückten Haube zu sehen war. Jaime musste ihr die Kette als Symbol ihrer heimlichen, aussichtslosen Liebe geschenkt haben und hatte die Blume sogar auf die Rückseite seines Hochzeitsservices gravieren lassen.

»Stück für Stück habe ich alle Bruchteile ihres Lebens zusammengetragen. Magdalena war eine starke Frau, eine Kämpferin. Das Leben hat sie nicht verschont, aber sie muss allen erhobenen Hauptes die Stirn geboten haben.«

Anaïs, die ihr Schluchzen nicht unterdrücken konnte, geriet beim Namen ihrer Urgroßmutter ins Stocken. Doch sie wischte sich mit einem Papiertaschentuch eine Träne ab und fuhr fort.

»Sie hat nie erfahren, dass Jaime ihr mit ihrer besten Freundin Marta untreu war. Umso besser, denn diese Enthüllung hätte sie sicherlich am Boden zerstört, und er wäre für sie in ihrem Herzen ein zweites Mal gestorben.«

Miquel streichelte Anaïs beruhigend die Hand. Auch ihn schienen all die Enthüllungen dieses Abends zu erschüttern. Jetzt kannten sie die Wahrheit.

Catalinas Atem hatte sich beschleunigt. Miquel drückte einen Kuss auf ihre Wange, über die eine Träne rann. Dunkle Schatten lagen unter den Augen seiner Großmutter. Eine Frage quälte ihn aber noch. Wie war es dazu gekommen, dass er Ca'n Taronja geerbt hatte, das einmal Magdalena gehört hatte, Anaïs' Urgroßmutter?

In dem Moment, als er Catalina danach fragen wollte, trat der Dorfarzt ins Zimmer und bedeutete ihnen, sie ausruhen zu lassen. Eine alte Dame tupfte ihr die Stirn ab, eine andere zündete eine Kerze an. Menschliche Schatten tanzten über die Wand. Zeit zum Gebet. Mit ihren zitternden Fingern ergriff Catalina sanft Miquels Hände, und er spürte ihren Herzschlag in ihren hervortretenden bläulichen Adern pulsieren. So stützte er seine Großmutter angesichts ihres nahen Todes.

»Dein Geheimnis, Tita, hat keinen bitteren Beigeschmack. Marta und Jaime haben einander geliebt.«

Catalinas stark eingefallene Wangen waren tränennass. Miquel kam der Gedanke, dass ihre Worte vielleicht ihre letzten gewesen waren. Er versuchte, sich auf den Abschied von ihr vorzubereiten. Gern hätte er an ein Wunder geglaubt, das ihnen erlaubt hätte, trotz allem länger beieinanderzubleiben. Anaïs und Miquel warfen Catalina einen letzten Blick zu. Obwohl ihr Gesicht ausgemergelt und von Falten durchzogen war, wirkte es jetzt, während sie friedlich ruhte und ruhiger atmete, als lächle sie den Engeln zu.

Im Nebenzimmer unterhielten sich Familienmitglieder leise. Auf dem Tisch stand ein großer Krug mit einem Hortensienstrauß, der vor sich hin welkte. Trotz der gedrückten Atmosphäre unterhielt Anaïs sich mit Miquels entfernten Cousins und Cousinen. Ihr Mallorquinisch hatte sich im Lauf der Zeit sehr verbessert, und sie freute sich darüber, dass sie eine Unterhaltung führen konnte, ohne dass ihr Gesprächspartner ständig alles wiederholen musste. Während sie mit Leonor über die Pariser Gastronomie sprach, die diese *deliciosa*, köstlich, fand, trat einer der Cousins an Catalinas Bücherregal und zog ein Fotoalbum heraus, dessen Einband im Lauf der Zeit verschlissen sein musste.

»Ihr Jugendalbum!«

Alle Enkel und Urenkel setzten sich an den Tisch, blätterten darin und ließen lächelnd die Erinnerungen der alten Dame an sich vorüberziehen. Auch Anaïs betrachtete die schwarz-weißen Familienfotos. Seelen schienen über das glänzende Papier zu tanzen, als hätte der Fotograf sie eingefangen und in diesem flüchtigen Moment unsterblich gemacht. Das Papier war im Lauf der Jahre vergilbt. Auf einem der Bilder konnte man alte Waschhäuser erkennen.

»Das war zur Zeit meiner Großmutter ...«, erzählte eine von Miquels Tanten. »Als kleines Mädchen habe ich sie immer gesehen, wie sie auf ihren Knien saß und mit aller Kraft auf die Wäsche einschlug, um so viel Wasser wie möglich herauszupressen. Der Ort war dann von schallendem Gelächter und den kräftigen Schlägen der Holzschlegel auf der Wäsche erfüllt. Auf dem glatten Stein bearbeitete man Geschirrtücher, blaue Arbeitsanzüge, Baumwollstrümpfe, aber vor allem Bettlaken aus festem Leinen, die rau, dick und störrisch waren. Was für ein Glück, dass seitdem Waschmaschinen und Waschmittel erfunden worden sind!«

Anaïs lächelte. Die alten Frauen auf den Fotos hatten tief gebräunte Arme, und ihre Finger waren rissig und aufgequollen, nachdem sie zu lange im kalten Wasser gearbeitet hatten. Sie stellte sich vor, wie sie sich Geschichten aus dem Ort erzählten und sangen, um ihren Armen Kraft und sich selbst Auftrieb bei der Arbeit zu geben. Noch mehr starke Frauen, dachte sie.

Auf einem anderen Foto sah man, wie sie die Wäsche auf Schubkarren und Wagen zu den Wäscheleinen fuhren und sie im Wind aufhängten.

Beim Blättern entdeckten sie noch mehr Bilder aus alter Zeit, die die Bewohner der kleinen Stadt in ihrer zeitgenössischen Kleidung und eine vergangene Arbeits- und Lebensweise zeigten, die seitdem neuen Technologien gewichen war.

»Da ist ja Pepe mit seinem Strohhut!«

In der Mitte des Bildes stand ein Mann mit einem Spazierstock. Hinter ihm war vor der Serra de Tramuntana zwischen Orangenfeldern das Haus der Finca zu erkennen. Anaïs warf Miquel, der das Foto zum ersten Mal zu sehen schien, einen Blick zu. Er runzelte die Stirn und versuchte, das kleinste Detail zu erkennen.

»Wisst ihr, wann Pepe das Gut gekauft hat?«, fragte er.

»Am Ende des Bürgerkriegs«, erklärte seine Großtante. »Und um die Wahrheit zu sagen, hat er es nicht wirklich gekauft. Die Familie, der es gehörte, war verschwunden. Da hat die Armee ihm vorgeschlagen, den Orangenanbau wieder aufzunehmen. Er war damals noch sehr jung.«

»Davon wusste ich nichts ...«

»Das war eine schwierige Zeit. Francos Landwirtschaftspropaganda, die Politik der Preiskontrolle, ein extremer Mangel an Düngemitteln, die Abschottung von den ausländischen Märkten, das Fehlen von Bewässerungssystemen ... Das Franco-Regime war sehr hart, verstehst du. Aber Pepe hat sich alle Mühe gegeben. Er hat es sogar fertiggebracht, unsere Großmutter Catalina mit Orangen zu verführen!«

»Ja, diese Anekdote kenne ich.«

Lächelnd wandte Miquel sich an Anaïs.

»Jeden Abend ist er auf einen Baum geklettert, um ihr vor ihrem Fenster ein Ständchen zu bringen, und hat ihr seine schönsten Orangen hingelegt, bevor er wieder davongeritten ist. Nach einigen Monaten hat er ihr einen Heiratsantrag gemacht.«

»Ja, und den Rest kennst du ja«, fuhr seine Großtante fort. »Du hast zusammen mit deinem Vater das Land weiterbestellt.

Ihr habt euch dafür begeistert und euch dieses Qualitätssiegel redlich verdient. Die ganze Familie ist stolz auf dich, weißt du?«

Dankbar warf Miquel ihr einen Luftkuss zu und legte die Hand dann aufs Herz, um ihr zu bedeuten, dass er gerührt war.

»Vorher«, fuhr er fort, »gehörte die Finca seit vielen Generationen der Familie von Anaïs. Sie haben Orangen durch die Serra de Tramuntana bis nach Sóller und Palma transportiert. Während des Bürgerkriegs ist ihre Urgroßmutter dann nach Frankreich geflohen.«

Jetzt begannen Miquels Verwandte Anaïs über ihre Geschichte auszufragen und wollten wissen, wie ihr Weg sie nach Mallorca geführt hatte. Aller Augen richteten sich auf sie, und sie stand im Mittelpunkt der Aufmerksamkeit. Gespannt wollten sie alle Einzelheiten ihrer Geschichte erfahren und redeten wild durcheinander und zur selben Zeit. Anaïs fasste so gut wie möglich alles zusammen, was sie über das Leben ihrer Urgroßmutter herausgefunden hatte. Während sie sprach, wurde ihr bewusst, welch langen Weg sie in der kurzen Zeit seit dem Anruf aus Marseille, in dem es um den Fund einer alten Blechbüchse ging, zurückgelegt hatte …

Nach einiger Zeit ging Miquel mit Anaïs in den Garten hinaus, um frische Luft zu schnappen.

»Dann ist die Finca am Ende des Krieges deinem Großvater übertragen worden. Catalina hat Magdalenas und Jaimes Haus rein zufällig geerbt«, flüsterte sie ihm zu.

»Ja, durch die Liebe. Sie hat sich in den neuen Besitzer verliebt …«

Genau wie ich, hätte Anaïs am liebsten zu ihm gesagt, überlegte es sich jedoch anders. Vielleicht war es noch zu früh, um ihm ihre Gefühle zu gestehen. Stattdessen küsste sie ihn.

Catalina starb einige Tage, nachdem sie sich ihre Geheimnisse von der Seele gesprochen hatte. Im Tal der Orangen hatten sich Dramen voller Hass und voller Liebe abgespielt. Familien waren ermordet worden. Das Land, auf dem die Orangenbäume wuchsen, war von Geschosseinschlägen aufgewühlt worden, die Sand und Steine in die Luft katapultierten, welche dann wie Regen wieder zu Boden fielen. Es hatte Widerstandskämpfer beherbergt, die sich in den Bergen versteckt hielten und in der erstickenden Hitze über die schroffen, Furcht einflößenden, steinigen Wege marschiert waren. Panzer hatten dieses Land aufgewühlt, verunstaltet und entstellt.

Als wieder Frieden herrschte, duftete es wie einst nach Kiefernharz. Nach und nach erstanden die gemarterten Orangenbäume wieder aus ihrer Asche. Das trockene Dornengestrüpp und die zerstörte, verbrannte Steinwüste an der Küste wichen wieder einer fruchtbaren, friedlichen Landschaft, als erwachten auf dieser sonnigen Blumeninsel die Seelen der Verstorbenen wieder zum Leben.

24. Kapitel

Porcella rostida – gegrilltes Spanferkel

Bevor der Ofen so heiß wie möglich angeheizt wird, bereitet man eine Marinade aus Olivenöl, fein gehackten Knoblauchzehen und dem Saft und dem Abrieb einer Zitrone zu. Das Spanferkel salzen, pfeffern und mit einigen Löffeln Marinade überziehen. Mehrere Stunden an einem kühlen Ort stehen lassen. Dann den Saft, der sich gebildet hat, abgießen, das Ferkel abtrocknen und die Haut mit Schmalz einreiben. Eine Stunde im Holzofen braten. Die Haut soll goldbraun und knusprig sein und das Fleisch zart.

Paris, September 2017

Schon jetzt fühlte Anaïs sich vom Lärm der Autos und den wimmelnden Menschenmassen bedrängt, diesem Hintergrundlärm der Hauptstadt, den sie so gut kannte und so lange ertragen hatte. Die Bistros. Die Straßencafés. Diese hektischen Menschen. Und das, nachdem sie so viel Ruhe genossen hatte. Sie hatte das Gefühl, in diese Insel eingetaucht zu sein. In Paris hatte sie einmal das Gefühl großer Freiheit empfunden, doch ihre Liebe zu Miquel war stärker. Und die Erfüllung ihres Traums war möglich. Bevor sie diesem Mann begegnet war, hatte sie sich davor gefürchtet, sich auf jemanden einzulassen. Vielleicht hatten ja die schlechten Erfahrungen ihrer Urgroßmutter aus ihr gesprochen, die noch irgendwo in ihr steckten. Doch jetzt fühlte sie sich wie von einem Fluch befreit.

»Was für eine Chance, Anaïs, stürz dich darauf. Dein Schicksal liegt in deiner Hand! Ich bin mir sicher, dass er der

Mann deines Lebens ist«, hatte Mona begeistert gemeint. »Du wirst mir fehlen, aber ich reserviere mir schon einmal einen Flug, um dich besuchen zu kommen.«

Doch bevor sie in ihre neue Zukunft aufbrechen konnte, warteten noch Papiere und Gänge zum Notar vor ihr. Sie musste das Café de l'Ensaïmada schließen und verkaufen, ganz ähnlich wie Magdalena in Marseille. Sie würde ihren Neuanfang dort wagen, wo alles begonnen hatte, auf der Heimatinsel ihrer Urgroßmutter. Die Liebe hatte sie dazu gebracht, mit ihrem ruhigen und geregelten Leben zu brechen.

Der Anblick ihrer Straße linderte Anaïs' Erschöpfung. Sie musste sich ausruhen – ausgerechnet sie, die sich früher unter Arbeit begraben hatte. Ihr Pariser Apartment lag in einem edlen Gebäude. Doch die zur Straße liegende Fassade mit ihren Steinornamenten kam ihr nicht mehr so schön vor. Der Vorgarten quoll nicht vor Blumen über wie auf Mallorca. Nur zwei beschnittene Buchsbäume lockerten den Rasen vor dem Haus auf. Die Eingangshalle wirkte mit ihren bequemen Sesseln und den geblümten Töpferwaren immer noch behaglich und luxuriös. Anaïs zog eine Grimasse. Sie musste sich ihre Zeit gut einteilen, ohne in Hektik zu verfallen. Die Begegnung mit einem Nachbarn riss sie aus ihren Gedanken. Ihm war ihre geblümte Bluse aufgefallen.

»Ich hätte Sie fast nicht erkannt, aber Sie sind doch die Dame aus dem fünften Stock, oder?«

Anaïs nickte. Wahrscheinlich wirkte sie wie eine fröhliche Urlauberin. Sie strahlte eine natürliche Leichtigkeit aus und lächelte leise. In der hinteren Tasche ihrer Jeans vibrierte ihr Handy.

Ich hoffe, du bist gut angekommen, cariña mía, meine Liebste. Ich sehne mich schon jetzt nach dir.

Anaïs lächelte. Sie dachte an den Geruch seines nach Orangenschalen duftenden Eau de Cologne. Hier roch sie nur überhitzten Asphalt, und ein Gewitter lag drückend in der Luft. Sie dachte an Mallorca, an den Himmel der Insel, der das ganze Jahr über azurblau war, an ihre strahlende Sonne und die duftenden Gärten, aber auch an die prächtigen Farben und den romantischen Charme. Die Insel hatte ihre Seele berührt, als Anaïs sie durch die Augen des Mannes, den sie liebte, betrachtete. Miquel.

Bevor Anaïs sich entspannte, ging sie in ihrem Apartment alles ab. Seit ihrer Abreise hatte sich nichts verändert. Eine Porzellanvase auf einem Tischchen wartete nur auf einen Blumenstrauß. Sie sah aus dem Fenster. Das Gewitter hatte eingesetzt, und Regentropfen liefen über das Glas wie Tränen zu Magdalenas Andenken. Kurz schloss Anaïs die Augen, und ihr rannen ebenfalls Tränen über die Wangen. Mit dem Handrücken wischte sie sich die feuchten Augen. Sie räumte ihre persönlichen Dinge auf und brachte Ordnung in ihre Papiere. Durch eine Tür auf dem Flur gelangte sie in den Salon ihrer Urgroßmutter. Sie trat über die Schwelle in das hübsche Zimmer und erinnerte sich an ihre Kindheit, als Magdalena immer da gewesen war. Nachdem sie ihre Urgroßmutter verloren hatte, verlor sie auch ihren Duft, der noch in ihrer alten Wohnung schwebte. Für ein kleines Mädchen war das sehr schmerzhaft. All die Erinnerungen, die noch in den Fluren widerhallten. Eine gewaltige Leere hatte sich in ihrem Herzen aufgetan, obwohl alle ihr versicherten, Magdalena wache oben im Himmel über sie. Anaïs hatte immer geglaubt, sie sei unsterblich, diese Urgroßmutter, die in der Küche immer dieselbe Bluse trug, dabei die gleichen Bewegungen vollführte und die gleichen Ensaïmadas backte, ein niemals endendes Ritual. Seit Magdalenas Tod versuchte sich Anaïs jeden Tag an ihr Lächeln und ihre Stimme zu erinnern.

An diesem Abend ließ sie den Computer über Nacht eingeschaltet, sodass er das Zimmer erhellte. Sie fühlte sich schrecklich einsam. Die gleiche Isolation musste Magdalena empfunden haben, doch sie hatte sich nicht abschotten wollen. Eine verdammt starke Frau, dachte Anaïs.

Als sie am nächsten Morgen erwachte, sah es aus, als hätte der Tag nicht vor, ihren Gemütszustand aufzuheitern. Kurz fühlte Anaïs sich traurig bei dem Gedanken, dass sie heute Morgen nicht die Umgebung von Sóller erkunden würde. Sie konnte es kaum abwarten, diese Landschaft – und vor allem Miquel – wiederzusehen. Sie dachte an seinen Blick, seine vollen Lippen, die so weich und warm waren, an seine immer leidenschaftlicheren Küsse, an ihre Umarmungen am Strand. Sie konnte die Gefühle nicht vergessen, die ihr erstes Rendezvous in ihr geweckt hatten. Nachdem sie sich wieder gefasst hatte, warf sie einen kurzen Blick in den Spiegel und bemerkte, dass der Gedanke, Miquel sehr bald wiederzusehen, ihr ein Strahlen verlieh. An diesem Abend unterzeichnete sie den Vertrag über den Verkauf des Pariser Cafés. Sie fühlte sich ausgefüllt und mit Miquel auf jede Art verbunden, die zwei Menschen vereinen konnte. Und gerade, weil er fern von ihr war, empfand sie diese Anziehung als noch unwiderstehlicher.

Camila saß in dem Straßencafé und hatte sich schon ein Mineralwasser mit einer Zitronenscheibe bestellt, als Anaïs eintraf. Sie umarmten einander zur Begrüßung.

»Ich habe dir eine Kleinigkeit mitgebracht, damit du etwas aus Mallorca hast, bis du mich besuchst«, sagte Anaïs und reichte ihrer Freundin ein kleines Päckchen.

Camila schlug das braune Papier auseinander und zog eine aus Olivenöl und ätherischem Orangenöl handgesiedete Seife hervor. Sofort hob sie sie ans Gesicht und sog den süßlichen Duft ein. *»Jabón natural y artesanal – Cooperativa Taronja«* –

traditionell hergestellte Naturseife – Kooperative Taronja – stand auf dem kleinen honiggelben Aufkleber, und daneben war eine Orange abgebildet.

»Sie kommt von der Orangenplantage, von Miquels Kooperative«, erklärte Anaïs in zufriedenem Tonfall.

»Danke, sie ist wunderbar. Aber sag mal, muss ich dir jetzt drohen, damit du mir von den Abenteuern auf deiner Insel erzählst?«, murrte ihre Freundin scherzhaft.

Also berichtete ihr Anaïs, wie ihre Nachforschungen, die sie bis nach Sóller geführt hatten, ausgegangen waren.

»Jaime hat zwei Frauen zugleich geliebt … Die eine hat sich ihm wegen ihrer Arbeit verweigert, und die andere hat ihn über alles geliebt, ohne etwas von seinem Doppelleben zu ahnen.«

Camila war sprachlos.

»Und außerdem waren diese beiden Frauen beste Freundinnen. Ich frage mich übrigens immer noch, ob der Anfangsbuchstabe M auf dem Hochzeitsservice für Marta oder Magdalena steht …«

»Da hast du aber ein brisantes Familiengeheimnis aufgedeckt!«, hauchte Camila staunend.

»Das war auch nicht einfach. Ich habe viele Stunden in Archiven verbracht, und dazu kamen noch Zufallsbegegnungen und dann die Briefe zwischen Babette und Magdalena … Ich musste die historischen Ereignisse von damals mit den Episoden aus ihrem Leben in Übereinstimmung bringen.«

Nachdenklich sprach Anaïs weiter. Camila lauschte ihr, ohne etwas zu sagen, und nickte nur von Zeit zu Zeit.

»Ich habe Magdalenas Tagebuch und ihre Briefe so oft gelesen, dass ich sogar das Durchgestrichene darin auswendig kann.«

»Und niemand hat eine Ahnung von der Existenz dieses weggegebenen Kindes gehabt?«, fragte Camila perplex.

»Bis jetzt nicht … Nicht einmal Miquel, der ihr Enkel ist, wusste davon. Catalina hat nach Magdalenas Flucht den neuen Besitzer der Finca geheiratet und ist durch ihre Ehe in den Besitz der Plantage gekommen.«

»Das hat der Zufall gut gefügt. Verrückt!« Camila zwinkerte ihr zu und führte den Strohhalm zum Mund. Sie leerte ihr Glas und zerbiss dann die Eiswürfel, während Anaïs weiter enthusiastisch von dem ereignisreichen Leben ihrer Urgroßmutter erzählte.

»Magdalena hat sich in Marseille neu orientiert und sich wieder eine Existenz aufgebaut. Mithilfe von Bekannten wie Babette, die ihr zu einer guten Freundin wurde, hat sie Stück für Stück wieder zu sich selbst gefunden.«

»Und was ist aus dem gefährlichen Rubolini geworden?«, wollte Camila wissen.

»Er ist, kurz nachdem Magdalena und François nach Paris gezogen sind, bei einer Abrechnung unter Gaunern ums Leben gekommen und stellte keine Bedrohung mehr da. Die beiden hatten gehofft, ihr Umzug nach Paris würde ihnen Glück bringen, und wie recht sie hatten!«

»Genau wie du, denn du fliegst jetzt der Liebe nach. Deine Urgroßmutter hat dir den Weg zu einem wunderbaren Leben vorgezeichnet.«

Anaïs standen die Tränen in den Augen. Sie wusste, dass sie Erinnerungen in Paris zurückließ.

»Weißt du, das ist keine Flucht, sondern eine Wiedergeburt.«

Als Anaïs das Café verließ, hörte sie ein Chanson, das gerade im Radio gespielt wurde. *Goldene Sonnen* … Es erinnerte sie an einen Abzählreim, den ihre Urgroßmutter ihr oft vorgesungen hatte, obwohl sie die Worte nicht mehr wusste.

Epilog

Ensaïmadas

Hefe in etwas lauwarmem Wasser auflösen. Mehl, Zucker, Eier und ein wenig Orangenblütenwasser hinzugeben. Alles durchkneten und ruhen lassen, bis der Teig seinen Umfang verdoppelt hat. Schmalz hinzugeben und den Teig ausrollen. Aufrollen und zu Schnecken formen. Die Ensaïmadas auf ein gefettetes Blech setzen und noch einmal gehen lassen. Bei 180 Grad backen, bis sie goldbraun und am Rand knusprig sind. Wenn sie abgekühlt sind, großzügig mit gesiebtem Puderzucker bestreuen.

Ein Jahr später

In der Küche sog Anaïs den Duft der Orangen ein, die in den Kesseln kochten. Sie trocknete sich die Hände mit einem Geschirrtuch ab und schlenderte durch die Hintertür in den Garten. Es war kurz nach drei Uhr nachmittags, und die Sonne wärmte ihre bloßen Arme. Vor ihrem Kräuterbeet blieb sie stehen und schnitt sich ein Bündel Pfefferminze ab. Eine Eidechse machte es sich kurz auf den weißen Steinen bequem und verschwand dann ebenso schnell, wie sie gekommen war. Große Terrakottatöpfe quollen über vor Geranien, und die rosafarbene Bougainvillea und der lilafarbene Jasmin, die lange nicht mehr gestutzt worden waren, breiteten sich bis auf Wände und Treppen aus und hingen über den niedrigen Mauern. Die junge Frau kehrte zurück in den Vorratsraum, wo Tomatenzöpfe hingen, und formte Ensaïmadas, deren Teig seit gestern geruht hatte. Ein vertrauter Geruch wehte ihr um die Nase, während sie das schneckenförmige

Gebäck modellierte. Der leichte Duft, kaum ein Hauch, verflog rasch wieder.

Seit ihr Handy an ihrem allerletzten Tag in Paris heruntergefallen und auf dem Gehweg zerbrochen war, hatte sie sich kein neues gekauft. Bestimmt ein Zeichen, hatte sie sich gesagt. Jetzt genoss sie ihr neues Leben in der sonnenerfüllten Luft unter den Orangenbäumen. Miquel trat in die Küche und küsste sie auf die Halsbeuge.

»Hoffentlich wird alles rechtzeitig fertig«, meinte sie nervös.

»Bestimmt. Sei nicht so streng mit dir selbst. Es ist doch nur eine kleine abendliche Feier, um diesen besonderen Tag zu begehen.«

Miquel war immer enthusiastisch und besaß eine Ausstrahlung, die alle in seiner Umgebung beruhigte.

Der Anlass ihrer Feier war eine bevorstehende große Veränderung: Das von üppigem Grün umgebene Ca'n Taronja sollte zu einem umweltfreundlichen Gästehaus umgebaut werden. Anaïs hatte ihre Pariser Wohnung, ihr Café verkauft und ihre dortige Stammkundschaft zurückgelassen, um zu Miquel zu ziehen. Gemeinsam hatten sie beschlossen, die Finca umzugestalten, um Touristen aufzunehmen. Anaïs würde die Gerichte aus Magdalenas Rezeptbuch kochen. Sie hatten einen Küchengarten angelegt, um ihr eigenes Gemüse zu ziehen, und Hühner und Ziegen gekauft, die sich zwischen den Orangenbäumen und in den uralten Olivenhainen tummelten. Anaïs genoss es, die Liebe zur Natur mit Miquel zu teilen. So oft hatten sie die Bäume bewundert, deren dunklere Umrisse sich vor dem azurblauen Himmel abzeichneten. Der glühende Kuss des Himmels ließ die Natur erblühen, und der warme Wind zauberte ihr ein Lächeln aufs Gesicht. Anaïs liebte das Leben hier. Die Stimmung dieses Landes, das sie nach und nach erkundet hatte, schlug tief in ihr eine Saite an. Magdalenas Leben hatte ihr jeden Tag ein Abenteuer verheißen, und Anaïs hatte vor, diese Tradition fortzusetzen. Sie hatte auf dieser heiteren, anziehenden und aufrührenden Insel Wurzeln geschlagen.

Während die Ensaïmadas im Ofen bräunten und die Marmeladen in den Kesseln köchelten, ging Anaïs Kaktusfeigen pflücken. Mithilfe einer hölzernen Zange löste sie sie vorsichtig, um sich nicht zu stechen. Später würde sie daraus ein süßes mildes Sorbet zubereiten. Sie ging zwischen den Olivenbäumen hindurch, deren Laub in der Sonne zwischen grau und silbrig changierte und deren knorrige Zweige voller Früchte hingen. Sie beschattete die Augen, um sich vor der grellen Sonne zu schützen, und passierte die Ziegen, die auf den steilen Wegen umherspazierten. Sie fühlte sich vollständig, ausgefüllt, verliebt. In der Ferne trugen die Orangenbäume ihre Tausenden sonnenverwöhnten Früchte. Sie erblickte eine rote Katze, die sich auf den Bodenplatten der Terrasse mit geschlossenen Augen entspannte. Als sie den Ruf eines Mauerseglers hörte, hob sie den Kopf und sah zu dem leuchtenden blauen Himmel auf. Das ganze Leben hier verlief langsam, gemächlich.

Gegen neunzehn Uhr trafen die ersten Gäste ein. Anaïs trug die Ohrringe, die Miquel ihr geschenkt hatte. Sie hatte darauf verzichtet, sich zu schminken. Unter der Sonne des Mittelmeers hatte ihr Gesicht einen goldbraunen Schimmer angenommen. Camila und Mona traten gemeinsam durch das Eingangstor. Anaïs war gerührt darüber, dass ihre Pariser Freundinnen ihretwegen diese Reise auf sich genommen hatten. Ein wenig später ließen sich Miquels Cousinen und Cousins gutmütig lachend auf den Gartenliegen nieder. Auch Javier und Miquels Jugendfreunde waren gekommen, servierten den Gästen Gläser mit Tinto und stießen mit ihnen an. Jesús, der von seiner Frau und zwei kleinen Blondschöpfen begleitet wurde, schenkte Anaïs einen dicken Strauß pastellfarbener

Rosen, deren Duft sie sofort verzaubert einsog. Am anderen Ende der Terrasse unterhielten sich die Mitglieder des Clubs der Rosen mit María. Bestimmt erzählten sie sich den neuesten Klatsch aus Bunyola! Auch die älteren Einwohner und Einwohnerinnen von Sóller waren gekommen. Anaïs hatte sogar die Enkel und Urenkel von Antonella, Bernat und Pedro eingeladen, Magdalenas Jungendfreunden, auf deren Gräbern sie Blumensträuße niedergelegt hatte. Ein Zeichen des Friedens und des Neubeginns.

Anaïs war auf das Wohlbefinden all dieser Menschen bedacht, die ihr ans Herz gewachsen waren, und eilte ständig mit Orangenlimonade und Pintxos, die sie selbst gemacht hatte, hin und her. Sie hatte sie auf den Tisch unter den Feigenbaum gestellt, dessen Zweige sich durch das Gewicht seiner Früchte bogen und so einem Teil der Terrasse Schatten spendeten. Diese ganze fröhliche Truppe war an Anaïs' Seite vereint, und ihr Herz floss vor Freude über.

Ein Windspiel, das an einem Ast hing, schwang hin und her. Es glitzerte und warf leuchtende Reflexe über die Gäste. Miquel ergriff Anaïs' Hand und sah sie eindringlich an. Sie erwiderte seinen Blick, um ihm zu zeigen, dass sie verstanden hatte. Er öffnete eine Champagnerflasche.

»Ich erkläre die Saison auf Ca'n Taronja für eröffnet!«

Der Champagnerkorken landete in einiger Entfernung und erschreckte die rote Katze, die davonschoss. Miquel und Anaïs hoben ihre Gläser, sahen einander in die Augen und küssten sich, während die Gäste einträchtig applaudierten. Tiefrosafarbene Ballons mit goldenen Reflexen stiegen in die Luft.

Miquel zog Anaïs auf die Tanzfläche, die sie einfach aus Holzbrettern gebaut hatten. Er war ein sehr guter Tänzer und wirbelte sie, auf ihre Schritte und ihren Rhythmus konzentriert, zu »Viva la Vida« von Coldplay herum, einem Song, den sie, wenn sie zusammen waren, immer wieder gern hörten. Kleine Schweißperlen sammelten sich auf Miquels Stirn, liefen bis auf seinen makellosen Kragen hinunter und verrieten, wie sehr er sich konzentrierte und wie stark seine Gefühle waren. Die beiden schienen perfekt miteinander zu verschmelzen. Mit einem Mal fuhr Anaïs der Wind ins Haar und ließ ihre braunen Locken fliegen. Sie roch den holzigen, herben Duft seines Eau de Cologne und träumte von nicht enden wollenden Umarmungen mit ihm. Während sie sich im Rhythmus der Tanzschritte drehte, fühlte sie sich bei ihm beschützt. Ihre Blicke trafen sich, als wollten sie ineinander versinken. Der Abend war vom köstlichen Duft der Orangen erfüllt. Der Geruch von Herbes mischte sich mit dem der Cigarrillos, der Zigaretten, die die Männer bei Einbruch der Nacht angezündet hatten. Sóller leuchtete wie ein Diamant im Mittelmeer.

Am nächsten Tag stand die Sonne schon hoch am Himmel, als Anaïs sich Miquel gegenüber zu einem üppigen Frühstück setzte. Nach einer verzauberten Nacht war sie strahlender Laune. Was für Umarmungen auf den weichen Kissen und den feinen Laken der Finca sie genossen hatten!

Miquel war überwältigt von Anaïs' Haut und ihrem Duft. Er lächelte Anaïs zu und nahm sich eine frische Orange aus dem Korb, der mitten auf dem Tisch stand. Er schnitt durch die Schale. Eine schützende Schicht bedeckte die saftigen Segmente der Frucht wie die Verpackung eines Luxusprodukts. Kaum biss er hinein, explodierten sie in Miquels Mund und hinterließen einen Geschmack, der süß und frisch zugleich war. Zärtlich streichelte Miquel Anaïs' weiche Lippen und küsste sie dann stürmisch. Sein Kuss schmeckte nach Orangen. »Ich liebe dich«, flüsterte er ihr ins Ohr.

Hinter ihnen stand in einer Nische in der Steinwand des Hauses, die sich unter dem wilden Wein verbarg, eine kleine Statue der Virgen del Carmen, die sie beobachtete, ohne dass sie es bemerkten. Die Statue bewahrte schon so viele Geheimnisse, und sie würde von nun an über sie wachen. Mallorca war zum Land der Sehnsüchte und Hoffnungen geworden. Das Schicksal hatte Menschen auseinandergerissen und andere zusammengeführt.

Das Geheimnis des Glücks liegt in der Natur.

George Sand

Über diesen Roman

Der Wunsch, *Das Tal der Orangen* zu schreiben, reifte in mir heran, als ich von dem *Prix du Livre Romantique* erfuhr, den der Verlag Éditions Charleston vergibt – eine großartige Chance für junge Schriftsteller!

Auf meiner ersten Reise nach Mallorca bin ich buchstäblich dem Charme Sóllers erlegen, als ich den Ferrocarril nahm, den historischen Zug, der den Ausgangspunkt meiner Geschichte bildet. Es war, als reise man um hundert Jahre zurück.

Die Schilderungen in Magdalenas Zeitebene, insbesondere der Bürgerkrieg, sind in folgenden Werken belegt: *Les Baléares sous le régime franquiste* von David Ginard; *Guerra i repressió franquista a les illes balears* (revue n° 15 de l'Associació pera la Memòria Històrica i Democràtica del Baix Llobregat); *Les Fosses du franquisme* von Emilio Silva und Santiago Macías; *Exil : témoignages sur la guerre d'Espagne, les camps et la résistance au franquisme* von Progreso Marin; *La Guerra civil a Sóller, la desfeta de la burguesía progressista* von Antoni Quetglas Cifre; *Majorque: portraits d'une île* von Susanne Birnmeyer; *Ein Winter auf Mallorca* von George Sand; *Mallorca, die Insel der Ruhe* von Rusiñol Santiago; *Mallorca: Gastronomie und Kochkunst* von Oriol Aleu Amat und Marga Font i Rodon; dem Blog der Association França a la vall de Sóller (afvsoller.blogspot.com) sowie der Facebookseite *Fotos Antiguas de Mallorca* ValleeDesOranges.indd 229 08/03/2018 17:00 *(FAM)*, die wunderbare historische Aufnahmen zeigt.

Die Ereignisse um Martas Tod gehen auf die »Fünf Rosen« zurück; fünf Krankenschwestern, die in einem Krankenhaus der Milizen auf der Finca Sa Torre Nova arbeiteten. Die Frauen im Alter zwischen achtzehn und dreiundfünfzig wurden in Manacor von den falangistischen Truppen vergewaltigt, gefoltert und öffentlich erschossen.

Die an sie gerichtete Warnung *Deine verschlüsselten Nachrichten werden dir eines Nachts den Tod bringen* knüpft an das Essay *Les Grands Cimetières sous la lune* von Georges Bernanos an.

Ich habe mein Bestes getan, um die Geschichte, Kultur und Sprache so exakt wie möglich wiederzugeben; genauso die Gerüche und Geschmäcker, die ich bei meinen Besuchen in Sóller gekostet habe. Der mallorquinische Dialekt, das *mallorquí*, ist ein untrennbarer Bestandteil der Insel. Ich bitte den Leser jetzt schon um Entschuldigung für jeden sprachlichen oder historischen Fehler, der sich unglücklicherweise in den Roman eingeschlichen haben mag.

Ich hoffe, ich konnte Sie auf eine Zeitreise mitnehmen; auf diese authentische, von türkisfarbenem Wasser umspülte und von steilen Bergen umgebene Insel, die wahre kulturelle und kulinarische Schätze birgt.

Danksagung

Ohne die unfehlbare Unterstützung meiner Großmutter wäre *Das Tal der Orangen* nie geschrieben worden. Manou war mir mit ihrer Liebe zur Sprache, ihren klugen Ratschlägen, ihren Korrekturen und ihrem Lob trotz der räumlichen Entfernung zwischen uns bei diesem wunderbaren Abenteuer von Anfang an eine große Hilfe.

Ich danke dem Team bei Éditions Charleston, Karine Bailly de Robien, Laury-Anne Frut, Caroline Obringer, Mathieu Mazza, sowie der Jury des *Prix du Livre Romantique*, durch die mein Traum vom Schreiben Wirklichkeit wurde. Mein Dank gilt auch Christine Cameau für ihren guten Rat und Isabelle dafür, wie engagiert sie Korrektur gelesen hat.

Ein großer Dank geht an meine Freunde, meine Eltern und meine ganze Familie, besonders an meine »bessere Hälfte« Anto, der mich an den langen Abenden, die ich durchgeschrieben habe, unterstützt hat.

Widmen möchte ich diesen Roman meiner Urgroßmutter Tissuze, die zu meinem Glück einundzwanzig Jahre Teil meines Lebens war, und meiner Tochter Maïlys, der ich es schuldig war, unsere Familiengeschichte weiterzugeben.